Anne Sexton

All meine Lieben
Lebe oder stirb

Gedichte

Zweisprachige Ausgabe

Herausgegeben und
mit einem Vorwort
von Elisabeth Bronfen

Aus dem Amerikanischen
von Silvia Morawetz

S. Fischer

Zweiter Band einer auf vier Bände angelegten Werkedition

Band 1:
Liebesgedichte / Verwandlungen
Gedichte

Band 2:
All meine Lieben / Lebe oder stirb
Gedichte

Band 3:
Selbstportrait in Briefen

Band 4:
Buch der Torheit / Das furchtbare Rudern hin zu Gott
Gedichte

Foto auf Seite 2:
Anne Sexton mit ihrem Buch *Live or Die*,
für das sie 1967 den Pulitzerpreis erhielt.

Die Originalausgabe von *All meine Lieben* erschien 1962 unter dem Titel
All My Pretty Ones, die von *Lebe oder stirb* erschien 1966
unter dem Titel *Live or Die* bei Houghton Mifflin, Boston.

Satz: Fotosatz Otto Gutfreund GmbH, Darmstadt
Druck und Bindung: Friedrich Pustet, Regensburg
Printed in Germany 1996
ISBN 3-10-072510-7

Elisabeth Bronfen

Leiden an den Erinnerungen, deren Fluchtpunkt die Gabe des Todes ist

In der Fülle des Lebens zeichnet sich immer eine Spur der Vergänglichkeit ab. Im Augenblick des größten Glücks erahnen wir den Verlust. In jeder Erfüllung eines Wunsches schwingen immer auch die Töne des Versäumten mit. Von diesem unerbittlichen Wissen um die Versehrtheit der menschlichen Existenz zehrt die frühe Lyrik Anne Sextons. Überzeugt davon, daß gerade der Einbruch des Unglücks in die vermeintlich heile Welt notwendig sei, um eine durch den Zwang der Konventionalität, der Alltagsroutine und der Leistungsanforderungen versteinerte Psyche neu zu beleben, nimmt sie in ihren ersten Gedichtbänden *From Bedlam and Part Way Back* (1960), *All My Pretty Ones* (1962) und *Live or Die* (1966) ihre Leser auf eine Reise durch ihre Geisteskrankheit und ihre Genesung mit. Dabei mahnt ihre Lyrik zur Erinnerung an den Schmerz und zeichnet gleichsam dessen Überwindung auf, wenngleich auch die gewonnene Heilung stets prekär bleibt.

In diesen Gedichten, die so schmerzhafte Themen wie den Tod geliebter Menschen, den unwiderstehlichen Drang zum Selbstmord, den Verlust eines schützenden Lebensraums umkreisen, geht es jedoch immer auch um das Geschenk, das das Unglück sein kann, um die Gabe, die es verleiht. Indem sie das Sinnbild Franz Kafkas aufgreift, die Bücher, die wir benötigen, seien einer Axt gleich, die die gefrorene Seele in uns aufzubrechen vermag, formuliert Anne Sexton ihr doppeltes Anliegen als Dichterin. Aus der individuellen Familientragödie zu profitieren, indem sie ihre Klage über und ihr Gedenken an die eigenen Schicksalsschläge in Lyrik umsetzt, bedeutet einerseits eine Anerkennung des persönlichen Gewinns, der dem Verlust und der Verletzung innewohnt, andererseits drückt es aber auch den Wunsch aus, ihre Leser nicht nur an der Heilbarkeit der Verwundungen, die über die ästhetische Umwandlung versprochen wird, teilhaben zu lassen, sondern sie vor allem gerade in den schmerzhaften Schwellenbereich der Trauer, des Wahnsinns und der Verlorenheit einzuführen.

Ganz im Sinne dieses selbstauferlegten Auftrags, die Nähte, mit denen psychische Verletzungen zum Heilen gebracht werden sollen, wieder aufzutrennen und somit das Eindringen in das Herz der Wunde einer Hinnahme der psychischen Vernarbung vorzuziehen, zitiert Anne Sexton als Motto für ihren ersten veröffentlichten Lyrikband aus einem Brief Schopenhauers an Goethe: »Der Mut, keine Frage auf dem Herzen zu behalten, ist es, der den Philosophen macht. Dieser muß dem Oedipus des Sophokles gleichen, der, Aufklärung über sein eignes schreckliches Schicksal suchend, rastlos weiterforscht, selbst wenn er schon ahndet, daß sich aus den Antworten das Entsetzlichste für ihn ergeben wird. Aber da tragen die Meisten die Jokaste in sich, welche den Oedipus um aller Götter willen bittet, nicht weiterzuforschen . . .« Gibt Anne Sexton in *To Bedlam and Part Way Back* die Erfahrungen ihres Aufenthalts in einer Nervenklinik nach einem gescheiterten Suizidversuch wieder, so geht sie auch in den darauffolgenden Bänden der Frage nach, ob man das geheime Wissen der Eltern, auf dessen Verbergen gerade das Funktionieren der bürgerlichen Kleinfamilie beruht, offenlegen darf oder ob diese schonungslose Zurschaustellung der Gewalt und der Verbrechen im Herzen des vermeintlich glücklichen Heims eine unvertretbare Verletzung des Anstands und der Loyalität gegenüber den eigenen Vorfahren bedeutet. Ebenso reagiert Sexton mit diesen Gedichtsammlungen stets auf die unklärbare Frage, inwieweit man verpflichtet ist, den eigenen Wahnsinn zu erkunden, die eigenen Exzesse zu inszenieren, die eigene Identität zu erforschen, und wann diese rückhaltlose Selbstdemontage von einem heilenden in einen zerstörerischen Gestus umschlägt.

Indem sie aufgrund des Mottos von Anfang an ihr Schreiben unter das Zeichen der Geschichte des Oedipus stellt, zeigt Anne Sexton, wie sehr die quälende und peinigende Frage nach der eigenen Herkunft die eigentliche Quelle ihrer Dichtung ist. Dem uralten Mythos entnimmt sie die Erkenntnis, daß die stärksten Phantasien unseres kulturellen Bildrepertoires letztlich um Urszenen eines beunruhigenden, jedoch ebenso unumgänglichen wie unzugänglichen Wissens kreisen, ganz ähnlich wie Sigmund Freud, der in seinen *Vorlesungen zur Einführung in die Psychoanalyse* Urphantasien einem phylogenetischen Besitz gleichsetzt: »Das Individuum greift in ihnen über sein eigenes Erleben hinaus in das Erleben der Vorzeit, wo sein eigenes Erleben allzu rudimentär geworden ist. Es scheint mir sehr wohl möglich, daß alles, was uns heute in der Analyse als Phantasie erzählt wird, die Kinderverführung, die Entzündung der Sexualerregung an der Beobachtung des elterlichen Verkehrs, die Kastrationsdrohung – oder vielmehr die Kastration –, in den Urzeiten der menschlichen Familie einmal Realität war, und daß das phantasierende Kind einfach die Lücken der individuellen Wahrheit mit prähistorischer Wahrheit ausgefüllt hat.« Denn diese drei Urphantasien – des über die Erbschaft erfahrenen individuellen Schicksals, der über die Kastration erfahrenen Geschlechterdifferenz und der über die Verführung erfahrenen Sexualität – befriedigen das Begehren des fragenden Subjekts, das Rätsel der menschlichen Existenz durch ein Ergründen der Frage des Ursprungs zu lösen.

Die französischen Psychoanalytiker Jean Laplanche und J.-B. Pontalis ergänzen das von Freud vorgestellte Phantasiemodell, indem sie darauf verweisen, wie sehr die von den Dichtern ausgeführten Phantasieszenen die Frage des Anfangs, der Geburt, der Entstehung umkreisen. Denn stehen in den tradierten Texten der Literatur nicht wiederholt die drei großen Fragen auf dem Spiel: ›Wer bin ich in bezug auf mein Erbe?‹, ›Woher kommt die Anatomie meines Körpers?‹, ›Was ist der Grund für meine Triebe, mein Begehren, meine Einbildungen?‹ Somit ist jede Dichtung immer auch rückwärtsgewandt, nachträglich formuliert, aber gleichsam auf etwas Ursprüngliches bezogen. Die Lösung des grundlegenden menschlichen Rätsels – das lehrt uns Sophokles' Tragödie – wird inszeniert als Augenblick der Entstehung, als der Anfang von Geschichte. Diese Inszenierung jedoch verläuft doppelt: Obgleich der Ursprung der Phantasie sich inhaltlich als Ursprungsphantasie entpuppt, erhält der Fragende seine Botschaft erst im Zuge einer zeitlich späteren Inszenierung.

In Sophokles' Schauspiel bittet Oedipus den Boten, ihm Aufschluß darüber zu geben, wer sein Vater und wer seine Mutter seien, ungeachtet des Preises dieses Wissens. Anne Sexton inszeniert in ihren Gedichtbänden einen entsprechenden Dialog. Im Gespräch mit dem nun unsichtbaren Boten, dem Adressaten – egal, ob damit explizit ein Therapeut, ein Lehrer, ein Freund, ein Familienmitglied angesprochen wird oder ob die Rede an den imaginierten, idealen Leser gerichtet ist –, läßt sie ihrerseits Antworten auf die Fragen entstehen: ›Was ist mein Verhältnis zu meinen Eltern?‹, ›Wie kann ich ihr Erbe antreten?‹, ›Wie kann ich das mir auferlegte schreckliche Vermächtnis fruchtbar werden lassen?‹ In ihrem Gedicht ›Old Dwarf Heart‹ nennt sie das Körperzeichen, das auf dieses schwierige, wenn auch zwingende Familienerbe verweist, »old ornament, old naked fist... mother, father, I'm made of«[1]. Es ist eine Körperwunde, die sie stets begleitet, die die Fülle ihres Wissens und ihres Schmerzes birgt, die sich nicht verbergen läßt und deren Sinn darin besteht, ihr in Momenten der Lebensfülle, des Liebesglücks, die Botschaft der Vergänglichkeit zu melden: »She knows the decay we're made of.«[2] Als Zeichen einer Erbschaft, die das Schicksal der Körperanatomie mit dem Schicksal des Familiengeschlechts verschränkt, ist man geneigt, dies als Metapher für den Nabel zu lesen, jene untilgbare Narbe am menschlichen Körper, die als Sinnbild des Schnitts der Nabelschnur und somit der Gabe des sterblichen Lebens gedenkt.

Denn in Anne Sextons Biographie, wie auch in den frühen, stark autobiographischen Gedichten, ist Entstehung immer mit Zerstörung, Gebären oder Schöpfen immer mit Abtöten verschränkt. Wie Diane Middlebrook beeindruckend deutlich gemacht hat, ist die Biographie dieser amerikanischen Dichterin gerade deshalb so faszinierend, weil vom Erscheinen des ersten Gedichtbandes bis zu dem konsequenten Selbstmord vierzehn Jahre später dem professionellen Erfolg stets das persönliche Unglück eingeschrieben blieb. Im selben Monat, in dem *To Bedlam and Part Way Back* erschien, starb Anne Sextons Schwiegervater bei einem Autounfall. Ihre Mutter war bereits im Frühling des vorherigen Jahres an Krebs und ihr Vater drei Monate später an einem Gehirnschlag gestorben. Wiederholt stellt Sexton dem eigenen Zerbrechen an dieser Trauer dessen Umformung in Lyrik entgegen. Zweimal beschreibt sie ihrem Dichterfreund W. D. Snodgrass ihre Verzweiflung über den Verlust der Eltern und das Antreten ihres Erbes im Zusammenhang mit ihrer Arbeit als Dichterin. Am Morgen nach dem Tod der Mutter erklärt sie: »In diesem Brief geht es drunter und drüber. Ich habe heute Tranquilizer in mich reingekippt. Gestern abend ist meine Mutter gestorben. Ich bin gerade vom Bestattungsunternehmer zurückgekommen, habe mir den Leichnam angesehen und den am protzigsten verzierten (aber billigsten) Sarg ausgesucht. Und ich muß gleich wieder weg, fahre mit meiner Schwester nach Gloucester, ein paar Sachen abholen. De, ich bin im Begriff, mich zu verlieren – es sei denn, die Gedichte können mich retten.« Nach der Beerdigung des Vaters formuliert sie eine ähnliche Nähe zwischen Tod und Kunst: »Und nun ist er beerdigt, eingeäschert, und ich habe keine Eltern mehr, vor denen ich nach Kalifornien weglaufen kann. Ein undefinierbarer Gott hat mich die Leiter hinaufgestoßen, und ich bin meine eigene Erbin ... Ich werde versuchen, KEIN Gedicht darüber zu schreiben. Ein verdammt morbides Leben, das ich da führe, mehr kann ich dazu nicht sagen. Wie kann ich denn irgend etwas Positives schreiben? Meine alten Götter sind umgestürzt wie Kegel. Alles ist ein emotionales Chaos. Gedichte und nur Gedichte haben mir das Leben gerettet.«

Doch gerade aus dem verwirrenden Verlust jener altvertrauten Gesichter, denen sie ihre Emotionen entgegenschleudern konnte, aus der Schuld, die sie deshalb überkam, weil zu viele Tote sie umgaben – »da ich mich offenbar auf Tote spezialisiere. Schuld. Schuld, etc.« so schreibt sie in einem weiteren Brief an Snodgrass im Oktober 1960 –, konnte sie die schöpferische Kraft gewinnen, sich sowohl als Erbin wie auch als Vererbende anzuerkennen, indem sie gerade vom Tod ausgehend ihrer Familienmitgliedschaft gedenkt. In diesen frühen Gedichten geht es demzufolge um die doppelte Zeichnung, die sie als Tochter von ihren Eltern erhalten hat. Denn sich dazu zu bekennen, einem Geschlecht anzugehören, bedeutet sowohl die Annahme eines biologischen Erbes, genauer der Sexualität und der Sterblichkeit des

Körpers. Es bedeutet aber auch die Annahme der zugewiesenen Position innerhalb einer ganz bestimmten Geschichte, einer ganz bestimmten Nachfolgeschaft. Darin erkennt Anne Sexton den Tod ihrer Eltern und Angehörigen als Herausforderung an die Kunst, nicht weil diese Tode etwas Bedrohliches darstellen, gegen das die Kunst wie eine Art Gegengift wirken soll, sondern weil die Tode der anderen als Zeichen für die eigene Sterblichkeit fungieren, als Mahnung, daß es die Verantwortung der überlebenden Kinder ist, sich der Tode der Vorfahren zu erinnern.

So wie jeder Mensch sein Leben nur auf Widerruf lebt – mythopoetisch gesprochen, der Muttererde, aus der er entsteht, dieses Leben auch schuldig bleibt –, so schuldet auch die Tochter ihren toten Vorfahren die Pflege der Erinnerung ihrer Herkunft. Versteht man sich jedoch im Sinne des Oedipus, beinhaltet diese Schuld weniger die Errichtung verklärender Gedenkbilder, die die Verstorbenen in idealisierender Gestalt neu entstehen lassen, sondern vor allem das Annehmen der Verantwortung für das Unglück, den Mißbrauch, die Vergehen, die der Familie immer schon innewohnten. Es gilt nicht nur den Tod der Eltern abzutragen, sondern auch die vielen psychischen Tötungen, die die Tochter durch sie erfuhr, sowie auch das eigene Sehnen nach dem Tod. Die Erbschaft der Eltern antreten, seine eigene Erbin werden, bedeutet demnach auch, die psychisch noch offengebliebenen Rechnungen zu begleichen. Wie so oft kreuzt sich in Anne Sextons Leben das Sinnbildliche mit dem Konkreten. Beim Verlesen des Testaments erfuhr sie, daß ihr Vater, um seinen extravaganten Lebensstil aufrechtzuerhalten, seine gesamten Anteile der Firma R. C. Harvey gegen Bargeld verkauft hatte. Annes Ehemann Kayo, der jahrelang für seinen Schwiegervater gearbeitet hatte, konnte zwar als stellvertretender Direktor und Handelsreisender weiterhin in der Firma tätig bleiben, doch das Vermögen, das sich die Tochter des Wollfabrikanten erhofft hatte, blieb aus. Anne, die mit ihren Schwestern den elterlichen Haushalt auflösen mußte, wählte aus den Beständen den Schreibtisch ihrer Mutter sowie deren große Bibliothek, ihren Pelzmantel und einen mit einem Rubin und einem Diamanten besetzten Platinring, den sie ihrem Finger anpassen ließ und nie wieder ablegte. Das weitaus trächtigere Erbe bestand eben nicht in den materiellen Gütern, die ihre Eltern hinterlassen hatten, sondern in den Erinnerungen und Assoziationen, den offengebliebenen Fragen und den noch schmerzenden psychischen Wunden: ein unerschöpflicher Fundus für die dichterische Umsetzung der Tochter.

Kehrt man zurück zu dem Bild des um Antworten auf die Frage seiner Herkunft ringenden Oedipus, das Sexton als Leitbild für ihre dichterische Praxis verstand, so zeigt sich, daß ›Annes‹ Lyrik nicht nur das Erbe der Eltern erkundet, sondern auch die Kontinuität zwischen den eigenen Vorfahren und den eigenen Nachkommen auszuloten sucht. Das Gegenstück zu der Frage nach der Bedingung der eigenen Geburt ist für Anne Sexton die Frage nach dem eigenen Gebären. Im selben Moment, in dem sie über ihre Stelle und Funktion als Tochter nachdenkt, denkt sie auch über sich als Mutter nach. Schildert sie in der Auseinandersetzung mit ihren verstorbenen Angehörigen wiederholt, wie der Schmerz des Todes durch die Umsetzung in Lyrik gemildert und verarbeitet werden kann, so sind auch die an ihre Töchter gerichteten Gedichte nie ganz von der Spur des Todes frei.

Denn indem es um das Weitergeben von vererbbarem Wissen geht, betont ›Anne‹ stets auch die Ähnlichkeit zwischen den Verstorbenen und den Nachkommen, die Wiederholung der Gebrechen der Eltern in den Kindern. Die an die Töchter gerichteten Gedichte bergen somit zwar den hoffnungsvollen Gedanken, daß die Tochter ›Anne‹, indem sie selbst zur Mutter wird, die offenstehende Rechnung der Eltern zu begleichen weiß, doch durch den Akt der Weitergabe kommt immer auch die Zeichnung der Versehrtheit und des Todes wieder mit ins Spiel, jenes ›Zwergenherz‹, das ebenso untilgbar den Körpern ihrer Töchter innewohnt wie dem eigenen. Auch die Schuld, die Sexton inmitten der Vielzahl der sie umgebenden Toten empfindet, taucht konvertiert in dem dichterischen Dialog mit den Töchtern auf. War es doch gerade deren Geburt und die eigene Unfähigkeit, die Rolle der Mutterschaft adäquat einzunehmen, die zu dem ersten Suizidversuch geführt hatte. In dem Gedicht ›The Double

Image‹ thematisiert Sexton, wie sie den durch die eigene Hilflosigkeit und Verletzbarkeit bedingten Aufenthalt in einer Nervenklinik einem fürsorglichen Wirken in der Kinderstube vorziehen mußte. In den Gedichten, in denen sie das Bündnis zwischen sich und ihren Töchtern feiert, kommemoriert sie somit auch stets die Erbschaft des eigenen Versagens, der eigenen Unzulänglichkeit, mit der sie ihre Nachkommen versehen hat.

Zudem darf man nicht vergessen, daß die Dichterin ›Anne‹ sich nicht nur im Bild des Oedipus entwirft, der bereit ist, allen schrecklichen Wahrheiten ins Gesicht zu sehen, den Schmerz der Erkenntnis auf sich zu nehmen, sondern sie ist durchaus auch bereit, die Haltung Jokastes anzuerkennen: »Aber da tragen die Meisten die Jokaste in sich, welche den Oedipus um aller Götter willen bittet, nicht weiterzuforschen ...« Betrachtet man Sophokles' *Oedipus Rex* genauer, fällt auf, daß Jokaste zwei Funktionen einnimmt. Zuerst mahnt sie Oedipus, er solle dem Boten keine weiteren Fragen stellen, in der Hoffnung, das schreckliche Geheimnis bliebe auch diesmal ungelüftet und somit die illusionäre Intaktheit der Familieneinheit – und sei sie noch so prekär – weiterhin erhalten. Dann jedoch, noch bevor die schreckliche Wahrheit über die Herkunft Oedipus' vom Boten ausgesprochen wird, wendet sie sich von ihrem Ehemann ab, kehrt in ihr Schlafgemach, jenen fatalen Raum der Doppelzeugenschaft, zurück, um sich dort zu erhängen. Durch den Akt des Selbstmords nimmt sie in dem Moment, da die Enthüllung des gefährlichen Wissens unausweichlich wird, die eigene Schuld an. Sich den Tod geben bedeutet, endgültig die Erbschaft anzutreten, die sie durch ihr Schweigen von sich abwenden wollte, dieser Erbschaft direkt und ungeschont ins Auge zu blicken.

Hingegen ist die erste Reaktion Oedipus' auf die Botschaft seiner Herkunft, durch die sein Geschlecht ihm gänzlich enthüllt wurde, bezeichnenderweise nicht Reue, sondern Aggression. Sein spontaner Drang besteht darin, die von ihm nun als Unweib, als Doppelsaatfeld verstandene Jokaste mit seinem Schwert zu treffen, den Ort seines Ursprungs, der auch seine Kinder gebar, zu zerstören, um sich so gerade der vererbten Schuld zu entledigen. Erst der Anblick der Leiche seiner Mutter und Ehegattin zwingt ihn, die Verantwortung für seine fatale Erbschaft für sich, am eigenen Leibe, anzunehmen. Blendet er sich stellvertretend für den Mord, den er an dem trügerischen mütterlichen Körper vollziehen wollte, so führt erst diese Blindheit zur wirklichen Erkenntnis seines Geschlechts. Denn die eigenen Eltern für sich anzunehmen – »mother, father I'm made of« –, muß einhergehen mit der Annahme der eigenen Fehlbarkeit und Versehrtheit. In diesem Kreislauf ist jeder eingeschlossen, der sich auf die Frage des Ursprungs, der Herkunft, des Geschlechts und der Weitergabe von Tradition einläßt.

So nimmt Anne Sexton, indem sie ihr Dichten unter das Zeichen des Oedipus stellt, immer auch die Jokaste in sich in Anspruch, denn erst der Tod der Eltern – sinnbildlich wie wirklich – zwingt sie auf die Erkundungsreise, durch die sie alle Aspekte ihrer Familie enthüllt. Diese Doppelerbschaft bedeutet ein stetes Oszillieren zwischen dem unerbittlichen Erkunden der Wahrheit ihres Geschlechts und der verschwiegenen Annahme des verbotenen, gefährlichen Wissens, ein Pendeln, dessen Fluchtpunkt jedoch jeweils die Gabe des Todes ist. Weiterfragen und sich so gegen die Faktizität des Schicksals wehren bedeutet, dem Ort der eigenen Herkunft den Tod geben – mythopoetisch, das eigene Saatfeld abtöten. Hinnahme der Gegebenheiten des Geschlechts hingegen, die erschütternde Einsicht, daß nichts zu ändern ist, führt letztlich dazu, sich den Tod zu geben, wörtlich zu den Ahnen zurückzukehren. Lange Zeit lebte Anne Sexton im Zeichen Oedipus', indem sie immer wieder den von ihr als mütterliche Kraft semantisierten Drang nach Selbstmord auszuprobieren suchte, ihn in letzter Konsequenz jedoch auf Distanz halten konnte. Die durchaus als Blendung zu verstehenden Anfälle von Depression und Wahnsinn führten sie kraft ihrer Therapie und ihrer Dichtung zu den ersehnten Erkenntnissen über den eigenen Ursprung und die eigene Vererbung. Die Auflösung dieser oedipalen Reise hingegen war dann bezeichnenderweise eine Rückkehr zur mütterlichen Rolle, zur Jokaste. Mit dem Pelzmantel ihrer Mutter bekleidet, nahm sie sich im Schutz des altvertrauten Autos durch eine Kohlenmonoxydvergiftung einen Monat vor ihrem sechsundvierzigsten Geburtstag das Leben. An ihre Freundin Anne Clarke hatte sie einmal geschrieben: »Wenn (so sehe ich es) der Tod dich nimmt und durch die Mangel dreht, ist er ein Mann. Aber wenn du dich selbst tötest, ist er eine Frau«, eine Verweiblichung des Todes, die sie auch in *Wanting to Die* zelebriert, »she waits for me, year after year, to so delicately undo an old wound«.[3]

So bildet die Erbschaft, die Frage nach »mother, father I'm made of« den thematischen Nabel von Anne Sextons frühen Gedichtbänden, wobei das Ausloten des traumatischen Wissens um den eigenen Ursprung eine Alternative darstellt zu dem Drang, sich den Tod zu geben. Auf dieser schmerzvollen und gleichzeitig erbauenden Erkundungsreise lernt die Tochter, sowohl das Schicksal ihres Körpers anzuerkennen, seine Versehrtheit und Wandelbarkeit, wie auch ihr psychisches Schicksal, die von den Eltern ausgehende oder durch die Eltern hervorgerufene mentale Labilität. Verantwortung bezüglich dieses doppelten Erbes anzunehmen, das symbolische Mandat der Tochter anzutreten, bedeutet für die im Zeichen des Oedipus fragende ›Anne‹ immer auch, eine Klage darüber anzustimmen, wie dieses Vermächtnis der Eltern sie beschneidet. Die in ihren Gedichten vollzogene Beichte wird immer auch als Anklage gegen die Zwänge der Familie verstanden. Denn in ihrem Suchen nach Antworten auf die Frage nach dem Ursprung ihres Begehrens zeigt Sexton nicht nur die eigene Fehlbarkeit auf, sondern auch, wie unzulänglich die bürgerliche amerikanische Nachkriegsfamilie sich für die Entfaltung ihrer Person als Tochter, Ehefrau, Mutter und Dichterin erwies. Auf dem Mangel im Selbst, auf dem Fehlen in der Familie zu beharren, bedeutet immer auch, darauf hinzuweisen, wie sehr ihr eigenes Begehren mehr ist, als das bürgerliche Rollenangebot vorsieht. In diesem ›mehr‹ jedoch droht dem Gestus, etwas zu übertreffen, daß er in die Negativität des Überbietens umkippen könnte: Die unheimliche Kehrseite davon, mehr Begehren zu haben, als erlaubt ist, erweist sich als die, kein Begehren mehr zu verspüren. Mehr zu sein, als die vorgesehene Rolle der guten bürgerlichen Tochter vorgibt, bedeutet unter Umständen, niemand mehr zu sein. In dem räumlichen Gegensatz zwischen heimatlichem Herd – die Beschränkungen dieses

Lebens brach sie durch ihren ersten psychotischen Anfall ein für alle Mal auf – und der Heilanstalt, deren Schutz sie zeit ihres Lebens immer wieder aufsuchen mußte – ein räumlicher Gegensatz, der das strukturelle Gerüst dieser frühen Gedichtbände ausmacht –, wird die bürgerliche Familie unheimlich.

Versteht man Anne Sextons Dichtung als Beichte der eigenen Erbschaft, als Klage über die Vergehen der Eltern, aber auch als Anklage der von der Familie ausgehenden Verletzungen, so ist es bezeichnend, daß sie von ihren Ärzten u. a. als Hysterikerin diagnostiziert wurde. Denn seit den bahnbrechenden *Studien zur Hysterie* (1895) von Sigmund Freud und Josef Breuer wird die Hysterikerin verstanden als die Tochter, die mehr ist als nur Tochter, die das Begehren des Vaters als Stellvertreter der bürgerlichen Familie in übertriebenem Maße unterstützt und gleichzeitig seine Autorität radikal hinterfragt. Dies ist natürlich eine gänzlich ambivalente Haltung, denn im gleichen Zuge, in dem die Hysterikerin sich gegen den Vater auflehnt, die Position der Tochter und Frau, die er ihr vorschreibt, in Frage stellt, seine Wahrheiten als notwendige Behelfskonstruktionen entlarvt und seine Verbote übertritt, sucht sie auch, den als fehlbar und versehrt erkannten Vater in seiner Funktion als sinnstiftende Instanz wieder zu retten.

Deshalb ist es so bezeichnend, daß in den von Freud und Breuer vorgestellten Fallgeschichten der hysterische Anfall meist während der Wache am Krankenbett des sterbenden Vaters ausbricht. Denn hier spitzt sich die ambivalente Haltung der hysterischen Tochter zu. Dem Sterben des Vaters beizuwohnen bedeutet für die Hysterikerin einerseits die Einsicht, daß der Vater mangelhaft ist. Hatte er als Stellvertreter der paternalen Ordnung für die Intaktheit der Familie eingestanden, wird die Tochter aufgrund seines Todes nun gezwungen, sich der eigenen Hilflosigkeit und Verletzbarkeit sowie dem Riß in der Familie zu stellen. Im gleichen Zuge, in dem sie aufgrund seines Sterbens erkennen muß, daß die Person des Vaters und die Figur, die als Garant für die Beständigkeit und den Einklang ihrer Welt einstehen soll, unvereinbar sind, taucht bei der Hysterikerin auch das Verlangen nach einer anderen autoritätsspendenden Figur auf. Wenn nun aber gerade die begehrte väterliche Instanz versagt, indem sie abstirbt, sieht die Hysterikerin sich gezwungen, am eigenen Körper den begehrten Meister zu errichten. Unter seiner Besitznahme verkündet sie indirekt die traumatische Botschaft der Lücke in der Haltbarkeit der Familie. Die Erzeugung hysterischer Symptome stellt die einzige Ausdrucksmöglichkeit einer psychischen Störung dar, aber einer Störung, die sich der Sprache des Körpers bedient, weil die paternale Sprache versagt. Diese hysterische Sprache drückt den Zustand, sich emotional nicht von der Stelle bewegen zu können, durch eine Paralyse der Beine, Sprachlosigkeit oder epileptische Anfälle aus. Den Satz ›ich kann mit den mir auferlegten Beschränkungen nicht weiterleben‹ bringt die Hysterikerin durch Ohnmachtsanfälle zum Ausdruck oder dadurch, daß sie das Selbst in verschiedene Persönlichkeiten aufspaltet.

Nun stammt die Bezeichnung Hysterie bekanntlich von dem griechischen Wort für Gebärmutter *(Hystera)* ab, denn die antike Medizin glaubte, daß der Uterus, wenn er trocken wird, auf der Suche nach Feuchtigkeit überall im Körper herumwandere, sich an einem Tag im Hals, am nächsten im Blinddarm, dann wieder in der Brust oder im Bein spürbar mache. Auf diese somatische Ursache wurde dann rückwirkend geschlossen, wenn eine kapriziöse, launische oder extrem theatralische Frau somatische Symptome aufwies, die auf keine organische Störung zurückzuführen waren. Diese Diagnostik der Hysterie entsprach natürlich einem über die Jahrhunderte tradierten Weiblichkeitsbild: der weibliche Körper als ein rätselhaftes, ungebändigtes, nicht beherrschbares Nervensystem, das weibliche Verhalten als Hang zum Uneigentlichen, zur Nachahmung, Täuschung und Mimikry wie zum zügellosen und unberechenbaren Phantasieren. Hysterie wurde aber immer auch als Sprache des weiblichen Unbehagens an der Kultur verstanden: der Code der Unzufriedenheit und Langeweile, der Schwermut, des Lebensüberdrusses, der schwärmerischen Träumerei und der narzißtischen Selbstversunkenheit wie auch der selbstzerstörerischen Wut, mit der viele begabte junge Frauen auf die eingeschränkte Rolle reagierten, die ihnen die bürgerliche Familie anbot.

Die Errungenschaft der Psychoanalyse Sigmund Freuds besteht vor allem darin, daß er die Hysterie als ein Leiden an den Erinnerungsspuren eines psychischen Traumas begreift, dessen Ursprung der Betroffenen unbekannt ist oder von ihr verdrängt wurde und das sich in Gestalt des Symptoms als verschlüsselte Botschaft zurückmeldet. In dem Bericht einer seiner Patientinnen, Emmy v. N., erzählt diese, sie habe in der Nacht zuvor geträumt, sie müsse so viele Tote schmücken und in den Sarg legen, wollte aber nie den Deckel darauf geben. Die Rolle, die diese Hysterikerin sich in ihrer Traumphantasie damit zugewiesen hat, ist bezeichnenderweise die einer Frau, die ihre toten Vorfahren umgestaltet, verschönert, verziert, gleichzeitig aber auch der Anwesenheit der Toten inmitten der Lebenden dadurch gedenkt, daß sie sich getrieben fühlt, die Sargdeckel offenzulassen. So erklärt Freud die Hysterie zum Ausdruck jener pathogen gewordenen Erinnerungen, die den Affekt weiter beibehalten, den sie ursprünglich hatten, und somit zur Symptombildung führen, weil es keine zufriedenstellende Abreaktion eines psychischen Traumas gab. Apodiktisch gesagt, die Hysterikerin wird von Eindrücken heimgesucht, die nicht affektlos geworden sind und deren Erinnerung lebhaft geblieben ist; sie leidet an unvollständig abreagierten psychischen Traumata, an Reminiszenzen, und weil sie von der Vergangenheit nicht loskommt, lebt sie in dem Schwellenbereich zwischen Leben und Tod, zwischen der chimärenhaften Vergangenheit und der unmittelbaren Wirklichkeit. Für Anne Sexton bedeutet dieses Leiden an den Erinnerungen, einen ständigen Dialog mit den Toten zu führen, sowie ein stetes Denken an den eigenen Drang zum Tod.

Jedoch besteht ein weiteres bedeutsames Merkmal der Hysterie darin, daß die Hysterikerin zwar ihren Körper nutzt, um stellvertretend ein früheres Trauma zu wiederholen, in dieser mimetischen Selbstdarstellung jedoch zwischen verschiedenen Positionen oszilliert: zwischen Erinnerung und Neugestaltung, zwischen männlicher und weiblicher Selbstbestimmung, zwischen einer Belebung des Toten und einer Abtötung des Lebendigen. Mit Hilfe ihrer theatralischen Zurschaustellung intimer Phantasieszenen schmückt die Hysterikerin Anne Sexton die Vergangenheit, schöpft aus dem Tod neues Leben.

Sie macht das Verborgene sichtbar, inszeniert die eigene Lebensgeschichte in bezug auf ein vergangenes Trauma, auf beibehaltene Erinnerungsspuren, deren Fluchtpunkt der Tod ist. Dabei beharrt sie darauf, die gegensätzlichen Haltungen immer in Bewegung zu halten, sich nicht ausschließlich für die eine oder andere Position zu entscheiden. In einem Brief an Lois Ames beschreibt sie zwar einen Suizidversuch so, als hätte sie die Möglichkeit, diesen Schwellenbereich ein für alle Mal aufzulösen: »Ich war in einer fürchterlichen Verfassung, Lois, es wurde immer schlimmer ... Im Juli hab ich einen Selbstmordversuch gemacht – na ja, es war eher so, daß ich eine Überdosis Tabletten genommen hatte und ins MGH kam, wo sie mir den Magen auspumpten und mich 48 Stunden lang von Krankenschwestern bewachen ließen. Ziemlich dumme Sache. Lebe oder stirb, du Idiot, und pfusch dem Herrn Dazwischen nicht ins Handwerk. Aber es war kein ganz ernsthafter Versuch, denn sonst wäre er geglückt. Ein Teil von mir ist *lebe*. Aber ich hatte den Entzug vom Tod vergessen. Ich hab mich vollaufen lassen.«

Jedoch sowohl ihre Biographie als auch ihre Gedichte bestehen auf der Geste des Dazwischen. Es war ihr eben nur die Möglichkeit gegeben, zwischen der Suche nach der Wahrheit ihres Geschlechts und der Hinnahme des verborgenen traumatischen Wissens zu oszillieren. Zwischen Leben und Tod konnte sie gerade nicht entscheiden, diese Grenze nicht ziehen, sondern statt dessen eine Botschaft davon verkünden, daß der Tod dem Leben immer eingeschrieben ist, daß eine Bejahung des Lebens von einer Sucht des Todes nicht abzuspalten ist, da solch eine Art Entledigung weder wünschenswert noch möglich wäre. »Wie lebt man«, fragt sie Anne Clarke, »mit dem Wissen, daß der Tod, der eigene Tod, still im Körper wartet und einen zu irgendeiner x-beliebigen Zeit überfällt?« Endet ihr Gedicht ›Mother and Jack and the Rain‹ mit der Entscheidung, »to conjure up my daily bread, to endure, somehow to endure«[4], bedeutet dieses Abwenden des Todesdrangs vor allem, sich die Widersprüche des Lebens einzugestehen. In der letzten Instanz geht es nicht darum, so Sextons dringliche Beichte, ein traumatisches Wissen zu tilgen, sondern den Schritt zu unternehmen, der von einem Besessensein durch die quälenden Geister der Vergangenheit ausgeht, jedoch dazu hinführt, diese beängstigende, aber unausweichliche Erbschaft in einen kraftvollen Besitz umzuwandeln.

*

Am Anfang dieser Sammlung stehen drei Gedichte, die ursprünglich den letzten Abschnitt von *To Bedlam and Part Way Back* (1960) bildeten. Da die Gedichte des darauffolgenden Bandes fast zeitgleich geschrieben wurden und Sexton für die englische Ausgabe ihrer *Selected Poems* diese Triade mit denen aus *All My Pretty Ones* zusammenlegen wollte, erscheint es gerechtfertigt, mit ihnen zu beginnen. Denn hier wird thematisch der Bereich abgesteckt, auf den die zweite und dritte Gedichtsammlung wiederholt zurückkommt – die Verschränkung von psychischem Zusammenbruch und Todessehnsucht, dem Erkunden des Familienerbes, der Weitergabe und Transformation dieser Erbschaft und der Entfaltung ihrer dichterischen Kraft. Zu Recht schlägt Diane Middlebrook vor, das Œuvre Anne Sextons zu lesen wie eine sich langsam entfaltende Geschichte über eine mit dem Fluch eines Todesbegehrens versehene Frau namens ›Anne‹. Der Verlauf der einzelnen Szenen erlaubt ihr zu ergründen, warum sie sich von den anderen sogenannten normalen Frauen unterscheidet und wo dieser Fluch herkommt. Zwar beginnt sie aufgrund ihres Aufenthaltes in einer Nervenklinik damit, die psychiatrische Erklärung auszuloten, doch fügt sie dieser bald eine soziologische und eine spirituelle hinzu.

In dem an ihren Lyrikdozenten John Holmes gerichteten Gedicht ›For John, Who Begs Me Not to Enquire Further‹ verteidigt Sexton sich gegen seinen Vorwurf, in ihren Gedichten das eigene Leid und die Vergehen ihrer Familie allzu schonungslos zur Schau zu stellen, indem sie diesem Verbot eine Poetik des gnadenlosen Blicks entgegenhält. Was sie in dem Durchforsten ihrer pathogenen Erinnerungsspuren, dem »diary of my mind«[5], entdeckt, ist zwar nicht schön, jedoch ergibt es eine Art Ordnungsstruktur, die ihr deshalb hoffnungsvoll erscheint, weil sie ihr erlaubt, sowohl dem Gefängnis des eigenen

Wahnsinns, dem »selfish death«[6], wie auch dem des beschränkten Hausfrauendaseins zu entkommen. Das Sinnbild für diese schmerzhafte und zugleich ermutigende Entdeckungsreise ist der Vergleich ihres psychischen Apparats mit einer umgedrehten Glasschüssel, die sie durch ihre Selbstbefragung angeschlagen hat und deren angesprungene Oberfläche nun ein Sternenmuster ergibt. Stolz hält sie dieses Machwerk – »my awkward bowl, with all its cracked stars shining«[7] – ihrem skeptischen Lehrer und stellvertretend ihren unwilligen Lesern als das Wahrzeichen der verrückten, dichtenden Hausfrau entgegen.

Das ähnelt einem vertrackten Lügengebilde, denn die angeschlagene Schüssel gleicht zwar noch immer einem Gebrauchsgegenstand, kann nun aber nicht mehr im Haushalt benutzt werden, so wie ›Anne‹ nach ihrem ersten Aufenthalt in der Anstalt nie mehr die Rolle der glücklichen Hausfrau bekleiden kann, nicht mehr regungslos in dem Glassarg der bürgerlichen Familie liegenbleibt. Erst durch die auf die Glasoberfläche eingeschlagenen Risse kann ihre Identität sich entfalten, und dieses Umschlagen von Zerstörung in Entdeckung ist ein kommunikativer Akt. Die Geschichte des eigenen Leids wird auch zur Gabe an den Zuhörer, im Akt der dichterischen Gestaltung wird der selbstbezogene Todestrieb zum strahlenden Sternenhimmel.

Obgleich sie begreift, daß die meisten sich von dem bedrohlichen Wissen um die eigene Labilität abwenden und zwischen sich und diesem traumatischen Wissen einen unsichtbaren Schleier ziehen wollen, besteht sie darauf, daß diese ihren geistigen Zustand repräsentierende Glasschüssel erst zu funkeln beginnen konnte, nachdem sie in die dunkelsten Stellen ihrer Psyche geblickt hatte: »This is something I would never find in a lovelier place.«[8] Zudem besteht sie darauf, daß die Grenze zwischen ihr selbst, die im Zeichen des Oedipus die Geheimnisse ihres Leids ans Licht bringt, und den anderen, die sich im Schutzschatten der Jokaste solch einem schmerzlichen Wissen entziehen wollen, fließend ist. Das entsetzliche Wissen, das ihre Lyrik birgt, ist auch ihrem Lehrer gemein. Zweimal insistiert sie, daß ihre Küche – der Ort der familiären Einschränkung, der durch ihren Wahnsinn und dessen dichterische Beichte unheimlich gemacht wurde – mit der Küche ihres Kritikers verschmilzt, daß ihr Gesicht zu seinem wird. Wer immer sich auf die Gabe ›Annes‹ einläßt, kann sich gegen eine Infizierung durch deren bedrohliche Botschaft nicht mehr schützen.

In den darauffolgenden beiden Gedichten gibt Sexton dann einen Teil des Inhalts ihrer angeschlagenen Glasschüssel preis, indem sie zwischen sich, ihrer Tochter und ihrer Mutter eine Dreiecksbeziehung der Vererbung und der Umwandlung errichtet. In ›The Double Image‹ bietet sie ein auf unheimliche Weise von Tod und Regeneration eingeschriebenes Triptychon an. Auf der einen Seite beschreibt sie in der Anrede an die Tochter die eigene Schuld daran, daß sie aufgrund ihres Wahnsinns deren erste Jahre nicht mit ihr teilen konnte. Im Widerstreit zwischen dem Begehren nach Mutterschaft und dem Begehren nach Tod bevorzugt sie, angespornt von den Stimmen der »ugly angels«[9] in ihrem Kopf, die alte Schuld der Selbstzerstörung. Im Austausch für die Geburt der gesunden Tochter – »life made you well and whole«[10] – gebiert sie die Leiche, gibt sie den sie peinigenden Geistern die eigene schuldige Seele zum Pfand – »I let the witches take away my guilty soul«[11]. Doch obgleich damit das Fehlen und die Fehlbarkeit der Mutter von Anfang an in das Leben der Tochter Joyce eingeschrieben ist, betont ›Anne‹ auch die Erneuerung, die daraus erfolgt und die diese Spur des Leids zudeckt: »There was new snow after this.«[12]

Auf der anderen Seite des Triptychons steht ihre Beziehung zu der eigenen Mutter, in deren Haus in Gloucester sie einzog, anstatt bei ihrer Tochter zu sein. An diesem als Schwelle verstandenen Ort – ein Dazwischen, weil sie als Erwachsene wieder in dem Haus ihrer Kindheit lebt, weil sie sich zwar ertragen kann, ohne wirklich genesen zu sein (»a partly mended thing, an outgrown child«[13]) – entsteht eine unheimliche Auffächerung ihrer selbst. Die Mutter wird zur Widerspiegelung der Tochter, und in der Anerkennung dieser Ähnlichkeit kann ›Anne‹ sowohl ihrer Mutter habhaft werden als auch sich schließlich ihrer entledigen. Diese Auseinandersetzung mit den geisterhaften Kräften, die ihr die gesunde Mutterschaft unmöglich machen – die Hexen der Selbstzerstörung im Kopf und die Phantome der Vergangenheit –, verdichtet sich in der Herstellung der beiden Portraits. Zuerst läßt die Mutter die Tochter portraitieren, mit der Begründung, dieses Bildnis solle, weil sie der Tochter den Selbstmordversuch nicht verzeihen kann, ihre Schuld festhalten.

Ganz in der Tradition der Schauerliteratur beginnt nun aber ein fatal unheimlicher Austausch. Einerseits läßt dieses Portrait die Tochter zu einem unbelebten Bild erstarren – »holding my smile in place, till it grew formal«[14] –, als solle diese ewige Kunstform wie eine apotropäische Geste wirken gegen die Versehrtheit des Körpers und die Labilität der Psyche. In diesem im Nordlicht ausgestellten Bildnis der Tochter scheint all das Bedrohliche, das ›Anne‹ durch ihren Suizidversuch ans Licht gebracht hatte, wieder getilgt. Doch andererseits geht aufgrund der Ähnlichkeit zwischen Mutter und Tochter, die gerade in dem Bildnis zutage tritt, die Kraft des Todes von der einen zur anderen über. Zwar sollte es die Schuld der anderen zum Ausdruck bringen, aber im Gestus der kommemorativen Überwindung wird das Bildnis statt dessen zum eigenen Todesträger: »She turned from me, as if death were catching, / as if death transferred, / as if my dying had eaten inside of her.«[15]

›Anne‹ befindet sich nun am Kreuzungspunkt zwischen der aufblühenden zweijährigen Tochter und der an Krebs sterbenden Mutter – zwei Spiegelungen ihrer selbst. Der Tochter hat sie leiblich ihre Gesichtszüge vererbt, »unacquainted with my face, you wore it«[16]. Die Mutter hingegen hat ihrerseits ein Portrait von sich anfertigen lassen, nochmals eine Anklage gegen die Tochter. Denn es entsteht im Zeichen des Krebses, für den sie die Tochter verantwortlich macht. Im Südlicht desselben Zimmers aufgehängt, ergibt es vor allem eine Widerspiegelung des ersten Portraits. Das gemalte Lächeln der Mutter gesellt sich passend zu dem der Tochter ›Anne‹.

In ihr Heim zurückgekehrt, doch noch immer nicht gesund genug, um ihre Tochter wieder zu sich zu nehmen, schildert ›Anne‹ das Treffen der drei Generationen von Frauen. Zusammen mit der noch unbekannten Joyce, »my splendid stranger«[17], besucht sie die allzu vertraute Mutter, und im Schatten der beiden Portraits – »two ladies sitting in umber chairs«[18] – durchlebt sie eine Szene des

Abschiednehmens und der Empfangsnahme. Denn sie erkennt, daß der Maler die beiden Frauen am Wendepunkt festgehalten hat. Das angehaltene Lächeln ›Annes‹ bezeichnet die Hoffnung auf ein neues Leben – »all of me waiting in the eyes«[19] –, das Bildnis der Mutter hingegen die Hinnahme des Todes. In der Verdoppelung durch das mütterliche Bildnis erkennt ›Anne‹ nun sowohl die Mutter als das erste Bild ihrer Selbst an, erkennt aber auch, daß diese erste Liebe verloren, nicht mehr zugänglich ist. Doch indem die krebskranke Mutter auch für den Tod einsteht, den sie von der Tochter über deren Bildnis erhalten hat, kommemoriert das gemalte Bild der Mutter auch ›Annes‹ Überwindung des Todes – »that stony head of death I had outgrown«[20]. An diesem Schwellenort zwischen belebten Körpern und deren unbelebter Wiedergabe im Bild, zwischen Regeneration und Absterben, in dieser Spiegelhöhle, in der die gedoppelte Frau sich selbst anstarrt – »as if she were petrified in time«[21] –, umarmt nicht nur die Großmutter die Enkelin, sondern kann auch die Tochter die Erbschaft ihrer Mutter antreten und so von ihr scheiden.

Bildet das im Portrait festgehaltene Bündnis mit der Mutter auch ihre Schuld an deren Tod ab, so steht das sie ebenso wiedergebende Gesicht der Tochter dafür, daß ›Anne‹ sich auch dem Leben verpflichtet fühlt. Noch einmal bildet ihr Selbst den Kreuzungspunkt zwischen zwei Ansprüchen. Joyce, die langsam lernt, ›Anne‹ Mutter zu nennen, ist die Spiegelverkehrung der an Krebs sterbenden Mutter. Somit wird eine narzißtische Ökonomie durchaus beibehalten. Mußte ›Anne‹ ihr erstes Bild, die Mutter, verlieren, um sich der zerstörerischen Geister zu entledigen, so braucht sie ein weiteres sie wiedergebendes Bild, um ihren Lebenswillen und ihre mütterliche Liebe anzunehmen. Im gleichen Zuge, in dem sie die Schuld gegenüber der eigenen Mutter begleicht, verfestigt sich aber die gegenüber ihrer Tochter. Denn sie erkennt, daß das Triptychon sie immer auf sich selbst zurückwirft: »I made you to find me.«[22]

In einem Brief, den sie einige Tage vor Weihnachten im Jahre 1964 an Anne Clarke schickt, schildert Sexton ihre Empfindungen am Sterbebett der Mutter: »Ich erinnere mich noch genau daran, wie ich direkt neben meiner Mutter saß, als sie starb, und ihr helfen wollte, dasein wollte, *direkt neben ihr*, damit sie die Barriere nicht allein zu überwinden brauchte [...] Und das habe ich getan. Und dann war sie hinüber. Sie war im Nichts-Sein ... Ohne mich. Ohne *sich selbst!* ... Sie war vom Etwas-Sein zum Nichts-Sein übergegangen ... und was hatte ich ihr helfen können? Trotz all dieser Liebe (Sehnsucht) vermochte ich die Stunden des Schmerzes nicht anzuhalten [...] Und nun ist sie ein Nichts. Nur für mich nicht ... für mich ist sie ein großes Etwas ... ein Etwas, das ich liebe und hasse, auf das ich immer noch reagiere und mit dem ich spreche. Das erhält uns am Leben. Das lebendige Wesen, das wir zurücklassen.« Diese ambivalente Erbschaft, die sie nach dem Tod ihrer Mutter antreten mußte, von ihr besessen zu sein, sich dieses Besitzes entledigen zu wollen und gleichzeitig zu wissen, daß ihre dichterische Kraft von dieser Erbschaft abhängig bleiben wird, bildet das Thema des letzten Gedichtes, ›The Division in Parts‹.

Das Vermächtnis, das ›Anne‹ zwischen sich und ihren Schwestern aufteilt, lastet zuerst auf ihr wie eine Schuld, denn die emotionale Trauer hinkt dem Ritual der Testamentsvollstreckung hinterher. Während ihre Mutter noch im Krankenhaus lag, konnte sie das Leid mit ihr teilen. Doch der konkrete Verlust bewirkt zuerst ein Unvermögen, Kummer zu empfinden, was gerade dadurch hervorgehoben wird, daß die Trauer um die Mutter in die Zeit des Osterfestes fällt. Angesichts des eigenen Verlustes wirken auch die durch die Mutter tradierten christlichen Rituale hohl: »I imitate / a memory of belief / that I do not own.«[23] Erst nachträglich kann das ererbte Gut – die Gegenstände sowie die Erinnerungsbilder – auch mit dem Affekt des Kummers gefüllt werden.

In dieser Schwellenzeit wird der gekreuzigte Christus zum Sinnbild ihres Haderns. Steht er dafür ein, daß aus der Selbstopferung eine Liebe entspringen mag, die die Erbschaft der Sünde und des Leids anerkennt, so nutzt ›Anne‹ das Bild des wartenden Christus, um aus der Ambivalenz ihrer Gefühle zur Liebe für ihre Mutter zu gelangen. Weder die vorgetäuschte Normalität des Alltags, noch die nostalgische Durchforstung ihrer Kindheitserinnerungen, noch der

Versuch, diese Vergangenheitsbilder durch eine Geisterbeschwörung zu bannen, erweist sich als adäquate Form der Trauer. Die Erbschaft antreten bedeutet statt dessen, die phantomartige Anwesenheit der Mutter über den Tod hinaus sowohl zu verfluchen als auch heraufzubeschwören. Denn hatte sie einst von der Mutter ihre ersten Worte gelernt, ist diese als »brave ghost«[24] nun Schutzpatronin ihrer Dichtung. Ihre Tochter weder lobend noch ihr ein Paradies versprechend, überwacht sie statt dessen den Fundus an ererbtem Wissen, aus dem die Dichterin ›Anne‹ schöpfen kann.

*

Als Sexton noch unschlüssig war, wie sie ihren zweiten Gedichtband nennen sollte, spielte sie mit dem Gedanken, die Sammlung *The Survivor* oder *The Truth the Dead Know* zu betiteln, denn, wie sie ihrem Freund Dennis Farrell gestand, »it is mostly about the dead . . . and love . . . and sin . . . but mostly the dead«[25]. Auf das Zitat aus Shakespeares *Macbeth* hatte sie eine Freundin gebracht, die auf die Kondolenzkarte zum Tod ihres Vaters geschrieben hatte: »Oh no, Anne, your mother in March and your father in June. All your pretty ones at once?«[26] Indem Sexton sich die Worte Macduffs zu eigen macht, der Macbeths Zerstörungswut zum Opfer gefallen, auf einen Schlag seine gesamte ihm so liebe und teure Familie verliert, betont sie nun weniger die selbstbewußte Macht der Überlebenden noch eine von den Hinterbliebenen abgekoppelte Wahrheit der Vorfahren, sondern gerade den elegischen Schmerz der Trauernden.

Mit dem ersten Gedicht beginnt eine Serie von Dialogen mit den Toten oder Sterbe- und Tötungsszenen, die an das Leiden von Hysterikerinnen an Reminiszenzen erinnern. Ganz im Sinne Emmy v. N.s schmückt Sexton liebevoll und gleichzeitig akribisch ihre Toten aus. Mal wird direkt an die toten Eltern erinnert, wie in dem Gedicht, das den Titel der Sammlung trägt. In der direkten Anrede an den toten Vater beschreibt ›Anne‹, wie sie durch seinen Nachlaß geht, seinen Besitz auflösen will, aber an den Bildern des Photoalbums hängenbleibt. Über diese Abbildungen ruft sie für sich Szenen seiner Vergangenheit wach, wie sie auch beim Lesen des Tagebuchs ihrer Mutter die eigenen Erinnerungen an die Eltern neu belebt. Inmitten dieses vererbten Bildschatzes, »this hoarded span«[27], erscheinen die Eltern zwar nicht als schöne, makellose Figuren der idealisierten Kindheit, jedoch erlaubt ihr das Erhalten gerade der Erinnerungsbilder, den Schmerz des Verlustes zu überwinden und im Wissen ihres eigenen Überlebens eine verzeihende Liebe jenseits von Schuld und Wut über den Verlust zum Ausdruck zu bringen.

In ›The Operation‹ greift sie zurück auf das in ›The Double Image‹ geschilderte Leiden ihrer Mutter, bezieht die Frage der Erbschaft nun aber auf die eigene Krankheit. Während sie mit einer Lungenentzündung im Krankenhaus lag, entdeckten die Ärzte eine Beule in der Magengegend und entfernten daraufhin eine gutartige Zyste an den Eierstöcken wie auch ihren Blinddarm. Obgleich Sexton sich schnell erholte, blieb ihre Furcht, von der Mutter den Krebs übernommen zu haben, eine Art Rückgabe, denn sie hatte sich auch einreden lassen, daß sie für den Krebs der Mutter verantwortlich war. Wieder zu der Frage der Erbschaft zurückgekehrt, beschreibt sie, wie Mutter und Tochter sich nicht nur in dieser Krankheit ähneln, denn die Ärzte »equate my ills with her«[28]. ›Anne‹ setzt auch den Ort ihrer Entstehung mit dem des Krebses gleich. Ihr »most gentle house«[29] wandelt sich nahtlos in ein »embryo of evil«[30]. Die Zeitebenen verschwimmen, und in Erwartung der eigenen Operation erinnert ›Anne‹ sich an die Krankenhausbesuche bei der sterbenden Mutter, die ihr das gnadenlose Wissen um die eigene Sterblichkeit aufdrängen – »the historic thief is loose in my house«[31].

Spukte der Geist des Todes zuerst nur in ihrem Heim, setzt er sich dann materiell in ihrem Körper fest – »fact: death too is in the egg«[32] –, als wäre dies eine hysterische Somatisierung des Wissens um den Tod, das sie seit dem Absterben der Mutter bei sich trug. Bezeichnenderweise wird die Operation dann wie eine todesähnliche Erfahrung geschildert, und in diesem Schwellenbereich kehrt sie zu der Mutter zurück, deren Tod immer mit Geburt verknüpft war: »I plunge down the backstair / calling mother at the dying door, / to rush back to my own skin, tied where it was torn«[33]. Der Hilferuf der Tochter an die Mutter, der sie ihr Leben verdankt, in dem Augenblick, in dem sie meint, dieses Leben zurückgeben zu müssen – »I thought I'd die«[34] –, wandelt sich dann in einen Ruf der Erinnerung an die frühkindliche, nährende, stützende Mutter, »recalling mother, the sound of her / good morning, the odor of orange and jam«[35]. Die ermutigenden mütterlichen Worte der vermeintlich glücklichen Kindheit – »and run along, Anne, and run along now«[36] – verschränken sich mit dem Wissen um den versehrten, gerissenen und geflickten Körper der erwachsenen Frau. So entsteht das von Komik durchdrungene Bild der in die Normalität des Alltags zurückkehrenden ›Humpty Dumpty Anne‹. Wie so oft in diesen Gedichten bleibt die Ambivalenz, die den Dialog mit dem Tod durchdringt, erhalten: Es verschmelzen miteinander die Erinnerung an den Tod und dessen Erwartung, die Vergangenheit als Ort des Glücks und des Schmerzes, die Zukunft als Überwindung, aber auch Tradierung des Leids.

In anderen Gedichten wird allgemeiner die Gegenwart der Toten inmitten des Lebens thematisiert. In ›The Truth the Dead Know‹ schildert ›Anne‹ ihren Versuch, sich von den Toten abzuschotten, den Friedhof zu fliehen, in der Berührung mit dem Geliebten eine neue, hoffnungspendende Nähe aufzubauen, doch eine Erinnerung an die Verstorbenen bleibt. Versteinert in ihrem Tod, insistieren die Vorfahren einfach, lassen sich nicht verschönen und mahnen daran, daß ihr Schicksal unvermeidbar und unentrinnbar ist. Ähnlich ambivalent ist auch der Dialog in ›A Curse Against Elegies‹, denn während der nicht identifizierte Sprecher darauf besteht, er sei der vielen Toten überdrüssig, er wolle die Gräber verlassen, die Toten vergessen, da die verstorbenen Ahnen gegenüber den Hinterbliebenen gleichgültig sind, erkennt er in der Angesprochenen, wie sehr diese ganz im Sinne der Hysterikerin weiterhin an der Stätte des Todes verharrt, die Gesichter der Verstorbenen sucht: »talk back to your old bad dreams«[37]. Trauer zehrt von der Unentscheidbarkeit zwischen einer Gelassenheit gegenüber den Toten und einem Fortführen des Gesprächs mit ihnen; von einer Fähigkeit, sich im eigenen Selbstverständnis jenseits dieser Ahnen zu stellen, und der Insistenz dessen, was Anne Sexton am Totenbett ihrer Mutter erfuhr, »what keeps us alive. The living thing we leave behind«[38].

In einer anderen Serie von Gedichten zelebriert ›Anne‹ das eigene Todesverlangen. Mal bietet sie vignettenartige Szenen an, etwa in ›Starry Night‹, wo sie sich wünscht, die wie ein großer Drachen mächtige Nacht würde sie ohne Zeremonie, klanglos und schmerzlich aufsaugen. Dann wieder stellt sie sich in ›Old‹ das Sterben als einen langsamen Eintritt in einen Traumzustand vor, wo vergangene Szenen wieder aufleben. Andere Gedichte wiederum wirken wie halluzinatorische Phantasieszenen. ›The House‹ beschreibt einen Wiederholungstraum, in dem die Vergangenheit zurückkehrt: das Haus der Kindheit neu errichtet, die Eltern wieder auferstanden, besondere Episoden und die ihnen zugeschriebenen Figuren neu belebt. Bezeichnend an dieser Rückkehr des Gewesenen ist aber wieder die doppelte Nähe zum Tod. Denn zum einen erscheint das Haus als Sinnbild für den psychischen Apparat der Träumerin, der sich als Krypta entpuppt, als Ort des Gedenkens, in dem die Toten erhalten bleiben und somit inkorporiert wie Fremdkörper am Geist der Überlebenden zehren. Zum anderen aber läuft dieser Wiederholungstraum immer auf den Wunsch hinaus: »I wish I were dead«[39], wobei Lebensende und -anfang kollabieren. In der Phantasieszene ist ein Träumen davon, tot zu sein, oder ein Träumen davon, in den Hort ihrer Erinnerungen zurückgekehrt zu sein, ein und dasselbe, denn beide stellen ein vom Tod eingeschriebenes Anhalten des Todes dar, »All day long [. . .] waiting to topple«[40].

Ähnlich halluzinatorisch erscheinen auch ›For God While Sleeping‹ und ›In the Deep Museum‹, gedichtete Szenen, die die Phantasierende immer näher an den Nabel des Todes führen. In dem ersten Gedicht schildert ›Anne‹ einen Traum, in dem sie an der Passion Christi teilhat, ein mythopoetisches Bild, das fugenhaft die frühen Gedichte seit der ersten Beschreibung ihrer Trauer um die tote Mutter durchzieht. Hier betont sie den Schmerz des Sterbenden, die Verwahrlosung der ihn umgebenden Menschen, das Fehlen jeglicher Idealisierungen. Christus ist keine erhabene Ikone, sondern ein unbekannter »skinny man«[41], der eben nicht auf glorreiche Weise zum Flug jenseits des menschlichen Daseins abhebt, sondern an sein eigenes Körpergewicht und die Last seines Geschlechts – »your nameplate«[42] – unwillkürlich gebunden, dem Tod entmächtigt entgegenholpert.

In dem zweiten Gedicht wird dann eine hysterische Identifikation mit dem toten Christus dargestellt, die Phantasieszene, gestorben zu sein und dennoch bewußt den eigenen Zerfall mitzuerleben. Statt der im Mythos tradierten Auferstehung Christi beschreibt ›Anne‹, aus der Innenperspektive des Toten, das Schlecken der Ratten, die langsam den Körper des Gottessohns zersetzen, eine Auflösung des Körpers, die eben nicht schrecklich ist, sondern Genuß bereitet: »I bless this other death. Oh, not in air – / in dirt.«[43] Diese Schilderung eines anderen Todes Christi, eine Neuschreibung des Mythos, birgt natürlich auch eine ikonoklastische Geste. Vermessen verkündet die sich als Christus imaginierende ›Anne‹: »Far below The Cross, I correct its flaws«[44], und hinterfragt somit den Mythos des Gottessohns, der mit seinem Tod die Sünden der Menschheit auf sich nimmt und dennoch unversehrt zur Gottheit zurückkehrt. Dies steht durchaus im Zeichen der Hysterikerin, die das väterliche Gesetz zwar retten will, es dennoch aber immer auch mit ihrem exzessiv zur Schau gestellten Leiden demontiert. Denn in ›Annes‹ Phantasie besteht das monströse Wunder dessen, der den Tod auf sich nimmt, eben nicht darin, daß er wiederkehrt, sondern darin, daß er gänzlich verschwindet: »I will not be there.«[45] Nicht in dem erhabenen, unversehrten Körper des Auferstandenen, sondern in dessen radikaler Auslöschung kann dem Tod ein wirkliches Zeichen gesetzt werden.

Von einem hysterischen Leiden an Reminiszenzen kann auch in bezug auf jene Gedichte gesprochen werden, in denen ›Anne‹ Erinnerungsspuren nachzeichnet, die sie nicht loslassen. So etwa eine Sommernacht, in der sie, von außen die Fenster ihrer Eltern betrachtend, an die Sterne Fragen über das Schicksal ihres Körpers richtet und sich in der imaginierten Obhut Gottes geborgen wähnt (›Young‹); oder ein mit dem Geliebten verbrachter August (›I Remember‹), der ihr als Zeit ungebrochener Wärme, Offenheit und Nähe im Gedächtnis geblieben ist. In dem fünften Teil der Sammlung gedenkt Sexton mit drei Gedichten einer kurzen, leidenschaftlichen Liebesaffäre mit dem

Dichter James Wright. Die erste Erinnerungsszene schildert ›Anne‹ auf einer Fähre, ihrem abwesenden Geliebten einen Brief schreibend, in dem sie ihre Trennung beklagt. Das ewig gleichbleibende Meer erscheint ihr zuerst als Warnung vor der Stagnation, die dieser Affäre droht, denn es ist Sinnbild für den reinen, unbedeutenden Verlauf der Zeit – »without miracles or rage / or unusual hope, / grown rough and wrinkled / with incurable age«[46]. Doch dieser unabdingbaren und gleichsam unveränderbaren Vergänglichkeit setzt sie eine Halluzination entgegen, den kindlichen Glauben an die Allmacht der Gedanken, kraft derer sie die vier mit ihr reisenden Nonnen wunderlich zum Fliegen bringt und deren Gesang sie als gutes Omen für das Fortbestehen ihrer Liebe versteht. Die zweite Erinnerungsszene stellt die beiden Liebenden in einer Landschaft mit Lilien dar (›From the Garden‹), in der ›Anne‹ den Geliebten bittet, mit dem Reden aufzuhören und sich der Liebesfreude wortlos hinzugeben. Die dritte Szene spielt in dem Hotelzimmer, in dem sie mit ihrem Geliebten, zwischen Schuldgefühlen und Begehren schwankend, sich streitend und sich wieder versöhnend, den leidenschaftlichen Ehebruch vollzieht (›Love Song for K. Owyne‹). Doch wieder wohnt dem Glück das Zeichen des Verlustes inne. Die erotische Vereinigung mit dem verbotenen Geliebten wird im Motto als Wiederbelebung einer Leiche geschildert, die im Meer den Tod gesucht hatte.

In dem darauffolgenden Gedicht ›Flight‹ zeigt sich wieder der Umschwung von Glück in Verlust, denn wenn die vorherigen Gedichte Phantasieszenen festhalten, die gegen das Gefühl, hilflos und ausgesetzt zu sein, Bilder des Glücks, der Geborgenheit oder der Zugehörigkeit entwerfen, so kehrt ›Anne‹ hier wieder zu der Erinnerung an die Unstillbarkeit des Begehrens zurück. Von dem Sehnen nach dem abwesenden Liebhaber getrieben, fährt ›Anne‹ nachts zum Flughafen, um noch mit der letzten Maschine Boston zu verlassen. Im Bild des regungslosen Flughafens, des gähnenden Nachtportiers, der geparkten Flugzeuge – »heavy and rigid in a pool of glue«[47] –, die einen hartnäckigen Gegensatz zu dem ungebändigten Fluß ihres Begehrens bilden, bringt sie die Hoffnungslosigkeit zum Ausdruck, die der Vorstellung innewohnt, der Geliebte könnte den Mangel im

Sein füllen, ihre Verwundungen auf immer heilen, eine ersehnte Herberge für ihr vagabundierendes Ich errichten. Der Ort für dieses Begehren kann nur das Nirgends des nächtlichen Raums sein, der die weiterstreunende ›Anne‹ in sich aufnimmt, wie »all the insects who / had nowhere else to go«[48].

Ebenso wird in ›Letter Written During a January Northeaster‹ die durch die Abwesenheit des Liebhabers hervorgerufene Einsamkeit mit einem todesähnlichen Zustand verglichen. In der Lücke, die dadurch entsteht, kehren Todesbilder, aber auch Erinnerungsbilder der verstorbenen Vorfahren wieder, um, der Vorstellung der glücklichen Liebe trotzend, ›Anne‹ mit ihrem Wissen heimzusuchen. Die erste Szene, die sie dem abwesenden Liebhaber schildert, ist der von Schnee bedeckte Friedhof, und sie bildet sich ein, die Toten freuten sich darüber, daß niemand sie besucht. Dies wird natürlich als Kontrast verstanden zu dem eigenen Sehnen nach der Rückkehr des Liebhabers, wie auch zu ihrem Wohnraum, von dem sie zwar behauptet, er sei ein Leben beherbergender Ort – »my window, which is not a grave«[49] –, doch der im Verlauf des Gedichts der Wohnstätte der Ahnen immer ähnlicher wird.

Eine Stille kehrt auch hier ein, die ›Anne‹ über die eigene Stimme erschrecken läßt, dann eine Suspendierung der Zeit, eine ewige, unveränderlich bleibende Gegenwart – »There is no other day but Monday«[50] –, für die es kaum noch sinnvoll erscheint, sie in unterschiedliche Tage aufzuteilen. Ist am Anfang der Geliebte noch der bevorzugte Adressat ihrer Gedanken – »you are the only one / that I can bother with this matter«[51] –, findet unter dem Ausbleiben seiner Briefe eine Verlagerung von der Gegenwart in die Vergangenheit statt. Nach einer Reihe von Assoziationen, die jeweils eine Ichentgrenzung umkreisen – sich bis zur Besinnungslosigkeit betrinken, die Nachricht über den tödlichen Unfall von achtundzwanzig Männern auf einem Radarturm –, nimmt die äußerliche Erstarrung und Regungslosigkeit, Seismograph ihres psychischen Zustands, immer mehr überhand. Der Postbote entpuppte sich als ihr verstorbener Großvater, ein unheimlicher Bote, der ihr eben nicht die Briefe des ersehnten Liebhabers überbringt, sondern statt dessen eine Botschaft darüber meldet, daß der Adressat ihrer Liebe zwar tilgbar ist, das verdrängte traumatische Wissen der Vorfahren jedoch immer wiederkehrt. Mit einem doppelten Verschwinden hört das Gedicht auf, das Sexton ans Ende von *All My Pretty Ones* gesetzt hat: »Now he is gone / as you are gone. / But he belongs to me like lost baggage.«[52] Während der Liebhaber einfach aus ihrem psychischen Apparat, aus dem Bildfundus ihrer Erinnerung verschwinden kann, ist die Stellvertreterfigur ihrer Vorfahren, die als Briefbote deren Botschaften an sie zurückträgt, untilgbar dem psychischen Haushalt eingeschrieben, eine Spur, ein Fleck, eine Erbschaft, ein verlorengegangenes Stück Besitz, dessen man, wie Oedipus so schmerzhaft erfahren muß, sich nie wirklich entledigen kann.

Diese vielseitigen Todesszenen, deren Anfang das schweigende Wissen der Toten besingt und deren Ende die Insistenz ihrer stets wiederkehrenden Botschaft versichert, bildet den Rahmen für das Gedicht, das als einziges den dritten, mittleren Teil von *All My Pretty Ones* ausmacht. In ›The Fortress‹ bewahrt ›Anne‹ in ihrer an die Tochter Linda gerichteten Rede die Erinnerung an einen gemeinsam gehaltenen Mittagsschlaf, auch eine Szene der Ruhe, der angehaltenen Zeit. Doch von Anfang an ist dem gepriesenen Bündnis genau jener Riß miteingeschrieben, der auch seine Dauer versichern soll. Es ist eine auf »promises I never keep«[53] begründete Liebesverbindung, das Zelebrieren einer Erbschaft, die immer auch gefährdet ist, wofür nicht zuletzt jenes Muttermal steht, »a spot of danger«[54], das sie der Tochter vererbt hat, so daß beide Körper als versehrt gezeichnet sind.

Die Analogisierung zwischen ihren liegenden Körpern und den Gebilden der Natur, die beide vom Schutz des Bettes aus betrachten, dient ›Anne‹ dazu, die eigene Machtlosigkeit gegenüber den »terrible changes«[55] des Lebens anzuerkennen, die sie mit einem Schlag all der ihr teuren Dinge – der Kinder, des Hauses, des eigenen Lebens – berauben könnten. Indem sie der Tochter das Segment einer Erinnerungsspur weitergibt, in der sie mit ihrer Mutter, kurz vor deren Tod, die erkrankten Bäume pflegte, beschert sie diese mit dem doppelten Wissen der Vergänglichkeit und der Tradierung. Wie die Jahreszeiten der Natur, so sind auch die Frauen ihres Geschlechts dem

Wandel der Zeit unterworfen. Doch gegen diese Entmachtung setzt ›Anne‹ ihre Erinnerungsbilder als eine dieser Fehlbarkeit Widerstand leistende Gabe. Inmitten der Kontingenz des Lebens bilden diese Erinnerungen den einzig beständigen Liebesbeweis, den sie der Tochter anbieten kann: »I cannot promise very much. / I give you the images I know.«[56]

Mit dieser Botschaft, die in ein und derselben hysterischen Geste die Unterwerfung unter die Kontingenz des Lebens annimmt und diese radikal hinterfragt, kehrt Sexton auch zu jener Poetologie zurück, die sie mit dem Gedicht ›For John, Who Begs Me Not to Enquire Further‹ zu entwerfen begonnen hatte. In drei Gedichten aus *All My Pretty Ones* wird aufgezeigt, wie das Schöne der Kunst – »the images I know« – und das Traumatische dieser Erinnerungs- und Ergründungsbilder, die immer als letzten Maßstab den Tod setzen, sich gegenseitig bedingen. In ›To a Friend Whose Work Has Come to Triumph‹ feiert sie das mythopoetisch tradierte Bild des Dichters, der möglicherweise wie Ikarus an seinem Höhenflug zugrunde gehen wird, sich durch seinen todessüchtigen Mut jedoch auch der göttlichen Macht mit Zurufen nähern konnte, wie dies ein vernünftiger Bürger nie kann. In ›The Black Art‹ hingegen beharrt sie darauf, daß aus dem Dichten der Fleck der durch Verderben gezeichneten Fülle nicht zu tilgen ist. Denn die dichtende Frau fühlt zuviel, ist durch ihre geistige Abwesenheit von den Belangen des Alltags abgewandt, auf gefährliche Weise mehr als eine Hausfrau, tatsächlich einer Spionin gleich, die aus dem Fundus ihres traumatischen Wissens Weissagungen und Warnungen aussprechen kann. Ihr gleichgesinnt, weiß der dichtende Mann zuviel, seinerseits durch das Herstellen von Scheingebilden, von Zauberwerken und Fetischen vom normalen Alltagsgeschäft abgeschottet. Aus ihrer Zweisamkeit kann keine normale Familie entstehen, weil sie zu selbstlos nur die Dichtung schaffen und dieses Mehr, diesen Überschuß nicht in die Ökonomie der bürgerlichen Familie einbinden können: »There is too much food and no one left over / to eat up all the weird abundance.«[57]

Doch diese Schicksal bestimmende Fülle, die so unheimlich und so verzaubert wirkt auf jene Alltagsbürger, die die Jokaste in sich bevorzugen, ist eben die seltsame Nahrung, die die Lyrik spenden kann. So setzt Sexton in ›With Mercy for the Greedy‹ ihre Dichtkunst der christlichen Beichte entgegen. Ihre Gedichte ähneln zwar dem religiösen Fetisch des Kruzifixes, verstehen sich aber als umwandelnde Annahme der eigenen Schuld. Wie im Bezug auf die von der Mutter tradierten Geschichten zur Osterfeier betont ›Anne‹ auch hier das Ungemäße des christlichen Rituals. Es sind für sie »secondhand«-Hilfen, die zwar ihr Bedürfnis, nicht aber ihren Glauben berühren. Ihre Dichtung erscheint eher als das Erforschen und Eingestehen ihrer und der geerbten Vergehen, die argumentative Rede der Zunge, die sich einer nach erbauender Nahrung gierigen Welt als schillerndes, weil unumgehbar ambivalentes Gebilde anbietet – »the rat's star«[58].

*

In dem einleitenden Motto zu dem Band *Live or Die* (1966), für den Anne Sexton den Pulitzerpreis erhielt, entschuldigt sie sich dafür, daß sich die Gedichte möglicherweise wie die Fieberkurve einer schweren Melancholie lesen lassen, betont gleichzeitig aber auch, daß jeder Optimismus unweigerlich in Schwermut umschlägt. Indem sie die chronologische Abfolge sowie eine für sie sonst ungewöhnliche Datierung der Gedichte beibehält, läßt sie die Persona ›Anne‹ eine Entwicklung durchlaufen, die bei der Verzweiflung über die eigene Geisteskrankheit beginnt, aufgrund derer ihre Todessucht unausweichlich erscheint, aber mit dem Umschwung in Hoffnung endet, dem bewußten Entschluß, gegen die eigenen zerstörerischen Geister, den Stimmen ihrer toten Ahnen und ihres Wahnsinns zum Trotz, weiterzuleben. Im Verlauf dieser melancholischen Reise wird somit auf immer wieder schwankende Weise ihr Todesbegehren mit dem Wunsch, das Leben zu ertragen, ausgehandelt.

Wie Sexton in einem Interview mit Barbara Kevles erklärt, hatte Saul Bellow, dem sie nach ihrer Lektüre von *Henderson the Rain King* zuerst einen begeistert überschwenglichen Brief schrieb, für den sie sich in einem zweiten Brief dann aber entschuldigte, ihr aus dem Manuskript seines neuen Romans *Herzog* eine von ihr als Orakelspruch verstandene Botschaft geschickt: »Die Botschaft, die er angestrichen hatte, lautete folgendermaßen: ›Mit einem tiefen Atemzug, der ihm die Brust weitete, kämpfte er an gegen die Trauer über sein einsames Leben. Weine nicht, du Idiot! Lebe oder stirb, aber vergifte nicht alles.‹ Und indem er das angestrichen und mir geschickt hatte, hatte mir Saul Bellow eine Botschaft für mein ganzes Leben gegeben. Daß ich die Welt nicht vergiften wollte, daß ich nicht die Mörderin sein wollte, sondern diejenige, die neues Leben schenkt, die Dinge zum Wachsen und zum Blühen bringt; ich wollte nichts und niemanden vergiften. Also hängte ich diese Botschaft über meinem Schreibtisch auf; es war eine Art Geheimbotschaft.«

Die Aufzeichnung ihrer Reise durch die Melancholie beginnt mit einer Erinnerung an den toten Vater, der sich als reisender Handelsvertreter vor allem durch die Eloquenz seiner Rede auszeichnet, »a peddler, a hawker, a merchant and an Indian chief«[59]. In ihrem Versuch, sich dem Verstorbenen anzunähern, seine Leiche zu schmücken, den Sargdeckel offenzulassen, folgt sie seiner Liebe für Landkarten und zeichnet nachts seine alten Reiserouten in Gedanken nach. Doch diese versöhnliche Identifikation ruft als Erinnerung auch seine letzte Reise hervor, den tödlichen Autounfall, wie es sie auch zu einer weiteren Wiederholungsfigur führt. Im Schatten ihres Vaters bereist ihr Ehemann dieselben Straßen, um Wolle zu verkaufen – »your sample cases branded with my father's name«[60]. Ganz im Sinne des Aberglaubens erfüllt er somit als Verdoppelung des Vaters eine zweifache Funktion. Denn wie Sigmund Freud in seinen Ausführungen über das Unheimliche aufzeigt, ist der Doppelgänger zwar ursprünglich eine Versicherung gegen den Untergang eines bestimmten Menschen, doch wird aus der Versicherung des Fortlebens bald ein unheimlicher Vorbote des Todes.

Mit ihrer Preisung der nährenden Kraft der Sonne (›The Sun‹), deren schädlichen Folgen sie sich gleichzeitig gänzlich bewußt ist, leitet ›Anne‹ über zu einem der zentralen Gedichte dieser Sammlung. In ›Flee on Your Donkey‹ beschreibt sie ihre Rückkehr in die Nervenklinik, nach sechs Jahren langer Therapie. Diese Rückkehr versteht sie als untilgbaren Ausdruck ihres Hungers nach Selbstverschwendung, und in dem Gleichklang zwischen ihrem Namen (›Anne‹) und dem französischen Wort für Esel (âne) findet dieses Begehren sein bedeutsames Sinnbild. Wie bereits in dem Titel des Gedichtbandes spricht sie auch diesem Gleichnis eine orakelhafte Botschaft zu. In dem Interview mit Barbara Kevles erklärt sie: »Eines Tages las ich irgendwo ein Zitat von Rimbaud, es lautete: ›Anne, Anne, flieh auf deinem Esel.‹ Ich tippte es ab, weil mein Name darin vorkam und weil ich fliehen wollte. Ich steckte den Zettel in meine Brieftasche, ging zu meinem Arzt und wurde dann zum siebten oder achten Mal in ein Krankenhaus eingeliefert. Im Krankenhaus begann ich das Gedicht ›Flieh auf deinem Esel‹ zu schreiben, als ob diese Botschaft gerade im richtigen Augenblick zu mir gelangt wäre.« Doch erlaubt das Sinnbild des ziellos fliehenden Esels auch eine andere Assoziation, wurde doch innerhalb des gängigen medizinischen Diskurses zur Hysterie diese psychosomatische Störung als Zeichen eines unbefriedigten weiblichen Begehrens verstanden, dessen Symptom in dem wandernden Tier, dem losgelösten Uterus, dinghaft gemacht werden sollte.

Die Rückkehr in die Klinik wird von ›Anne‹ beschrieben als einzige Handlungsmöglichkeit in einer ansonsten ausweglos erscheinenden psychischen Situation, doch wirkt die Einlieferung zuerst wie eine gänzliche Entmachtung. ›Anne‹ gibt all die auf einen normalen Alltag verweisenden Besitzgegenstände auf und überläßt sich, einer Fremden (»stranger«) gleich, gänzlich der unveränderten Routine der Anstalt wie auch der Erinnerungsspuren, von denen sie besessen ist. Die Hornissen erscheinen ihr wie unheimliche Boten, die das traumatische Wissen der Vergangenheit für sie verkörpern und eine Brücke zu den nicht abreagierten Szenen des Vergangenen bieten, ohne ihr das Wissen, nach dem sie auf so geplagte Weise Hunger verspürt, zugänglich werden zu lassen. Dem nicht lesbaren Hissen der Hornissen stehen die ebenso unverständlichen Laute der anderen Insassen entgegen, Zeichen für das ewig Gleichbleibende dieser »scene of the disordered senses«[61].

An den Ort der steten Wiederholung zurückgekehrt, läßt ›Anne‹ die Szenen der vergangenen Jahre noch einmal aufscheinen, als suche sie die Stelle, die eine Flucht aus dem verhängnisvollen Zirkel ermöglichen würde: den Tod der Mutter und des Vaters, die Therapie mit ihrem Analytiker, den sie mit einer Gottheit vergleicht. Hatte sie sich von ihm eine Befreiung aus dem durch ihren Zerstörungshunger gezeichneten Leben erhofft, findet sie auch hier nur die Wiederholung wieder. In der Analyse erlebt sie todesähnliche Zustände der Trance, in der sie rückwärts gerichtet in die Vergangenheit untertaucht und eine Selbstentgrenzung erfährt. Auf Anraten ihres Analytikers erforscht sie auch ihre Träume, die wiederum nur zu dem Genießen des bedrohlichen Abgrunds ihres traumatischen Wissens führen. Dies somatisiert sie dann in dem Ohnmachtsanfall, den sie vor dem Büro des Analytikers hat, eine Nachahmung der mütterlichen Leiche – »I was her dreamy evil eye«[62]. Auch hier versteht ›Anne‹ ihren Wahnsinn als jenes Begehren, das sie von der alltäglichen Arbeit als Autorin und Mutter abhält – »I could have gone around the world twice or had new children – all boys«[63] –, obgleich es selbst mit den Bildern des Gebärens operiert.

Denn wie eine alte Hebamme greift sie in die uterine Tiefe ihres psychischen Apparates, um ihm ihre Traumkinder zu entreißen – »I was the one / who opened the warm eyelid / like a surgeon / and brought forth young girls«[64]. Ähnlich dient ihre Assoziation des Messers, das sie in ihrer Handtasche herumträgt, dazu, nochmals am mütterlichen Körper den Akt des Tötens, des Träumens und des Gebärens zu verschränken, denn über dieses Instrument bringt sie drei Objekte ihres Hungers zum Ausdruck: den Wunsch, die eigenen Träume ausschabend, sich ihrer zu entledigen, die Mutter zu töten und sie damit sowohl aus ihren Schmerzen zu befreien als auch neu zu gebären: »and then I delivered her«[65]. Auch mit diesem komplexen Phantasieszenarium erinnert ›Anne‹ an den Mythos der Jokaste, denn wie Oedipus sucht auch sie, das eigene Saatfeld zu zerschneiden, und bewirkt dadurch die blendende Selbsterkenntnis.

Wieder zeichnet ›Anne‹ die Geste der Hysterikerin perfekt nach. Die Wiedergabe der gescheiterten Therapie stellt zwar radikal die Autorität des Gottarztes in Frage, dient aber auch dazu, ihn als sinnstiftende Instanz anzusprechen. Das ganze Gedicht ist als Klage an den Analytiker und als Anklage seiner Fehlbarkeit konzipiert. So findet der Umbruch genau an der Stelle statt, wo ›Anne‹ die an den Analytiker gerichtete Rede als Lüge beschreibt, d. h. an eben jener Stelle, wo sie im Aussprechen des Muttermordes von Passivität zu Aktivität, von Todesdrang zur Insistenz des Lebens umkippt: »then I delivered her . . .« Sie erkennt somit nicht nur, daß diese »scene of the disordered senses« einen ausweglosen Ort der Wiederholung darstellt, einen Ort tödlicher Stasis – »this hierarchy of death«[66] –, sondern auch, daß er ihr Begehren nie stillen kann. Als hätte ihr die Verzehrung der menschlichen Verschwendung, mit der sie sich in dem »sad hotel«[67] konfrontiert findet, gänzlich den Magen verdorben, erkennt ›Anne‹, daß sie eine eigenmächtige Entscheidung treffen muß, indem sie ihren Hunger von dem fatalen Zirkel der Selbstrede – »everyone talks to his own mouth«[68] – abzuwenden sucht. In der Hoffnung, einem hilflosen Wiederholen des Schicksals der Vorfahren, »those I loved best«[69], zu entkommen, das Wissen, mit dem diese sie beschert haben, anders als nur nachahmend umzusetzen, schlägt sie eine neue Richtung in ihrer Reise an. Nun ist die Rede nicht an einen als Autorität begriffenen anderen gerichtet, sondern an sich selbst: »Anne, Anne, / Flee on your donkey / flee this sad hotel, / ride out on some hairy beast / gallop backward pressing / your buttocks to his withers, / sit to his clumsy gait somehow. / Ride out / any old way you please!«[70]

Die folgenden Gedichte bieten ein Wechselspiel von Reminiszenzen und halluzinatorischen Phantasien, in denen ›Anne‹ weiterhin zwischen dem Todesdrang und dem Wunsch zu überleben oszilliert. Beschreibt sie in ›Three Green Windows‹ eine Phantasieszene, die ihr erlaubt, in den idealisierten Zustand der Kindheit zurückzukehren, das Altern und den Tod auszublenden, betont sie jedoch auch, daß dieses Rückgewinnen einer Reinigung und Unschuld gegenüber der Vergänglichkeit der Welt nur durch bewußtes Vergessen und Verlegen von Wissen möglich ist. Ein Gegenbild dazu zeichnet sie in ›Self in 1958‹, auch die Wiedergabe eines früheren Ich-Zustandes, in dem sie sich mit einer synthetischen Puppe vergleicht, die fremdgesteuert handelt und die nur deshalb den Bruch im Leben tilgen kann – »no evidence of ruin or fears«[71] –, weil sie ihrer Erinnerungs- und ihrer Leidensfähigkeit beraubt ist.

Weiterhin im Zeichen des Saturn dichtend, kommemoriert sie in dem Gedicht ›Somewhere in Africa‹ das Sterben des Lehrers John Holmes, entwirft für ihn ein Todesritual, das der Vereinigung mit einer weiblichen Gottheit gleichkommt, wie sie in ›Sylvia's Death‹, einer an die tote Dichterfreundin Sylvia Plath gerichteten Rede, ihrer Eifersucht darüber Ausdruck verleiht, daß diese ihr in dem Begehren nach Selbstmord, das sie miteinander teilten, zuvorgekommen ist. Stellt sie einerseits in ›Imitations of Drowning‹ ihren wiederholt erlebten Angsttraum vom Ertrinken einem Ertrinken inmitten ihrer Lebensängste entgegen, um wieder in einer psychischen Sackgasse zu landen, setzt sie dieser Ausweglosigkeit andererseits in ›Mother and Jack and the Rain‹ den Akt des Schreibens entgegen, der ihr erlaubt, Erinnerungsszenen in Geschichten umzuwandeln, die einen anderen Ausgang als den Tod und die Krankheit haben, nämlich den Entschluß »to endure«[72]. Diese Geste des Pendelns erlaubt ihr in ›Those Times . . .‹, das Unbehagen an ihrem weiblichen Körper aufgrund frühkindlicher Mißbilligung durch die Mutter sowie auch ihrer Überwindung des strafenden mütterlichen Blickes zu erklären, doch selbst in den auf Überwindung von psychischen Verwundungen gerichteten Wiedergaben beharrt sie auf der Narbe, die untilgbar bleibt, »a small hole in my heart, a deaf spot«[73].

Wesentlich an dieser Reise durch die Melancholie ist jedoch nicht nur das Umwandeln von Erinnerungsspuren in lebenstaugliche Erzählungen, sondern auch die Wiederlektüre tradierter Texte. So entwirft ›Anne‹ in ›Consorting with Angels‹ eine Wunschphantasie, in der sie »tired of the gender of things«[74] in eine himmlische Stadt eintritt und dort die Last ihrer Geschlechtlichkeit ablegen kann. In ›The Legend of the One-Eyed Man‹ schreibt sie die Geschichte des Judas daraufhin um, daß sie verbotenes, übersehenes, vergessenes Wissen hervorbringt, das um seine Vergehen an der Mutter kreist. In ›Protestant Easter‹ bietet sie phantastische Überlegungen zum Osterwunder aus dem Blickwinkel eines achtjährigen Kindes an, um die Fehlbarkeit der tradierten Erklärung der Auferstehung Christi hervorzuheben. Das letzte in dieser Reihung, ›For the Year of the Insane‹, gibt ein Gebet an die heilige Mutter wieder, im Zuge dessen sie in eine hysterische Halluzination fällt, die ihr erlaubt, den Tod als Verbrennung und Zerschneidung des Körpers sowie als Verzehrung des eigenen Blutes zu erfahren.

In der Mitte der Sammlung befinden sich Gedichte, die Anne Sextons mit einem Stipendium von der *American Academy of Arts and Letters* finanzierte Reise nach Europa festhalten, Szenen, in denen vor allem die Kontinuität der Generationsabfolge hervorgehoben wird. Auf dieser Reise folgt sie den Spuren ihrer Mutter und ihrer Großmutter, erlebt Europa im Schatten der Aufzeichnungen, die die weiblichen Familienmitglieder von ihren Europareisen jeweils an die Töchter weitergegeben haben. Von einer zirkulären Zeitauffassung ausgehend, nutzt sie vor allem das Gedicht ›Walking in Paris‹, um mit der im Irrsinn verstorbenen Großtante Nana ein Familienbündnis außerhalb der so fatalen Spuren ihres Lebens einzugehen, »as if I might clean off the mad woman you became«[75]. Die Briefe der Verstorbenen lesend, erlebt sie Paris durch ihre Augen, verleibt sich ihre Geschichte ein, vereinigt sich mit ihr und gebiert so eine utopische Zweisamkeit jenseits der Vergänglichkeit: »we are two virgins, / our lives once more perfected / and unused«[76].

Auch in der zweiten Hälfte dieser Reise durch die Melancholie verwebt ›Anne‹ Bilder der Geburt und der Mutterschaft mit Suizid- und Muttermord-Phantasien: Die Menstruation (›Menstruation at Forty‹) verweist auf das Nichtzustandekommen des erwarteten Sohns, aber auch auf den an einem früheren Geburtstag verübten Selbstmordversuch. An einem Weihnachtsabend (›Christmas Eve‹) betrachtet sie das Bild der Mutter im Schein der Lichter so lange, bis sie, in eine Art Trance verfallen, nicht nur den Wunsch, alle Spuren der Mutter in sich zu zerstören, verspürt, sondern auch im Zuge der darauf folgenden Schuld sich als Gebilde der Mutter erkennt. In ›Wanting to Die‹ gesteht sie, daß sie zwar nichts gegen das Leben hat, sich aber gegen die »unnameable lust«[77] nach der Selbstverschwendung, der besonderen Sprache des Selbstmordes nicht wehren kann, weil dessen List, dessen Zauber sie immer wieder heimsucht. Denn diese Kost verspricht eine Süße, die durchaus auch mit dem Gefühl der Macht gleichzusetzen ist, die demjenigen zugesprochen wird, der zwischen Leben und Tod waltet. Die Leidenschaft des Selbstmörders besteht, so auch ihre Beschreibung davon in ›The Addict‹, eben darin, das eigene Leben zu verzehren, durchaus nach vorgegebenen Gesetzen, aber dennoch gnadenlos die Selbstverschwendung zu genießen.

Wie in *All My Pretty Ones* verlagern auch in dieser Sammlung die an die Töchter gerichteten Gedichte den Akzent auf eine zukunftsgerichtete Tradierung ihrer selbst. In dem an Linda gerichteten ›Little Girl, My String Bean, My Lovely Woman‹ preist ›Anne‹ ihre Mutterschaft, indem sie ihre Freude über die Schönheit des von ihr geborenen Körpers der Tochter ausdrückt und das doppelte Geborenwerden des weiblichen Körpers – das Reifen im Mutterschoß und das wunderbare Entpuppen zur Weiblichkeit – besingt. Diese Euphorie kippt dann wieder, wenn sie im Zuge der Beschreibung des Körpers ihrer anderen Tochter (›Little Uncomplicated Hymn‹) ihre Fehlbarkeit als Mutter miterkennen muß. Denn sie hat diese Joy nicht nur mit ihren Händen gestaltet, sondern auch die ersten drei Jahre ihres Lebens an deren Großeltern abgegeben. Diese Kerbe soll zwar von dem Strahlen, das für sie von dieser Tochter ausgeht, überdeckt werden, doch deren Augen klagen sie immer auch an. Eine ungetrübte Preisung dieses Liebesverhältnisses ist eben nicht möglich, nur das Eingeständnis der schmerzvollen Prellung und der vielen Risse, die ihrer Freude immer mit innewohnen.

Auf dem Wissen aufbauend, daß die Unversehrtheit nicht möglich ist, daß eine Lebensfreude jedoch gerade aus der Erkenntnis der eigenen Verstümmelung erwachsen kann, führt sie die Möglichkeit des Auswegs zu Ende, die bereits mit dem Bild der auf einem Esel rückwärts fliehenden ›Anne‹ angeboten wurde. Das die Sammlung abschließende Gedicht ›Live‹ spricht nochmals die Etappen dieser melancholischen Reise an: die untilgbare Allgegenwart des Todesdrangs in ihrem Leben, die Zeichnung der psychischen Verwundungen, aber auch der rein körperlichen Mutabilität, die ihr von ihren Eltern vererbt wurde, ihr alltägliches Weiterleben als Seelenverleugnung, die vorgetäuschte Gesundheit als heuchlerische und hohle Verkleidung ihres vom Tod verseuchten Körpers, ihrer vom Wahnsinn angenagten Psyche. Gleichzeitig nutzt es das Bild der im Sinne des Oedipus in die

Tiefe ihres Selbst nach der Erklärung des Ursprungs ihres Leids grabenden ›Anne‹, um eine Wendung zum Leben zu verkünden.

Die ein Überleben stützende Antwort, die sich ihr wie ein Neugeborenes anbietet, wird in dem Bild der anfangs nur begehrten, aber dennoch schädlichen Sonne verkörpert, in diesem Wärme und Licht spendenden Gebilde, das ›Anne‹ erlaubt, gegen die »little poisons«[78], mit denen sie täglich ihren Körper einsalbt, ihre Errungenschaften zu setzen: die Liebe nämlich, die ihr von ihrem Ehemann und ihren Töchtern entgegengebracht wird, ungeachtet ihrer Gebrechen, »the witch comes on / and you paint her pink«[79]. Drei Sinnbilder, die im Verlauf ihrer melancholischen Reise immer unter dem Zeichen des Todes standen, bezeugen nun, daß ihrer Todessucht ebensosehr immer auch die Insistenz des Lebens eingeschrieben ist: die Sonne, an der Ikarus verbrennt und zu Tode stürzt, der Traum, mit dem die Vorfahren samt ihrer traumatischen Botschaft die Tochter heimsuchen, und die Gabe, mit der die Tochter von Geburt an versehen ist, genauer jenes unumgängliche und unzugängliche Wissen, das sie endlos für sich ergründen, aber auch an ihre Töchter wie ihre Leser in all seiner Unvollständigkeit weiterreichen kann. Am letzten Februar 1966 verkündet die Tochter des Oedipus und der Jokaste zuversichtlich, »I say Live, Live because of the sun, the dream, the excitable gift«[80].

Benutzte Literatur

Colburn, Steven E., Hg.: *No Evil Star. Selected Essays, Interviews, and Prose*. Ann Arbor, The University of Michigan Press 1985 [enthält die zitierten Interviews].

Freud, Sigmund: »Studien über Hysterie«. *Gesammelte Werke I*. Frankfurt a. M., S. Fischer 1952.

– »Das Unheimliche«. *Gesammelte Werke XII*. Frankfurt a. M., S. Fischer 1947.

– »Vorlesungen zur Einführung in die Psychoanalyse«. *Gesammelte Werke XI*. Frankfurt a. M., S. Fischer 1944.

George, Diana Hume: *Oedipus Anne. The Poetry of Anne Sexton*. Urbana/Chicago, University of Illinois Press 1987.

Hall, Caroline King Barnard: *Anne Sexton*. Boston, Twayne Publishers 1989.

Laplanche, J., und Pontalis, J.-B. »Fantasme originaire, fantasmes des origines, origine du fantasme«. *Temps Modernes 19*. no 215 (1964).

Middlebrook, Diane Wood: *Zwischen Therapie und Tod. Das Leben der Dichterin Anne Sexton*. Zürich, Arche 1993.

– »Poet of Weird Abundance«. *Parnassus* 12–13 (1985).

Middlebrook, Diane Wood, und George, Diane Hume: Vorwort zu Anne Sexton: *Selected Poems*. Boston, Houghton Mifflin Company 1988.

Schindler, Regula: »Hysterie«. *Riss. Zeitschrift für Psychoanalyse* 9. Jahrgang Nr. 27 (August 1994).

Sexton, Linda Gray, und Ames, Lois: *Anne Sexton. A Self-Portrait in Letters*. Boston, Houghton Mifflin Company 1979 [erscheint als Band drei dieser Werkausgabe].

Socha, Monika: *Die Todesthematik im lyrischen Werk Anne Sextons*. St. Ingbert, W. J. Röhrig Verlag 1991.

1 »altes Ornament, alte bloße Faust, . . . Mutter, Vater, aus denen ich gemacht bin«

2 »Es kennt den Verfall, aus dem wir gemacht sind.«

3 »wartet sie auf mich, Jahr für Jahr, / um behutsam eine alte Wunde zu tilgen«

4 »mein täglich Brot / heraufzubeschwören, um durchzuhalten / irgendwie durchzuhalten«

5 »Tagebuch meines Verstands«

6 »egoistischer Tod«

7 »meine leidige Schüssel, / mit ihren zersprungenen Sternen funkelnd«

8 »Das ist etwas, was ich an einem schöneren Ort / nicht fände.«

9 »böse Engel«

10 »das Leben dich hervorbrachte, schön und gesund«

11 »überließ ich den Hexen meine schuldbeladene Seele«

12 »Danach fiel neuer Schnee.«

13 »ein halbgeflicktes Ding, ein großes Kind«

14 »hielt mein Lächeln in Position, bis es erstarrte«

15 »Sie wandte sich ab von mir, als griffe der Tod nach ihr, / als ginge der Tod auf sie über, / als hätte mein Sterben in ihr genagt.«

16 »nicht vertraut / mit meinem Gesicht, trugst du es«

17 »meine prachtvolle / Fremde«

18 »zwei Damen in umbrabraunen Sesseln«

19 »mein ganzes Ich Warten in den Augen«

20 »diesem steinernen Haupt des Todes, / über den ich hinaus war«

21 »als sei sie versteinert / in der Zeit«

22 »Ich machte dich, um mich zu finden.«

23 »Ich imitiere / die Erinnerung an einen Glauben, / der nicht der meine ist.«

24 »tapferer Geist«

25 »Er handelt überwiegend von den Toten . . . und von Liebe . . . und Sünde . . . aber überwiegend von den Toten.«

26 »Oh, nein, Anne, deine Mutter im März, und dein Vater im Juni. All deine Lieben auf einmal?«

27 »diesen aufbewahrten Jahren«

28 »setzen mein Leiden mit dem ihren gleich«

29 »behutsamstes Haus«

30 »Embryo des Bösen«

31 »der Dieb Vergänglichkeit / geht um in meinem Haus«

32 »Faktum: der Tod nistet auch im Ei.«

33 »Ich stürze, *Mutter* rufend an der Pforte des Todes, / die Hintertreppe hinunter, / fahre zurück in meine Haut, vernäht, wo sie aufgerissen war.«

34 »ich dachte, ich müßte sterben«

35 »erinnere mich an Mutter, den Klang ihres / Guten Morgen, den Duft von Orangen und Konfitüre«

36 »nun lauf, Anne, lauf schon weiter«

37 »gib deinen alten Alpträumen Kontra«

38 »was uns am Leben erhält. Das lebendige Wesen, das wir zurücklassen.«

39 »ich wünschte, ich wär tot«

40 »Den ganzen Tag lang [...] darauf warten zu kippen.«

41 »spindeldürrer Mann«

42 »dein Namensschild«

43 »heiß ich ihn willkommen, diesen zweiten Tod. Oh, nicht in der Luft – / in der Erde.«

44 »Tief unter dem Kreuz helfe ich seiner Unvollkommenheit ab.«

45 »Ich werde nicht dasein.«

46 »ohne Wunder, ohne Wut / oder unbillige Hoffnung, / rauh und faltig geworden / vor unheilbarem Alter«

47 »schwer und starr in einer Pfütze Leim«

48 »alle die Nachtfalter, die / sonst nicht wußten, wohin«

49 »mein Fenster, das kein Grab ist«

50 »Es gibt keinen anderen Tag als den Montag.«

51 »bist du der einzige, / den ich mit dieser Sache behelligen kann«

52 »Nun ist er fort, / wie du fort bist. / Doch er gehört zu mir wie ein verlorengegangener Koffer.«

53 »Versprechen, die ich nie halte«

54 »eine Gefahrenstelle«

55 »schrecklichen Wechseln«

56 »Ich kann gar nicht viel versprechen. / Ich zeige dir die Bilder, die ich weiß.«

57 »Es gibt zuviel zu essen, bloß ist keiner mehr da, / den gespenstischen Überfluß zu verspeisen.«

58 »der Ratte Stern«

59 »Hausierer, Hökerer, Geschäftsmann, Indianerhäuptling«

60 »der Firmenname meines Vaters auf deinen Musterkoffern«

61 »Schauplatz der verwirrten Sinne«

62 »Ich war ihr nebelhafter böser Blick.«

63 »Ich hätte zweimal um die Welt reisen / oder neue Kinder bekommen können – nur Jungen.«

64 »Ich war die, / die das warme Augenlid öffnete / wie ein Chirurg / und junge Mädchen hervorholte«

65 »und dann erlöste ich sie«

66 »diese Hierarchie des Todes«

67 »tristen Hotel«

68 »jeder redet den eigenen Mund an«

69 »die, die mir die liebsten waren«

70 »Anne, Anne, / flieh auf deinem Esel, / flieh dies triste Hotel, / zieh aus auf einem behaarten Vieh, / galoppier rückwärts, preß / das Gesäß an seine Flanken, / paß seinem plumpen Gang dich an. / Zieh aus, / wie's dir gerade gefällt.«

71 »kein Indiz finden für Verfall oder Furcht«

72 »durchzuhalten«

73 »ein kleines Loch in meinem Herzen / . . ., ein tauber Fleck«

74 »des Geschlechts der Dinge leid«

75 »als könnte ich wegwischen, / was aus dir geworden war: eine Verrückte«

76 »wir sind zwei Jungfrauen, / unser Leben wieder einmal vervollkommnet / und ungenutzt«

77 »unsägliche Lust«

78 »kleine Gifte«

79 »Die Hexe kommt, / und ihr malt sie rosarot.«

80 »Ich sage *lebe*, *lebe*, um der Sonne willen, / des Traums, der erregbaren Gabe.«

Aus:

To Bedlam and Part Way Back

Ins Tollhaus und halb wieder heraus

For John, Who Begs Me Not to Enquire Further

Not that it was beautiful,
but that, in the end, there was
a certain sense of order there;
something worth learning
in that narrow diary of my mind,
in the commonplaces of the asylum
where the cracked mirror
or my own selfish death
outstared me.
And if I tried
to give you something else,
something outside of myself,
you would not know
that the worst of anyone
can be, finally,
an accident of hope.
I tapped my own head;
it was glass, an inverted bowl.
It is a small thing
to rage in your own bowl.
At first it was private.
Then it was more than myself;
it was you, or your house
or your kitchen.
And if you turn away
because there is no lesson here
I will hold my awkward bowl,
with all its cracked stars shining
like a complicated lie,
and fasten a new skin around it
as if I were dressing an orange
or a strange sun.

Für John, der mich bittet, nicht weiterzuforschen

Nicht etwa, weil es schön war,
sondern weil da, letzten Endes,
eine Ordnung war;
etwas, wert, gelernt zu werden
im beschränkten Tagebuch meines Verstands,
im Alltäglichen der Irrenanstalt,
wo der zersprungene Spiegel
und mein egoistischer Tod
mich mit Blicken niederzwangen.
Und wenn ich dir
etwas anderes geben wollte,
etwas, was nicht aus mir kommt,
würdest du nicht erfahren,
daß das Schlimmste von jedem
schließlich doch
ein Zufall von Hoffnung sein kann.
Ich tippte mir an den Kopf;
er war Glas, eine umgestürzte Schüssel.
In der eigenen Schüssel zu wüten
ist keine große Sache.
Zuerst war es privat.
Dann war es mehr als ich;
es war du, oder dein Haus,
deine Küche.
Und wenn du dich abkehrst,
weil es hier nichts zu lernen gibt,
werd ich sie halten, meine leidige Schüssel,
mit ihren zersprungenen Sternen funkelnd
wie eine vielschichtige Lüge,
und ihr eine neue Haut überziehen,
als verzierte ich eine Orange
oder eine seltsame Sonne.

Not that it was beautiful,
but that I found some order there.
There ought to be something special
for someone
in this kind of hope.
This is something I would never find
in a lovelier place, my dear,
although your fear is anyone's fear,
like an invisible veil between us all...
and sometimes in private,
my kitchen, your kitchen,
my face, your face.

Nicht etwa, weil es schön war,
sondern weil ich darin eine Ordnung fand.
Mit dieser Art Hoffnung
müßte irgendwer
doch etwas anfangen können.
Das ist etwas, was ich an einem schöneren Ort
nicht fände, mein Lieber,
wenngleich deine Furcht jedermanns Furcht ist,
wie ein unsichtbarer Schleier zwischen uns allen . . .
und manchmal im Privaten,
meine Küche, deine Küche,
mein Gesicht, dein Gesicht.

The Double Image

1.

I am thirty this November.
You are still small, in your fourth year.
We stand watching the yellow leaves go queer,
flapping in the winter rain,
falling flat and washed. And I remember
mostly the three autumns you did not live here.
They said I'd never get you back again.
I tell you what you'll never really know:
all the medical hypothesis
that explained my brain will never be as true as these
struck leaves letting go.

I, who chose two times
to kill myself, had said your nickname
the mewling months when you first came;
until a fever rattled
in your throat and I moved like a pantomime
above your head. Ugly angels spoke to me. The blame,
I heard them say, was mine. They tattled
like green witches in my head, letting doom
leak like a broken faucet;
as if doom had flooded my belly and filled your bassinet,
an old debt I must assume.

Death was simpler than I'd thought.
The day life made you well and whole
I let the witches take away my guilty soul.
I pretended I was dead
until the white men pumped the poison out,
putting me armless and washed through the rigamarole
of talking boxes and the electric bed.

Das doppelte Bildnis

1.

Diesen November werd ich dreißig.
Du bist klein, noch keine vier.
Wir stehen da und sehen, wie die gelben Blätter ins Trudeln kommen,
im Winterregen flattern,
gewaschen flach zu Boden fallen. Und ich denke
vor allem an die drei Herbste, die du nicht hier gewohnt hast.
Es hieß, ich bekäme dich nie zurück.
Ich verrate dir, was du nie wirklich begreifen wirst:
alle medizinischen Hypothesen,
die mein Gehirn erklärten, werden der Wahrheit nie so nahe sein wie diese
getroffenen Blätter, wenn sie loslassen.

Ich, die es zweimal vorzog,
sich selber zu töten, hatte in den Wimmermonaten,
als du zum ersten Mal herkamst, dich bei deinem Kosenamen genannt,
bis in deinem Hals ein Fieber
röchelte und ich wie ein Pantomime über deinem Kopf
gestikulierte. Böse Engel sprachen zu mir. Schuld,
hörte ich sie sagen, sei ich. Sie hechelten
wie grüne Hexen in meinem Kopf, ließen das Verhängnis
tropfen wie einen undichten Wasserhahn,
als wär das Verhängnis aus meinem Bauch übergelaufen in dein Babybett,
eine alte Hypothek, die ich auf mich nehmen muß.

Der Tod war einfacher, als ich gedacht hatte.
An dem Tag, als das Leben dich hervorbrachte, schön und gesund,
überließ ich den Hexen meine schuldbeladene Seele.
Ich stellte mich tot,
bis die weißen Männer das Gift auspumpten,
mich armlos und gewaschen dem Gedöns
der Lautsprecher und des elektrischen Bettes aussetzten.

I laughed to see the private iron in that hotel.
Today the yellow leaves
go queer. You ask me where they go. I say today believed
in itself, or else it fell.

Today, my small child, Joyce,
love your self's self where it lives.
There is no special God to refer to; or if there is,
why did I let you grow
in another place. You did not know my voice
when I came back to call. All the superlatives
of tomorrow's white tree and mistletoe
will not help you know the holidays you had to miss.
The time I did not love
myself, I visited your shoveled walks; you held my glove.
There was new snow after this.

2.

They sent me letters with news
of you and I made moccasins that I would never use.
When I grew well enough to tolerate
myself, I lived with my mother. Too late,
too late, to live with your mother, the witches said.
But I didn't leave. I had my portrait
done instead.

Part way back from Bedlam
I came to my mother's house in Gloucester,
Massachusetts. And this is how I came
to catch at her; and this is how I lost her.
I cannot forgive your suicide, my mother said.
And she never could. She had my portrait
done instead.

Ich mußte lachen, als ich die versteckten Fesseln sah in diesem Hotel.
Heute kommen die gelben Blätter
ins Trudeln. Du fragst mich, wohin sie gehen. Ich sage, das Heute
glaubt an sich, sonst wär es zu Boden gefallen.

Heute, mein kleines Mädchen Joyce,
liebe das Ich deines Ichs, wo es sein Leben hat.
Es gibt keinen Gott, an den wir uns wenden können, oder falls doch,
warum ließ ich dich dann woanders
aufwachsen. Du erkanntest meine Stimme nicht,
als ich zu Besuch kam. All die überschwenglichen Worte
über den weißen Baum von morgen und den Mistelzweig
ersetzen dir die Ferien nicht, die du versäumt hast.
Als ich mich selbst nicht liebte, besichtigte ich
deine freigeschippten Spazierwege; du hieltst meinen Handschuh.
Danach fiel neuer Schnee.

2.

Man schickte mir Briefe mit Neuigkeiten
über dich, und ich machte Mokassins, die ich nie anziehen würde.
Als ich gesund genug geworden war, mich selbst
zu ertragen, wohnte ich bei meiner Mutter. Zu spät,
zu spät, bei deiner Mutter zu wohnen, sagten die Hexen.
Doch ich ging nicht. Ich ließ mein Portrait
malen statt dessen.

Halb wieder heraus aus dem Tollhaus,
zog ich ins Haus meiner Mutter in Gloucester,
Massachusetts. Und so kam es, daß ich
nach ihr griff, und so kam es, daß ich sie verlor.
Ich kann dir deinen Selbstmord nicht verzeihen, sagte meine Mutter.
Sie konnte es nie. Sie ließ mein Portrait
malen statt dessen.

I lived like an angry guest,
like a partly mended thing, an outgrown child.
I remember my mother did her best.
She took me to Boston and had my hair restyled,
Your smile is like your mother's, the artist said.
I didn't seem to care. I had my portrait
done instead.

There was a church where I grew up
with its white cupboards where they locked us up,
row by row, like puritans or shipmates
singing together. My father passed the plate.
Too late to be forgiven now, the witches said.
I wasn't exactly forgiven. They had my portrait
done instead.

3.

All that summer sprinklers arched
over the seaside grass.
We talked of drought
while the salt-parched
field grew sweet again. To help time pass
I tried to mow the lawn
and in the morning I had my portrait done,
holding my smile in place, till it grew formal.
Once I mailed you a picture of a rabbit
and a postcard of Motif number one,
as if it were normal
to be a mother and be gone.

They hung my portrait in the chill
north light, matching
me to keep me well.
Only my mother grew ill.

Ich lebte wie ein zorniger Gast,
wie ein halbgeflicktes Ding, ein großes Kind.
Ich weiß, meine Mutter tat, was sie konnte.
Sie fuhr mit mir nach Boston, ich bekam eine neue Frisur.
Sie lächeln wie Ihre Mutter, sagte der Maler.
Mir war das so egal. Ich ließ mein Portrait
malen statt dessen.

Da, wo ich aufwuchs, gab es eine Kirche
mit weißen Schränken, in die sperrten sie uns ein,
Reihe an Reihe wie Puritaner oder Matrosen,
die gemeinsam singen. Mein Vater reichte den Teller herüber.
Zu spät für Verzeihung, sagten die Hexen.
Man verzieh mir nicht direkt. Man ließ mein Portrait
malen statt dessen.

3.

Den ganzen Sommer lang reckten sich Sprenger
über das Gras an der Uferseite.
Wir sprachen von Dürre,
während das versalzte
Feld wieder fruchtbar wurde. Damit die Zeit verging,
versuchte ich den Rasen zu mähen,
und vormittags ließ ich mein Portrait malen,
hielt mein Lächeln in Position, bis es erstarrte.
Einmal schickte ich dir das Bild eines Kaninchens
und eine Postkarte mit Motiv Nummer eins,
als sei es normal,
Mutter und nicht da zu sein.

Sie hängten mein Portrait ins kühle
Nordlicht, als Vorbild
für mich, damit ich auch gesund blieb.
Nur meine Mutter wurde krank.

She turned from me, as if death were catching,
as if death transferred,
as if my dying had eaten inside of her.
That August you were two, but I timed my days with doubt.
On the first of September she looked at me
and said I gave her cancer.
They carved her sweet hills out
and still I couldn't answer.

4.

That winter she came
part way back
from her sterile suite
of doctors, the seasick
cruise of the X-ray,
the cells' arithmetic
gone wild. Surgery incomplete,
the fat arm, the prognosis poor, I heard
them say.

During the sea blizzards
she had her
own portrait painted.
A cave of a mirror
placed on the south wall;
matching smile, matching contour.
And you resembled me; unacquainted
with my face, you wore it. But you were mine
after all.

I wintered in Boston,
childless bride,
nothing sweet to spare
with witches at my side.

Sie wandte sich ab von mir, als griffe der Tod nach ihr,
als ginge der Tod auf sie über,
als hätte mein Sterben in ihr genagt.
In dem August warst du zwei, doch ich maß meine Tage in Zweifeln.
Am ersten September sah sie mich an
und sagte, durch mich hätte sie nun Krebs.
Man schnitt ihr die süßen Hügel heraus,
und ich konnte noch immer nichts erwidern.

4.

In jenem Winter kam sie
halb wieder zurück
vom nutzlosen Troß
ihrer Ärzte, dem schlingernden
Hin und Her der Röntgenstrahlen,
der wildgewordenen
Zellenarithmetik. Eingriff unvollständig,
der dicke Arm, Prognose ungünstig, hörte ich
sie sagen.

Während der Seestürme
ließ sie ihr
eigenes Portrait malen.
Ein Spiegel wie eine Höhle,
an die Südwand gehängt;
gleiches Lächeln, gleiche Kontur.
Und du sahst mir ähnlich, nicht vertraut
mit meinem Gesicht, trugst du es. Aber schließlich
warst du mein.

Ich verbrachte den Winter in Boston,
kinderlos, frisch vermählt,
keine Süße mehr übrig,
von Hexen umstellt.

I missed your babyhood,
tried a second suicide,
tried the sealed hotel a second year.
On April Fool you fooled me. We laughed and this
was good.

5.

I checked out for the last time
on the first of May;
graduate of the mental cases,
with my analyst's okay,
my complete book of rhymes,
my typewriter and my suitcases.

All that summer I learned life
back into my own
seven rooms, visited the swan boats,
the market, answered the phone,
served cocktails as a wife
should, made love among my petticoats

and August tan. And you came each
weekend. But I lie.
You seldom came. I just pretended
you, small piglet, butterfly
girl with jelly bean cheeks,
disobedient three, my splendid

stranger. And I had to learn
why I would rather
die than love, how your innocence
would hurt and how I gather
guilt like a young intern
his symptoms, his certain evidence.

Ich verpaßte deine frühe Kindheit,
probierte einen zweiten Selbstmord,
probierte das geschlossene Hotel ein zweites Jahr aus.
Am 1. April schicktest du mich in den April. Wir lachten, und das war gut.

5.

Am ersten Mai reiste ich,
Absolventin der Geisteskrankheiten,
endgültig ab
mit dem Okay meines Analytikers,
mit meinem Reimlexikon,
meiner Schreibmaschine und meinen Koffern.

Den ganzen Sommer lang brachte ich meinen
sieben Zimmern zuhaus bei, wieder
zu leben, ging zu den Schwanenbooten
und zum Markt, nahm das Telefon ab,
servierte Cocktails, wie die Gattin
es soll, machte Liebe zwischen meinen Petticoats

und der Augustbräune. Und du kamst jedes
Wochenende. Aber das ist gelogen.
Du kamst selten. Ich tat nur so,
als wärst du da, mein Spanferkelchen,
mein Schmetterlingsmädchen mit Wangen wie Geleebonbons,
widerspenstige drei, meine prachtvolle

Fremde. Und ich mußte begreifen,
warum ich lieber
sterben wollte als lieben, wie schmerzlich
deine Unschuld war und daß ich Schuld
auf mich lud, wie ein junger Arzt
die Symptome zusammenträgt, seine sichere Diagnose.

That October day we went
to Gloucester the red hills
reminded me of the dry red fur fox
coat I played in as a child; stock-still
like a bear or a tent,
like a great cave laughing or a red fur fox.

We drove past the hatchery,
the hut that sells bait,
past Pigeon Cove, past the Yacht Club, past Squall's
Hill, to the house that waits
still, on the top of the sea,
and two portraits hang on opposite walls.

6.

In north light, my smile is held in place,
the shadow marks my bone.
What could I have been dreaming as I sat there,
all of me waiting in the eyes, the zone
of the smile, the young face,
the foxes' snare.

In south light, her smile is held in place,
her cheeks wilting like a dry
orchid; my mocking mirror, my overthrown
love, my first image. She eyes me from that face,
that stony head of death
I had outgrown.

The artist caught us at the turning;
we smiled in our canvas home
before we chose our foreknown separate ways.
The dry red fur fox coat was made for burning.

An dem Oktobertag, als wir nach Gloucester
fuhren, kam mir bei den roten Hügeln
der trockene rote Fuchspelz in den Sinn,
den ich als Kind beim Spielen trug, reglos
wie ein Bär oder ein Zelt,
wie eine lachende große Höhle oder ein Rotfuchs.

Wir fuhren am Brutplatz vorbei,
an der Hütte, wo man Köder kauft,
vorbei an Pigeon Cove, dem Jachtklub, an Squall's
Hill zu dem Haus, das noch immer
wartet, über dem Meer,
wo zwei Portraits einander gegenüberhängen.

6.

Im Nordlicht ist mein Lächeln erstarrt,
der Schatten betont meine Wangenknochen.
Was mag ich geträumt haben, als ich dort saß,
mein ganzes Ich Warten in den Augen, in der Region
des Lächelns, dem jungen Gesicht,
der Fuchsfalle.

Im Südlicht ist ihr Lächeln erstarrt,
ihre Wangen welkend wie eine Orchidee
ohne Wasser; mein höhnischer Spiegel, meine entmachtete
Liebe, mein erstes Bildnis. Sie beäugt mich aus diesem Gesicht,
diesem steinernen Haupt des Todes,
über den ich hinaus war.

Der Maler hat uns am Wendepunkt eingefangen;
wir lächelten in unserer Leinwandwohnung,
bevor wir, wie vorausgeahnt, getrennte Wege gingen.
Der trockene rote Fuchspelz war fürs Feuer gemacht.

I rot on the wall, my own
Dorian Gray.

And this was the cave of the mirror,
that double woman who stares
at herself, as if she were petrified
in time – two ladies sitting in umber chairs.
You kissed your grandmother
and she cried.

7.

I could not get you back
except for weekends. You came
each time, clutching the picture of a rabbit
that I had sent you. For the last time I unpack
your things. We touch from habit.
The first visit you asked my name.
Now you stay for good. I will forget
how we bumped away from each other like marionettes
on strings. It wasn't the same
as love, letting weekends contain
us. You scrape your knee. You learn my name,
wobbling up the sidewalk, calling and crying.
You call me *mother* and I remember my mother again,
somewhere in greater Boston, dying.

I remember we named you Joyce
so we could call you Joy.
You came like an awkward guest
that first time, all wrapped and moist
and strange at my heavy breast.
I needed you. I didn't want a boy,
only a girl, a small milky mouse

Ich verrotte an der Wand, mein eigener
Dorian Gray.

Und das war die Höhle des Spiegels,
diese doppelte Frau, die auf
sich selbst starrt, als sei sie versteinert
in der Zeit – zwei Damen in erdbraunen Sesseln.
Du hast deine Großmutter geküßt,
und sie hat geweint.

7.

Ich konnte dich nur übers Wochenende
behalten. Jedesmal kamst du,
in der Hand das Bild eines Kaninchens,
das ich dir geschickt hatte. Zum letzten Mal pack ich
deine Sachen aus. Wir berühren uns aus Gewohnheit.
Beim ersten Besuch fragtest du, wie ich heiße.
Jetzt bleibst du für immer. Ich werde vergessen,
daß wir aneinander vorbeischrammten wie Marionetten
an Fäden. Es war nicht dasselbe
wie Liebe, in Wochenenden aufgehoben
zu sein. Du schürfst dir das Knie auf, lernst meinen Namen,
kommst wacklig den Gehweg herauf, rufst und weinst.
Du nennst mich *Mutter*, und mir kommt meine Mutter in den Sinn,
die irgendwo in Boston im Sterben liegt.

Ich weiß noch, wir nannten dich Joyce,
damit wir dich Joy rufen konnten.
Du kamst jenes erste Mal
wie ein schüchterner Gast, ganz eingemummt und feucht
und fremd an meiner schweren Brust.
Ich brauchte dich. Ich wollte keinen Jungen,
nur ein Mädchen, eine kleine Milchmaus

of a girl, already loved, already loud in the house
of herself. We named you Joy.
I, who was never quite sure
about being a girl, needed another
life, another image to remind me.
And this was my worst guilt; you could not cure
nor soothe it. I made you to find me.

von Mädchen, schon geliebt, schon laut im Haus
ihres Ichs. Wir nannten dich Joy.
Ich, die nie ganz sicher war,
was es hieß, ein Mädchen zu sein, brauchte ein anderes
Leben, ein anderes Bildnis, um mich zu erinnern.
Und das war meine schlimmste Untat: du konntest sie nicht bessern,
nicht mildern. Ich machte dich, um mich zu finden.

The Division of Parts

1.

Mother, my Mary Gray,
once resident of Gloucester
and Essex County,
a photostat of your will
arrived in the mail today.
This is the division of money.
I am one third
of your daughters counting my bounty
or I am a queen alone
in the parlor still,
eating the bread and honey.
It is Good Friday.
Black birds pick at my window sill.

Your coat in my closet,
your bright stones on my hand,
the gaudy fur animals
I do not know how to use,
settle on me like a debt.
A week ago, while the hard March gales
beat on your house,
we sorted your things: obstacles
of letters, family silver,
eyeglasses and shoes.
Like some unseasoned Christmas, its scales
rigged and reset,
I bundled out with gifts I did not choose.

Now the hours of The Cross
rewind. In Boston, the devout

Die Aufteilung der Dinge

1.

Mutter, meine Mary Gray,
einst wohnhaft in Gloucester
und Essex County,
eine Fotokopie deines Testaments
kam heut mit der Post.
Dies ist die Aufteilung des Geldes.
Ich bin ein Drittel
deiner Töchter, zähle meine Prämie,
oder ich bin eine Königin,
noch allein im Salon,
esse Brot und Honig.
Es ist Karfreitag.
Amseln picken auf meinem Fenstersims.

Dein Mantel in meinem Schrank,
deine funkelnden Steine an meiner Hand,
die protzigen Pelze,
mit denen ich nichts anzufangen weiß,
belasten mich wie eine Hypothek.
Vor einer Woche, als die schweren Märzstürme
gegen dein Haus peitschten,
sortierten wir deine Sachen: Barrieren
von Briefen, Familiensilber,
Brillen und Schuhe.
Wie bei einem Weihnachten außer der Reihe, die Waage
manipuliert und neu eingestellt,
ging ich davon, bepackt mit Gaben, die ich nicht gewollt.

Nun werden die Stunden
des Kreuzes zurückgespult. In Boston mühen

work their cold knees
toward that sweet martyrdom
that Christ planned. My timely loss
is too customary to note; and yet
I planned to suffer
and I cannot. It does not please
my yankee bones to watch
where the dying is done
in its ugly hours. Black birds peck
at my window glass
and Easter will take its ragged son.

The clutter of worship
that you taught me, Mary Gray,
is old. I imitate
a memory of belief
that I do not own. I trip
on your death and Jesus, *my stranger*
floats up over
my Christian home, wearing his straight
thorn tree. I have cast my lot
and am one third thief
of you. Time, that rearranger
of estates, equips
me with your garments, but not with grief.

2.

This winter when
cancer began its ugliness
I grieved with you each day
for three months
and found you in your private nook
of the medicinal palace

sich die Frommen auf kalten Knien
hin zu dem süßen Martyrium,
das Christus ersann. Mein Verlust, grad zur rechten Zeit,
ist zu gewöhnlich, der Erwähnung nicht wert, und trotzdem
hatte ich vorgehabt zu leiden
und kann's nicht. Es mißfällt
meinen Yankee-Knochen, dabeizustehen,
wenn in häßlichen Stunden
gestorben wird. Amseln pochen
an meine Fensterscheibe,
und Ostern holt seinen zerlumpten Sohn.

Das Sammelsurium des Kults,
den du mich lehrtest, Mary Gray,
ist alt. Ich imitiere
die Erinnerung an einen Glauben,
der nicht der meine ist. Dein Tod
läßt mich straucheln, und Jesus, *mein Fremder*,
schwebt über meinem christlichen Heim
empor, trägt seinen einfachen
Dornenzweig. Ich habe mein Los gezogen,
bin ein Drittel Diebin
an dir. Die Zeit, diese Umverteilerin
von Besitz, stattet
mich mit deinen Kleidern aus, nicht aber mit Trauer.

2.

Diesen Winter, als
der Krebs sein scheußliches Werk begann,
bangte ich drei Monate lang
jeden Tag mit dir
und fand dich in deinem abgeschirmten Winkel
des Medizinpalasts

for New England Women
and never once
forgot how long it took.

I read to you
from *The New Yorker*, ate suppers
you wouldn't eat, fussed
with your flowers,
joked with your nurses, as if I
were the balm among lepers,
as if I could undo
a life in hours
if I never said goodbye.

But you turned old,
all your fifty-eight years sliding
like masks from your skull;
and at the end
I packed your nightgowns in suitcases,
paid the nurses, came riding
home as if I'd been told
I could pretend
people live in places.

3.

Since then I have pretended ease,
loved with the trickeries of need, but not enough
to shed my daughterhood
or sweeten him as a man.
I drink the five o'clock martinis
and poke at this dry page like a rough
goat. Fool! I fumble my lost childhood
for a mother and lounge in sad stuff
with love to catch and catch as catch can.

für Neuenglands Frauen
und war mir immer bewußt,
wie lange es dauerte.

Ich las dir
aus dem *New Yorker* vor, aß das Abendbrot,
das du nicht mochtest, befaßte mich
mit deinen Blumen,
scherzte mit deinen Pflegerinnen, als wäre ich
unter Aussätzigen der Balsam,
als könnte ich binnen Stunden
ein Leben ungeschehen machen,
wenn ich nie Lebwohl sagte.

Doch du wurdest alt,
all deine achtundfünfzig Jahre glitten
dir wie Masken vom Schädel;
und zum Schluß
packte ich deine Nachthemden in Koffer,
bezahlte die Schwestern, kam nach Hause
gefahren, als hätte man mir weisgemacht,
ich könnte so tun,
als lebten Menschen in Häusern.

3.

Seitdem täusche ich Leichtigkeit vor,
liebe mit allen Tricks der Entbehrung, aber nicht genug,
um mein Tochtersein abzuschütteln
oder seine männliche Süße zu wecken.
Ich trinke die Fünf-Uhr-Martinis
und stupse wie eine grobe Ziege dies dürre Blatt Papier an.
Närrin! Ich krame in meiner verlorenen Kindheit
nach einer Mutter, siele mich in Melancholie,
will Liebe erhaschen, egal, wie, wo und wann.

And Christ still waits. I have tried
to exorcise the memory of each event
and remain still, a mixed child,
heavy with cloths of you.
Sweet witch, you are my worried guide.
Such dangerous angels walk through Lent.
Their walls creak *Anne! Convert! Convert!*
My desk moves. Its cave murmurs Boo
and I am taken and beguiled.

Or wrong. For all the way I've come
I'll have to go again. Instead, I must convert
to love as reasonable
as Latin, as solid as earthenware:
an equilibrium
I never knew. And Lent will keep its hurt
for someone else. Christ knows enough
staunch guys have hitched on him in trouble,
thinking his sticks were badges to wear.

4.

Spring rusts on its skinny branch
and last summer's lawn
is soggy and brown.
Yesterday is just a number.
All of its winters avalanche
out of sight. What was, is gone.
Mother, last night I slept
in your Bonwit Teller nightgown.
Divided, you climbed into my head.
There in my jabbering dream
I heard my own angry cries
and I cursed you, *Dame*
keep out of my slumber.

Und Christus wartet noch immer. Ich habe versucht,
jeden Vorfall aus dem Gedächtnis zu tilgen,
und bleibe doch, ein verstörtes Kind,
von deinen Tüchern beschwert.
Liebe Hexe, du bist meine sorgenvolle Führerin.
So gefährliche Engel gehen um in der Fastenzeit.
Ihre Mauern knirschen *Kehr um! Anne! Kehr um!*
Mein Schreibtisch wankt. Seine Höhle raunt *buh*,
und ich bin gepackt und betört.

Oder in die Irre geführt. Denn ich muß den ganzen Weg,
den ich gekommen bin, noch einmal gehn. Muß statt dessen
umkehren zu einer Liebe, so trocken
wie Latein, so haltbar wie Tongeschirr:
ein nie gekanntes
Gleichgewicht. Und die Fastenzeit hebt ihren Schmerz
für jemand anderen auf. Christus kennt sie zur Genüge,
die treuen Seelen, die sich, wenn es eng wird, an ihn hängen, glauben,
seine Stiche seien Medaillen, die man sich anheften kann.

4.

Der Frühling rostet auf dem mageren Zweig
und der Rasen vom letzten Sommer
ist matschig und braun.
Das Gestern ist bloß eine Ziffer.
Von seinen Wintermassen ist
nichts mehr zu sehen. Was war, ist dahin.
Mutter, letzte Nacht schlief ich
in deinem Bonwit-Teller-Nachthemd.
Gespalten erstiegst du meinen Kopf.
In meinem ungereimten Traum
hörte ich mich zornig schreien
und ich verfluchte dich: *Frau,
halt dich fern von meinem Schlaf!*

My good Dame, you are dead.
And Mother, three stones
slipped from your glittering eyes.

Now it is Friday's noon
and I would still curse
you with my rhyming words
and bring you flapping back, old love,
old circus knitting, god-in-her-moon,
all fairest in my lang syne verse,
the gauzy bride among the children,
the fancy amid the absurd
and awkward, that horn for hounds
that skipper homeward, that museum
keeper of stiff starfish, that blaze
within the pilgrim woman,
a clown mender, a dove's
cheek among the stones,
my Lady of my first words,
this is the division of ways.

And now, while Christ stays
fastened to his Crucifix
so that love may praise
his sacrifice
and not the grotesque metaphor,
you come, a brave ghost, to fix
in my mind without praise
or paradise
to make me your inheritor.

Gute Frau, du bist tot.
Und, Mutter, drei Steine
fielen aus deinen funkelnden Augen.

Jetzt ist es Freitagmittag,
und ich verfluche dich
mit meinen Versen noch immer,
hol dich schlingernd zurück, meine alte Liebe,
die den Zirkus zusammenflickt, du Gott-in-ihrem-Mond,
am schönsten in meinem Abschiedsvers,
die verschleierte Braut im Kreise der Kinder,
tipptopp im Absurden
und Abgeschmackten, das Signal für die Meute,
die heimwärts steuernde Seglerin, die Hüterin
einer Menagerie erstarrter Seesterne, die Flamme
in der Frau aus Siedlerzeiten,
die den Clown wieder heilmacht, die Wange
einer Taube zwischen den Steinen,
Herrin der ersten Wörter, die ich sprach:
Hier trennen sich unsere Wege.

Und nun, da Christus
an sein Kreuz geschlagen bleibt,
auf daß die Liebe
sein Opfer preise
und nicht die groteske Metapher,
kommst du, tapferer Geist, nistest dich ein
in meinem Kopf, ungepriesen,
ohne Himmelreich,
und machst mich zu deiner Erbin.

All My Pretty Ones

All my pretty ones?
Did you say all? O hell-kite! All?
What! all my pretty chickens and their dam
At one fell swoop?...
I cannot but remember such things were,
That were most precious to me.

Macbeth

All meine Lieben

All meine Lieben?
Sagtest du: alle? O Höllengeier! Alle?
Was! all meine lieben Küken und die Henne
Mit einem grausen Hieb? . . .
Mir bleibt nichts als Erinnerung an das,
Was mir das Kostbarste war.

Macbeth

Wir brauchen aber die Bücher, die auf uns wirken wie ein Unglück, das uns sehr schmerzt, wie der Tod eines, den wir lieber hatten als uns, wie wenn wir in Wälder verstoßen würden, von allen Menschen weg, wie ein Selbstmord, ein Buch muß die Axt sein für das gefrorene Meer in uns.

Aus einem Brief von Franz Kafka an Oskar Pollak

I

I

The Truth the Dead Know

For my mother,
born March 1902, died March 1959
and my father,
born February 1900, died June 1959

Gone, I say and walk from church,
refusing the stiff procession to the grave,
letting the dead ride alone in the hearse.
It is June. I am tired of being brave.

We drive to the Cape. I cultivate
myself where the sun gutters from the sky,
where the sea swings in like an iron gate
and we touch. In another country people die.

My darling, the wind falls in like stones
from the whitehearted water and when we touch
we enter touch entirely. No one's alone.
Men kill for this, or for as much.

And what of the dead? They lie without shoes
in their stone boats. They are more like stone
than the sea would be if it stopped. They refuse
to be blessed, throat, eye and knucklebone.

Die Wahrheit, die die Toten kennen

Für meine Mutter,
geboren März 1902, gestorben März 1959,
und meinen Vater,
geboren Februar 1900, gestorben Juni 1959

Tot, sag ich und verlasse die Kirche,
ich will ihn nicht, den steifen Trauerzug zum Grab.
Die Toten, sie mögen allein auf der Bahre ziehen.
Es ist Juni. Ich bin es leid, stark zu sein.

Wir fahren ans Meer. Ich widme mich mir,
wo die Sonne in Strömen vom Himmel rinnt,
wo die See hereinschwingt wie ein Eisentor
und wir uns berühren. Menschen sterben in einem andern Land.

Mein Liebling, der Wind fällt wie Steine herein
vom eisesherzigen Wasser, und wenn wir uns berühren,
tauchen wir ganz in die Berührung ein. Keiner ist allein.
Für dies tötet der Mensch, oder für dergleichen.

Und was ist mit den Toten? Sie liegen ohne Schuh
in ihren steinernen Booten. Sie gleichen mehr dem Stein
als die See ihm gliche, stünde sie still. Sie wollen nicht
gepriesen sein, Kehle, Auge und Knöchelbein.

All My Pretty Ones

Father, this year's jinx rides us apart
where you followed our mother to her cold slumber;
a second shock boiling its stone to your heart,
leaving me here to shuffle and disencumber
you from the residence you could not afford:
a gold key, your half of a woolen mill,
twenty suits from Dunne's, an English Ford,
the love and legal verbiage of another will,
boxes of pictures of people I do not know.
I touch their cardboard faces. They must go.

But the eyes, as thick as wood in this album,
hold me. I stop here, where a small boy
waits in a ruffled dress for someone to come...
for this soldier who holds his bugle like a toy
or for this velvet lady who cannot smile.
Is this your father's father, this commodore
in a mailman suit? My father, time meanwhile
has made it unimportant who you are looking for.
I'll never know what these faces are all about.
I lock them into their book and throw them out.

This is the yellow scrapbook that you began
the year I was born; as crackling now and wrinkly
as tobacco leaves: clippings where Hoover outran
the Democrats, wiggling his dry finger at me
and Prohibition; news where the *Hindenburg* went
down and recent years where you went flush
on war. This year, solvent but sick, you meant
to marry that pretty widow in a one-month rush.
But before you had that second chance, I cried
on your fat shoulder. Three days later you died.

All meine Lieben

Vater, vom Unstern dieses Jahres werden wir entzweit,
seit du Mutter folgtest in ihren kalten Schlaf,
ein zweiter Schlag brannte ins Herz dir seinen Stein,
mir bleibt nun überlassen, dich zu befreien
von der Last eines Anwesens, das deine Mittel überstieg:
ein Schlüssel aus Gold, deine Hälfte einer Wollfabrik,
zwanzig Anzüge von Dunne, ein englischer Ford,
der Wortschwall von Liebe und Recht im zweiten Testament,
Schachteln mit Fotos von Leuten, die ich nicht kenne.
Ich berühre die Papiergesichter. Sie müssen weg.

Aber die Augen, hart wie Holz in diesem Album,
lassen nicht los. Ich halte inne, wo ein kleiner Junge
im Rüschenkleid wartet, daß irgendwer kommt . . . dieser Soldat
vielleicht, sein Signalhorn wie ein Spielzeug in der Hand,
oder diese Dame in Samt, die nicht lächeln kann.
Ist das der Vater deines Vaters, dieser Kommodore
in Briefträgeruniform? Mittlerweile, mein Vater,
ist es belanglos, nach wem du Ausschau hältst.
Was all die Gesichter bedeuten, ich werde es nie erfahren.
Ich sperr sie ein in ihr Buch und werfe sie hinaus.

Dies ist das gelbe Sammelbuch, in meinem Geburtsjahr
von dir angelegt, nun so mürbe und bröcklig
wie Tabakblätter. Zeitungsartikel über Hoovers Wahl,
die unterlegenen Demokraten; sein dürrer Finger droht mir
und der Prohibition. Berichte über die *Hindenburg*-Katastrophe
und aus jüngerer Zeit, als der Krieg dir neuen Auftrieb gab.
Im selben Jahr, noch solvent, doch schon krank, wolltest du
nach einem Monat des Werbens die hübsche Witwe freien.
Doch bevor du diese zweite Chance hattest, weinte ich
an deiner dicken Schulter. Drei Tage später warst du tot.

These are the snapshots of marriage, stopped in places.
Side by side at the rail toward Nassau now;
here, with the winner's cup at the speedboat races,
here, in tails at the Cotillion, you take a bow,
here, by our kennel of dogs with their pink eyes,
running like show-bred pigs in their chain-link pen;
here, at the horseshow where my sister wins a prize;
and here, standing like a duke among groups of men.
Now I fold you down, my drunkard, my navigator,
my first lost keeper, to love or look at later.

I hold a five-year diary that my mother kept
for three years, telling all she does not say
of your alcoholic tendency. You overslept,
she writes. My God, father, each Christmas Day
with your blood, will I drink down your glass
of wine? The diary of your hurly-burly years
goes to my shelf to wait for my age to pass.
Only in this hoarded span will love persevere.
Whether you are pretty or not, I outlive you,
bend down my strange face to yours and forgive you.

Die Stationen einer Ehe sind auf Schnappschüssen festgehalten:
Seite an Seite ihr zwei vor dem Zug nach Nassau,
hier du mit dem Siegespokal beim Schnellbootrennen,
hier verbeugst du dich im Frack beim Cotillon,
hier bei unserer Hundemeute, die mit rosa Augen
wie Zuchtschweine im Maschendrahtzwinger umherläuft,
hier bei der Pferdeschau, wo meine Schwester einen Preis gewinnt,
und hier du wie ein Herzog bei Gruppen von Männern.
Jetzt klappe ich dich zu, mein Trunkenbold, mein Steuermann,
erster verlorner Hüter mein, ich werd dich später lieben oder betrachten.

Ich halt ein Tagebuch für fünf Jahre in der Hand, drei davon
hat meine Mutter es geführt; sie verschweigt vielsagend alles
über deine Neigung zum Trinken. Du hast verschlafen,
schreibt sie. Mein Gott, Vater, werd ich an jedem Weihnachtstag
mit deinem Blut auch leeren dein Glas Wein?
Das Tagebuch aus deinen liederlichen Jahren
wandert ins Regal, muß warten, bis meine Zeit vorüber ist.
Nur in diesen aufbewahrten Jahren kann die Liebe fortbestehen.
Ob du mir lieb bist oder nicht, ich werd dich überleben,
mein fremdes Gesicht über deines neigen und dir vergeben.

Young

A thousand doors ago
when I was a lonely kid
in a big house with four
garages and it was summer
as long as I could remember,
I lay on the lawn at night,
clover wrinkling under me,
the wise stars bedding over me,
my mother's window a funnel
of yellow heat running out,
my father's window, half shut,
an eye where sleepers pass,
and the boards of the house
were smooth and white as wax
and probably a million leaves
sailed on their strange stalks
as the crickets ticked together
and I, in my brand new body,
which was not a woman's yet,
told the stars my questions
and thought God could really see
the heat and the painted light,
elbows, knees, dreams, goodnight.

Jung

Vor tausend Türen,
als ich ein einsames Kind war
in einem großen Haus mit vier
Garagen und Sommer war,
solang ich zurückdenken konnte,
lag ich nachts auf dem Rasen,
der Klee zerknittert unter mir,
die klugen Sterne gelagert über mir,
das Fenster meiner Mutter ein Schlot,
aus dem gelbe Glut rann,
das Fenster meines Vaters halb geschlossen,
ein Auge, an dem Schläfer vorbeiziehen,
und die Bretter des Hauses
waren glatt und weiß wie Wachs,
und vielleicht eine Million Blätter
segelten auf ihren seltsamen Stielen,
als alle Grillen auf einmal zirpten
und ich in meinem brandneuen Körper,
der noch nicht der einer Frau war,
den Sternen meine Fragen verriet
und dachte, Gott könne das farbige Licht
wirklich sehen und die Glut,
Ellbogen, Knie, Träume, schlaft gut.

Lament

Someone is dead.
Even the trees know it,
those poor old dancers who come on lewdly,
all pea-green scarfs and spine pole.
I think . . .
I think I could have stopped it,
if I'd been as firm as a nurse
or noticed the neck of the driver
as he cheated the crosstown lights;
or later in the evening,
if I'd held my napkin over my mouth.
I think I could . . .
if I'd been different, or wise, or calm,
I think I could have charmed the table,
the stained dish or the hand of the dealer.
But it's done.
It's all used up.
There's no doubt about the trees
spreading their thin feet into the dry grass.
A Canada goose rides up,
spread out like a gray suede shirt,
honking his nose into the March wind.
In the entryway a cat breathes calmly
into her watery blue fur.
The supper dishes are over and the sun
unaccustomed to anything else
goes all the way down.

Klage

Jemand ist tot.
Sogar die Bäume wissen es,
diese armen alten Tänzer, die lüstern daherkommen,
ganz erbsgrüne Schals und stocksteif.
Ich glaube . . .
Ich glaube, ich hätte es anhalten können,
wenn ich streng gewesen wäre wie eine Krankenschwester
oder auf den Hals des Fahrers geachtet hätte,
als er, durch die Stadt unterwegs, die Ampeln überfuhr;
oder wenn ich mir, später am Abend,
die Serviette vor den Mund gehalten hätte.
Ich glaube, ich hätte es gekonnt . . .
wenn ich anders gewesen wäre, schlau oder gelassen,
ich glaube, ich hätte die Tafel bezaubern können,
das beschmierte Geschirr, die Hand des Kartengebers.
Aber es ist vorbei.
Es ist alles vertan.
Kein Zweifel über die Bäume.
Sie strecken ihre dünnen Füße in das dürre Gras.
Eine Kanadagans steigt auf,
ausgebreitet wie ein graues Wildlederhemd,
schreit ihren Schnabel in den Märzwind.
In der Einfahrt atmet eine Katze ruhig
in ihr wasserblaues Fell.
Das Abendessen ist vorüber, und die Sonne,
die nichts anderes gewohnt ist,
sinkt ganz hinab.

To a Friend Whose Work Has Come to Triumph

Consider Icarus, pasting those sticky wings on,
testing that strange little tug at his shoulder blade,
and think of that first flawless moment over the lawn
of the labyrinth. Think of the difference it made!
There below are the trees, as awkward as camels;
and here are the shocked starlings pumping past
and think of innocent Icarus who is doing quite well:
larger than a sail, over the fog and the blast
of the plushy ocean, he goes. Admire his wings!
Feel the fire at his neck and see how casually
he glances up and is caught, wondrously tunneling
into that hot eye. Who cares that he fell back to the sea?
See him acclaiming the sun and come plunging down
while his sensible daddy goes straight into town.

An einen Freund, dessen Werk Triumphe feiert

Nimm Ikarus, der klebte sich wächserne Flügel an,
erprobte das seltsame leichte Ziehen am Schulterblatt,
stell ihn dir vor, den ersten perfekten Flügelschlag über dem Rasen
des Labyrinths. Stell dir vor, wie anders danach alles war!
Dort unten stehen die Bäume, plump wie Kamele,
hier flattern die verdutzten Stare vorbei,
und dort der naive Ikarus, er macht seine Sache gut:
schwebt größer als ein Segel über dem Dunst des tosenden,
hoheitsvollen Ozeans. Bewundere seine Flügel!
Spür das Feuer an seinem Hals und sieh, wie beiläufig
er nach oben schaut und gefangen ist, sich wundersam einbohrt
in dies heiße Auge. Daß er ins Meer stürzte, wen kümmert's?
Sieh, wie er der Sonne zujauchzt, taumelnd an Höhe verliert,
derweil sein vernünftiger Dad stracks in die Stadt spaziert.

The Starry Night

> That does not keep me from having a terrible need of – shall I say the word – religion. Then I go out at night to paint the stars.
>
> *Vincent Van Gogh in a letter to his brother*

The town does not exist
except where one black-haired tree slips
up like a drowned woman into the hot sky.
The town is silent. The night boils with eleven stars.
Oh starry starry night! This is how
I want to die.

It moves. They are all alive.
Even the moon bulges in its orange irons
to push children, like a god, from its eye.
The old unseen serpent swallows up the stars.
Oh starry starry night! This is how
I want to die:

into that rushing beast of the night,
sucked up by that great dragon, to split
from my life with no flag,
no belly,
no cry.

Sternennacht

> Das ändert nichts daran, daß ich ein schreckliches Bedürfnis
> nach – soll ich das Wort sagen – nach Religion habe.
> Dann gehe ich nachts hinaus ins Freie und male die Sterne.
>
> *Vincent van Gogh in einem Brief an seinen Bruder*

Die Stadt existiert nur
dort, wo ein schwarzhaariger Baum in den heißen Himmel
hinauftreibt wie eine ertrunkene Frau.
Die Stadt schweigt. Die Nacht brodelt mit elf Sternen.
O Sternennacht, Sternennacht! *So*
möchte ich sterben.

Sie regt sich. Alles ist lebendig.
Sogar der Mond schwillt in seinen orangenen Eisen,
um, wie ein Gott, Kinder aus seinem Auge zu pressen.
Die alte unsichtbare Schlange verschlingt die Sterne.
O Sternennacht, Sternennacht! *So*
möchte ich sterben:

in die rasende Bestie Nacht hinein,
aufgesaugt von dem großen Drachen, mich trennen
von meinem Leben ohne Flagge,
ohne Leib,
ohne Schrei.

Old Dwarf Heart

> True. All too true. I have never been at home in life.
> All my decay has taken place upon a child.
>
> *Henderson the Rain King*, by Saul Bellow

When I lie down to love,
old dwarf heart shakes her head.
Like an imbecile she was born old.
Her eyes wobble as thirty-one thick folds
of skin open to glare at me on my flickering bed.
She knows the decay we're made of.

When hurt she is abrupt.
Now she is solid, like fat,
breathing in loops like a green hen
in the dust. But if I dream of loving, then
my dreams are of snarling strangers. *She* dreams that...
strange, strange, and corrupt.

Good God, the things she knows!
And worse, the sores she holds
in her hands, gathered in like a nest
from an abandoned field. At her best
she is all red muscle, humming in and out, cajoled
by time. Where I go, she goes.

Oh now I lay me down to love,
how awkwardly her arms undo,
how patiently I untangle her wrists
like knots. Old ornament, old naked fist,
even if I put on seventy coats I could not cover you...
mother, father, I'm made of.

Zwergenherz

Es ist wahr, nur zu wahr. Ich habe mich im Leben nie zu Hause gefühlt. Mein ganzer Verfall hat sich an einem Kinde vollzogen.

Regenkönig von Saul Bellow

Leg ich mich zum Lieben hin,
schüttelt Zwergenherz den Kopf.
Wie ein Schwachsinniger kam es schon alt zur Welt.
Seine Augen zucken, als sich einunddreißig dicke Falten
Haut öffnen, mich anstarren auf meinem flackernden Bett.
Es kennt den Verfall, aus dem wir gemacht sind.

Auf Kränkung reagiert es schroff.
Nun ist es kompakt, wie Fett,
atmet ruckhaft wie eine junge Henne
im Staub. Träum ich jedoch vom Lieben, dann
handeln die Träume von fauchenden Fremden. *Das* träumt Zwergenherz . . .
seltsam, seltsam und verdorben.

Gütiger Himmel, was Zwergenherz weiß!
Und schlimmer, das Weh, das es in den Händen
hält, wie ein Nest, aufgelesen
von einem brachen Feld. Bestenfalls
ist es ganz roter Muskel und pulsiert, umgestimmt
von der Zeit. Wohin ich gehe, geht Zwergenherz auch.

Oh, jetzt leg ich mich zum Lieben hin,
wie mühsam seine Arme nachgeben,
wie geduldig ich seine Handgelenke löse,
als wären's Knoten. Altes Ornament, alte bloße Faust,
und zög ich auch siebzig Mäntel an, ich könnte euch nicht verdecken . . .
Mutter, Vater, aus denen ich gemacht bin.

I Remember

By the first of August
the invisible beetles began
to snore and the grass was
as tough as hemp and was
no color – no more than
the sand was a color and
we had worn our bare feet
bare since the twentieth
of June and there were times
we forgot to wind up your
alarm clock and some nights
we took our gin warm and neat
from old jelly glasses while
the sun blew out of sight
like a red picture hat and
one day I tied my hair back
with a ribbon and you said
that I looked almost like
a puritan lady and what
I remember best is that
the door to your room was
the door to mine.

Ich erinnere mich

Anfang August
begannen die unsichtbaren Käfer
zu schnarren und das Gras war
zäh wie Hanf und hatte
keine Farbe – so wenig wie
der Sand eine hatte und
wir hatten unsere nackten Füße
seit dem zwanzigsten Juni nackt
getragen und es gab Zeiten
da vergaßen wir deinen Wecker
aufzuziehen und an manchen Abenden
tranken wir unseren Gin warm und pur
aus alten Senfgläsern während
die Sonne unsern Blicken entschwand
wie ein roter Pleureusenhut und
einmal band ich mir das Haar
mit einem Band zurück und du sagtest
ich sähe beinah aus wie
eine Frau aus Siedlerzeiten und woran
ich mich am besten erinnere ist daß
die Tür zu deinem Zimmer
die Tür zu meinem war.

The Operation

1.

After the sweet promise,
the summer's mild retreat
from mother's cancer, the winter months of her death,
I come to this white office, its sterile sheet,
its hard tablet, its stirrups, to hold my breath
while I, who must, allow the glove its oily rape,
to hear the almost mighty doctor over me equate
my ills with hers
and decide to operate.

It grew in her
as simply as a child would grow,
as simply as she housed me once, fat and female.
Always my most gentle house before that embryo
of evil spread in her shelter and she grew frail.
Frail, we say, remembering fear, that face we wear
in the room of the special smells of dying, fear
where the snoring mouth gapes
and is not dear.

There was snow everywhere.
Each day I grueled through
its sloppy peak, its blue-struck days, my boots
slapping into the hospital halls, past the retinue
of nurses at the desk, to murmur in cahoots
with hers outside her door, to enter with the outside
air stuck on my skin, to enter smelling her pride,
her upkeep, and to lie
as all who love have lied.

Die Operation

1.

Nach dem süßen Versprechen,
dem sanften Rückzug des Sommers
von Mutters Krebs, den Wintermonaten ihres Sterbens
bin ich dran in dem weißen Sprechzimmer mit dem keimfreien Laken,
dem harten Tisch und den Steigbügeln, halte den Atem an,
während ich, die es ja muß, den Handschuh gewähren lasse,
der schmierig schändet, und höre, wie der hochmögende Arzt
über mir mein Leiden mit dem ihren gleichsetzt
und zu operieren beschließt.

Es wuchs in ihr
so einfach, wie ein Kind wächst,
so einfach, wie sie mich einst behauste, dick und weiblich.
Immer mein behutsamstes Haus, bevor dieser Embryo
des Bösen in ihr wucherte und sie verfiel.
Verfiel, sagen wir, der Angst uns erinnernd, unserer Miene
in dem Zimmer mit den eigentümlichen Sterbegerüchen, Angst,
wenn der röchelnde Mund offensteht
und keine Zärtlichkeit weckt.

Überall war Schnee.
Jeden Tag stapfte ich durch
seine matschigen Kegel, seine blaustichigen Tage, meine Stiefel
patschten in die Krankenhausflure, am Troß der Schwestern
an der Anmeldung vorbei, flüsterte im Bunde mit
den ihren vor der Tür, trat ein mit der Außenluft
auf meiner Haut, trat ein und roch ihren Stolz,
die Haltung, die sie wahrte, und log,
wie alle, die lieben, gelogen haben.

No reason to be afraid,
my almost mighty doctor reasons.
I nod, thinking that woman's dying
must come in seasons,
thinking that living is worth buying.
I walk out, scuffing a raw leaf,
kicking the clumps of dead straw
that were this summer's lawn.
Automatically I get in my car,
knowing the historic thief
is loose in my house
and must be set upon.

2.

Clean of the body's hair,
I lie smooth from breast to leg.
All that was special, all that was rare
is common here. Fact: death too is in the egg.
Fact: the body is dumb, the body is meat.
And tomorrow the O.R. Only the summer was sweet.

The rooms down the hall are calling
all night long, while the night outside
sucks at the trees. I hear limbs falling
and see yellow eyes flick in the rain. Wide eyed
and still whole I turn in my bin like a shorn lamb.
A nurse's flashlight blinds me to see who I am.

The walls color in a wash
of daylight until the room takes its objects
into itself again. I smoke furtively and squash
the butt and hide it with my watch and other effects.
The halls bustle with legs. I smile at the nurse
who smiles for the morning shift. Day is worse.

Kein Grund zur Besorgnis,
beschwichtigt mein hochmögender Arzt.
Ich nicke und denke, das Sterben von Frauen
geschieht wohl zu bestimmten Zeiten,
denke, es lohnt, Leben zu kaufen.
Ich gehe hinaus, scharre ein wundes Blatt auf,
stoße die Büschel von dürren Halmen herum,
die der Rasen dieses Sommers waren.
Steig automatisch in mein Auto ein,
weiß, der Dieb Vergänglichkeit
geht um in meinem Haus
und muß gestellt werden.

2.

Vom Körperhaar gesäubert
lieg ich da, glatt von der Brust bis zum Bein.
Was etwas Besonderes, was selten war,
ist hier gewöhnlich. Faktum: der Tod nistet auch im Ei.
Faktum: der Körper ist dumpf, der Körper ist Fleisch.
Und morgen der OP. Doch der Sommer war köstlich.

Die Zimmer hinten im Flur klingeln
die ganze Nacht, während draußen die Nacht
an den Bäumen saugt. Ich höre Glieder fallen,
seh gelbe Augen im Regen flackern. Mit großen Augen und noch heil
wälz ich mich in meinem Bett wie ein geschorenes Lamm.
Die Taschenlampe einer Schwester blendet mich, schaut nach, wer ich bin.

Vom Tageslicht umbrandet, kriegen die Wände
Farbe, bis die Gegenstände im Zimmer
an ihren Platz gerückt sind. Ich rauche heimlich und drücke
die Kippe aus, verstecke sie bei der Uhr und meiner anderen Habe.
Die Flure wimmeln vor Beinen. Ich lächle der Schwester zu,
die zur Frühschicht lächelt. Am Tag ist es schlimmer.

Scheduled late, I cannot drink
or eat, except for yellow pills
and a jigger of water. I wait and think
until she brings two mysterious needles: the skills
she knows she knows, promising, soon you'll be out.
But nothing is sure. No one. I wait in doubt.

I wait like a kennel of dogs
jumping against their fence. At ten
she returns, laughs and catalogues
my resistance to drugs. On the stretcher, citizen
and boss of my own body still, I glide down the halls
and rise in the iron cage toward science and pitfalls.

The great green people stand
over me; I roll on the table
under a terrible sun, following their command
to curl, head touching knee if I am able.
Next, I am hung up like a saddle and they begin.
Pale as an angel I float out over my own skin.

I soar in hostile air
over the pure women in labor,
over the crowning heads of babies being born.
I plunge down the backstair
calling *mother* at the dying door,
to rush back to my own skin, tied where it was torn.
Its nerves pull like wires
snapping from the leg to the rib.
Strangers, their faces rolling like hoops, require
my arm. I am lifted into my aluminum crib.

Spät eingeteilt, darf ich weder trinken
noch essen, nur gelbe Pillen
und einen Fingerhut Wasser. Ich warte und grüble,
bis sie zwei geheimnisvolle Nadeln bringt: sie weiß,
was sie kann, verspricht mir, bald sind Sie weg.
Aber nichts ist sicher. Niemand. Ich warte skeptisch.

Ich warte wie eine Hundemeute,
die den Zaun anspringt. Um zehn
kommt sie wieder, lacht, notiert meine Resistenz
gegen Medikamente. Auf einer Trage, noch Bewohnerin
und Herrin meines Leibs, gleite ich durch die Flure
und fahr im Eisenkäfig zu Wissenschaft und Abgründen hinauf.

Die großen grünen Leute stehen
über mir; unter einer schrecklichen Sonne rutsche ich
auf den Tisch, befolge ihre Order,
mich zusammenzurollen, den Kopf ans Knie, wenn möglich.
Dann werd ich aufgehängt wie ein Sattel, und sie fangen an.
Bleich wie ein Engel fahre ich aus meiner Haut, schwebe über mir.

Ich fliege in feindlichen Lüften
hoch über reinen Frauen in den Wehen,
hoch über vollendeten Köpfen von Kindern, die geboren werden.
Ich stürze, *Mutter* rufend an der Pforte des Todes,
die Hintertreppe hinunter,
fahre zurück in meine Haut, vernäht, wo sie gerissen war.
Die Nerven ziehen wie Drähte,
durch die der Strom schießt vom Bein bis zur Rippe.
Fremde mit Gesichtern, die wie Reifen kreisen, fordern
meinen Arm. Man hebt mich in meine Aluminiumkrippe.

3.

Skull flat, here in my harness,
thick with shock, I call mother
to help myself, call toe of frog,
that woolly bat, that tongue of dog;
call God help and all the rest.
The soul that swam the furious water
sinks now in flies and the brain
flops like a docked fish and the eyes
are flat boat decks riding out the pain.

My nurses, those starchy ghosts,
hover over me for my lame hours
and my lame days. The mechanics
of the body pump for their tricks.
I rest on their needles, am dosed
and snoring amid the orange flowers
and the eyes of visitors. I wear,
like some senile woman, a scarlet
candy package ribbon in my hair.

Four days from home I lurk on my
mechanical parapet with two pillows
at my elbows, as soft as praying cushions.
My knees work with the bed that runs
on power. I grumble to forget the lie
I ought to hear, but don't. God knows
I thought I'd die – but here I am,
recalling mother, the sound of her
good morning, the odor of orange and jam.

All's well, they say. They say I'm better.
I lounge in frills or, picturesque,
I wear bunny pink slippers in the hall.

3.

Flach auf dem Rücken liegend, angeschirrt,
ganz benommen vom Schock, ruf ich nach Mutter,
die mir helfen soll, rufe nach Froschzeh,
der wuschligen Fledermaus, der Hundezunge;
rufe Gott steh mir bei und den ganzen Rest.
Die Seele, die wilde Gewässer durchschwamm,
geht nun in Fliegen unter, das Hirn zappelt
wie ein an Land gespülter Fisch, und die Augen
sind flache Bootsdecks, halten stand dem Schmerz.

In den Stunden, in den Tagen, die ich lahmgelegt bin,
schweben meine Krankenschwestern, diese Gespenster
in gestärkten Kitteln, über mir. Die Mechanik
des Körpers giert nach ihren Tricks.
Ich häng an ihren Nadeln, bin betäubt,
schnarche unter den orangenen Blumen
und den Besucherblicken. Wie eine Greisin
trag ich das scharlachrote Band
von einer Bonbonschachtel im Haar.

Vier Tage von zu Hause fort, lieg ich lauernd
auf meiner mechanischen Brüstung, Kopfkissen
unter den Ellbogen, so weich wie Gebetskissen.
Meine Knie beugen sich mit dem Bett, das elektrisch
verstellt wird. Widerstrebend vergeß ich die Lüge,
die ich hören sollte und die ausbleibt. Gott weiß,
ich dachte, ich müßte sterben – aber hier bin ich,
erinnere mich an Mutter, den Klang ihres
Guten Morgen, den Duft von Orangen und Konfitüre.

Alles in Ordnung, sagen sie, es geht mir schon besser.
Ich rekle mich in Rüschen oder spaziere pittoresk
in rosa Fellpantoffeln durch den Flur.

I read a new book and shuffle past the desk
to mail the author my first fan letter.
Time now to pack this humpty-dumpty
back the frightened way she came
and run along, Anne, and run along now,
my stomach laced up like a football
for the game.

Ich lese ein neues Buch, schlurfe an der Anmeldung vorbei,
um dem Autor meinen ersten Fanbrief zu senden.
Es ist jetzt Zeit, dies Humpty-Dumpty
auf den Weg zurückzuschicken, den es ängstlich herkam –
nun lauf, Anne, lauf schon weiter,
mein Magen geschnürt wie ein Football
für das Spiel.

II

II

Wenn der wirkliche Jesus auf einen und sei es noch so großen Menschen hinausläuft, dann ist es besser, wir suchen uns unseren Weg durch das Dasein selbst.

Guardini

A Curse Against Elegies

Oh, love, why do we argue like this?
I am tired of all your pious talk.
Also, I am tired of all the dead.
They refuse to listen,
so leave them alone.
Take your foot out of the graveyard,
they are busy being dead.

Everyone was always to blame:
the last empty fifth of booze,
the rusty nails and chicken feathers
that stuck in the mud on the back doorstep,
the worms that lived under the cat's ear
and the thin-lipped preacher
who refused to call
except once on a flea-ridden day
when he came scuffing in through the yard
looking for a scapegoat.
I hid in the kitchen under the ragbag.

I refuse to remember the dead.
And the dead are bored with the whole thing.
But you – you go ahead,
go on, go on back down
into the graveyard,
lie down where you think their faces are;
talk back to your old bad dreams.

Fluch den Elegien

Ach, Liebes, warum streiten wir so?
Ich habe dein frommes Gerede satt.
Genauso satt hab ich die Toten.
Sie wollen nicht zuhören,
drum laß sie in Frieden.
Komm endlich raus aus dem Friedhof,
sie haben mit ihrem Totsein zu tun.

Jeder war immer an irgendwas schuld:
das letzte geleerte Gläschen Schnaps,
die rostigen Nägel und Hühnerfedern,
die im Schlamm am Hintereingang steckten,
die Würmer unter dem Ohr der Katze
und der schmallippige Priester,
der nicht vorbeikommen wollte
bis auf das eine Mal an einem wurmstichigen Tag,
als er durch den Garten geschlurft kam
und einen Sündenbock suchte.
Ich versteckte mich in der Küche unter dem Lumpensack.

Ich will der Toten nicht gedenken.
Und die Toten langweilt die ganze Chose.
Aber du – na, nur zu,
mach ruhig weiter, lauf weiter hin
zum Friedhof,
leg dich nieder, wo du ihre Gesichter wähnst,
gib deinen alten Alpträumen Kontra.

The Abortion

Somebody who should have been born
is gone.

Just as the earth puckered its mouth,
each bud puffing out from its knot,
I changed my shoes, and then drove south.

Up past the Blue Mountains, where
Pennsylvania humps on endlessly,
wearing, like a crayoned cat, its green hair,

its roads sunken in like a gray washboard;
where, in truth, the ground cracks evilly,
a dark socket from which the coal has poured,

Somebody who should have been born
is gone.

the grass as bristly and stout as chives,
and me wondering when the ground would break,
and me wondering how anything fragile survives;

up in Pennsylvania, I met a little man,
not Rumpelstiltskin, at all, at all...
he took the fullness that love began.

Returning north, even the sky grew thin
like a high window looking nowhere.
The road was as flat as a sheet of tin.

Somebody who should have been born
is gone.

Die Abtreibung

Jemand, der hätte geboren werden sollen,
ist weg.

Als alle Knospen aus den Knoten trieben,
die Erde gerade ihre Lippen spitzte,
da zog ich andre Schuhe an und fuhr nach Süden.

An den Blue Mountains vorbei, wo mit grünem Fell
Pennsylvania in einem fort Buckel macht
wie eine Katze, gezeichnet in Pastell,

die Straßen wie ein graues Waschbrett eingesunken,
wo in Wahrheit bedrohlich der Boden reißt,
eine Höhle, die Kohle ausspie aus dem Dunklen,

Jemand, der hätte geboren werden sollen,
ist weg.

das Gras so stachlig und fest wie Lauch,
und ich frage mich, wann der Boden birst,
frage mich, überlebt, was zerbrechlich ist, auch;

in Pennsylvania traf ich einen kleinen Mann,
nicht Rumpelstilzchen, o nein, o nein . . .
er nahm die Fülle, die aus Liebe begann.

Auf dem Rückweg nach Norden wurde sogar der Himmel dünn
wie ein hohes Fenster nach Nirgendwo.
Die Straße war flach wie ein Blech aus Zinn.

Jemand, der hätte geboren werden sollen,
ist weg.

Yes, woman, such logic will lead
to loss without death. Or say what you meant,
you coward . . . this baby that I bleed.

Ja, Frau, solche Logik sinnt
auf Verlust ohne Tod. Oder sag, was du dir dachtest,
du Feigling . . . aus mir blutet dies Kind.

With Mercy for the Greedy

For my friend, Ruth,
who urges me to make an appointment
for the Sacrament of Confession

Concerning your letter in which you ask
me to call a priest and in which you ask
me to wear The Cross that you enclose;
your own cross,
your dog-bitten cross,
no larger than a thumb,
small and wooden, no thorns, this rose –

I pray to its shadow,
that gray place
where it lies on your letter . . . deep, deep.
I detest my sins and I try to believe
in The Cross. I touch its tender hips, its dark jawed face,
its solid neck, its brown sleep.

True. There is
a beautiful Jesus.
He is frozen to his bones like a chunk of beef.
How desperately he wanted to pull his arms in!
How desperately I touch his vertical and horizontal axes!
But I can't. Need is not quite belief.

All morning long
I have worn
your cross, hung with package string around my throat.
It tapped me lightly as a child's heart might,
tapping secondhand, softly waiting to be born.
Ruth, I cherish the letter you wrote.

In Mitleid mit den Gierigen

Für meine Freundin Ruth,
die mich drängt, mich für das Sakrament
der Beichte anzumelden

Betreffs deines Briefes, in dem du mich bittest,
einen Priester aufzusuchen, und in dem du mich bittest,
das Kreuz zu tragen, das du beilegst,
dein eigenes Kreuz,
dein vom Hund angebissenes Kreuz,
nicht größer als ein Daumen,
klein und aus Holz, ohne Dornen, diese Rose –

bete ich zu seinem Schatten,
jenem grauen Fleck,
wo es auf deinem Brief liegt . . . tief, tief.
Ich verabscheue meine Sünden und versuche an den Gekreuzigten
zu glauben. Ich berühre seine zarten Hüften, sein dunkles, starkes Kinn,
seinen festen Hals, seinen braunen Schlaf.

Stimmt. Es gibt
einen wunderschönen Jesus.
Er ist bis auf die Knochen durchfroren wie ein Batzen Rindfleisch.
Wie verzweifelt er die Arme einziehen wollte!
Wie verzweifelt ich seine Längs- und Querachse berühre!
Doch ich kann nicht. Bedürfnis und Glaube sind zweierlei.

Den ganzen Vormittag
hab ich dein Kreuz
getragen, mit Paketschnur um den Hals gehängt.
Es pochte leis bei mir an, wie ein Kinderherz vielleicht,
mittelbar pochend, sanft wartend auf seine Geburt.
Der Brief, Ruth, den du schriebst, bedeutet mir viel.

My friend, my friend, I was born
doing reference work in sin, and born
confessing it. This is what poems are:
with mercy
for the greedy,
they are the tongue's wrangle,
the world's pottage, the rat's star.

Meine Freundin, meine Freundin, von Geburt an
erforsche ich Sünden, und von Geburt an
bekenne ich sie. Darum geht es bei Gedichten:
in Mitleid
mit den Gierigen
sind sie der Zunge Hader,
der Welt Suppe, der Ratte Stern.

For God While Sleeping

Sleeping in fever, I am unfit
to know just who you are:
hung up like a pig on exhibit,
the delicate wrists,
the beard drooling blood and vinegar;
hooked to your own weight,
jolting toward death under your nameplate.

Everyone in this crowd needs a bath.
I am dressed in rags.
The mother wears blue. You grind your teeth
and with each new breath
your jaws gape and your diaper sags.
I am not to blame
for all this. I do not know your name.

Skinny man, you are somebody's fault.
You ride on dark poles –
a wooden bird that a trader built
for some fool who felt
that he could make the flight. Now you roll
in your sleep, seasick
on your own breathing, poor old convict.

Für Gott im Schlaf

Im Fieberschlaf kann ich unmöglich
wissen, wer genau du bist:
aufgehängt wie ein Schwein zur Beschau,
die zarten Handgelenke,
der Bart, aus dem Blut und Essig rinnt;
ans Gewicht deines Körpers gehakt,
zuckend dem Tod dich nähernd unter deinem Namensschild.

Jedem in diesem Haufen könnte ein Bad nicht schaden.
Ich bin in Lumpen gehüllt.
Die Mutter trägt Blau. Du knirschst mit den Zähnen,
und mit jedem neuen Atemzug
klafft dein Mund weiter auf, rutscht dein Lendentuch.
Ich bin nicht schuld
an alledem. Ich kenne deinen Namen nicht.

Spindeldürrer Mann, du bist der Irrtum, den jemand beging.
Du schwebst an dunklen Stangen –
ein hölzerner Vogel, von einem Trödler gebaut
für einen Narren, der glaubte,
er könnte wagen den Flug. Jetzt wirfst du dich
umher im Schlaf, seekrank
vom eigenen Atem, zur Einsicht gebracht, du Armer.

In the Deep Museum

My God, my God, what queer corner am I in?
Didn't I die, blood running down the post,
lungs gagging for air, die there for the sin
of anyone, my sour mouth giving up the ghost?
Surely my body is done? Surely I died?
And yet, I know, I'm here. What place is this?
Cold and queer, I sting with life. I lied.
Yes, I lied. Or else in some damned cowardice
my body would not give me up. I touch
fine cloth with my hands and my cheeks are cold.
If this is hell, then hell could not be much,
neither as special nor as ugly as I was told.

What's that I hear, snuffling and pawing its way
toward me? Its tongue knocks a pebble out of place
as it slides in, a sovereign. How can I pray?
It is panting; it is an odor with a face
like the skin of a donkey. It laps my sores.
It is hurt, I think, as I touch its little head.
It bleeds. I have forgiven murderers and whores
and now I must wait like old Jonah, not dead
nor alive, stroking a clumsy animal. A rat.
His teeth test me; he waits like a good cook,
knowing his own ground. I forgive him that,
as I forgave my Judas the money he took.

Now I hold his soft red sore to my lips
as his brothers crowd in, hairy angels who take
my gift. My ankles are a flute. I lose hips
and wrists. For three days, for love's sake,
I bless this other death. Oh, not in air –
in dirt. Under the rotting veins of its roots,

Im dunklen Museum

Mein Gott, wie sonderbar der Ort, an dem ich bin.
Bin ich denn nicht gestorben? Rann nicht Blut den Pfosten hinab,
rang nach Atem nicht die Lunge? Dort gestorben für die Sünden
aller? Gab mein saurer Mund denn nicht den Geist auf?
Gewiß ist doch mein Körper hin? Gewiß bin ich doch tot?
Und trotzdem weiß ich, ich bin hier. Was für ein Ort ist das?
Ich brenne, kalt und sonderbar, vor Leben. Ich habe gelogen.
Ja, ich habe gelogen. Oder mein Leib wollte in verfluchter
Feigheit nicht von mir lassen. Meine Hände
ertasten feines Tuch, und meine Wangen sind kalt.
Wenn dies die Hölle ist, ist's mit der Hölle nicht weit her,
ist sie nicht so anders, nicht so häßlich, wie man mir sagte.

Was höre ich da? Schnüffelnd und scharrend nähert es
sich mir. Seine Zunge stößt einen Kiesel beiseite,
als es hereinrutscht, ein Souverän. Wie kann ich da beten?
Es keucht, es ist ein Geruch mit einem Gesicht
wie das Fell eines Esels. Es leckt meine Wunden.
Es ist verletzt, denke ich, als ich sein Köpfchen berühre.
Es blutet. Ich habe Mördern und Huren vergeben,
und jetzt muß ich ausharren wie Jonas, weder tot
noch lebendig, streichle ein plumpes Tier. Eine Ratte.
Ihre Zähne knabbern an mir, sie läßt sich Zeit wie ein guter Koch,
der sein Handwerk versteht. Ich vergebe es ihr,
wie ich meinem Judas das Geld vergeben habe, das er nahm.

Nun halte ich mir ihre weiche rote Wunde an die Lippen,
und ihre Geschwister drängen herein, behaarte Engel, nehmen
meine Gabe an. Meine Knöchel sind eine Flöte. Ich geb Hüften
und Handgelenke hin. Drei Tage lang, um der Liebe willen,
heiß ich ihn willkommen, diesen zweiten Tod. Oh, nicht in der Luft –
in der Erde. Unter den fauligen Adern der Wurzeln,

under the markets, under the sheep bed where
the hill is food, under the slippery fruits
of the vineyard, I go. Unto the bellies and jaws
of rats I commit my prophecy and fear.
Far below The Cross, I correct its flaws.
We have kept the miracle. I will not be here.

unter den Märkten, unter der Lagerstatt der Schafe, denen
der Hügel Futter ist, unter den glitschigen Früchten
des Weinbergs gehe ich hin. Den Bäuchen und Mäulern
von Ratten befehle ich meine Prophezeiung und Furcht.
Tief unter dem Kreuz helfe ich seiner Unvollkommenheit ab.
Wir haben das Wunder vollbracht. Ich werde nicht dasein.

Ghosts

Some ghosts are women,
neither abstract nor pale,
their breasts as limp as killed fish.
Not witches, but ghosts
who come, moving their useless arms
like forsaken servants.

Not all ghosts are women,
I have seen others;
fat, white-bellied men,
wearing their genitals like old rags.
Not devils, but ghosts.
This one thumps barefoot, lurching
above my bed.

But that isn't all.
Some ghosts are children.
Not angels, but ghosts;
curling like pink tea cups
on any pillow, or kicking,
showing their innocent bottoms, wailing
for Lucifer.

Gespenster

Manche Gespenster sind Frauen,
weder bleich noch abstrakt,
ihre Brüste so schlaff wie erlegter Fisch.
Nicht Hexen, sondern Gespenster,
die kommen und ihre nutzlosen Arme schwenken
wie entlassene Diener.

Nicht alle Gespenster sind Frauen.
Ich habe auch andre gesehen:
dicke Männer mit weißen Bäuchen,
die ihre Genitalien tragen wie alte Lumpen.
Nicht Teufel, sondern Gespenster.
Dieses stampft barfuß, lauert
über mein Bett gebeugt.

Doch das ist noch nicht alles.
Manche Gespenster sind Kinder.
Nicht Engel, sondern Gespenster:
ringeln sich wie rosa Teetassen
auf allen Kissen oder strampeln,
zeigen ihre unschuldigen Hintern, wimmern
nach Luzifer.

III

III

The Fortress

while taking a nap with Linda

Under the pink quilted covers
I hold the pulse that counts your blood.
I think the woods outdoors
are half asleep,
left over from summer
like a stack of books after a flood,
left over like those promises I never keep.
On the right, the scrub pine tree
waits like a fruit store
holding up bunches of tufted broccoli.

We watch the wind from our square bed.
I press down my index finger –
half in jest, half in dread –
on the brown mole
under your left eye, inherited
from my right cheek: a spot of danger
where a bewitched worm ate its way through our soul
in search of beauty. My child, since July
the leaves have been fed
secretly from a pool of beet-red dye.

And sometimes they are battle green
with trunks as wet as hunters' boots,
smacked hard by the wind, clean
as oilskins. No,
the wind's not off the ocean.
Yes, it cried in your room like a wolf
and your pony tail hurt you. That was a long time ago.
The wind rolled the tide like a dying
woman. She wouldn't sleep,
she rolled there all night, grunting and sighing.

Die Festung

während eines Mittagsschlafs mit Linda

Unter der rosa Steppdecke
fühl ich den Puls, der dein Blut zählt.
Ich glaube, die Bäume da draußen
sind halb eingeschlafen,
übriggeblieben vom Sommer
wie ein Bücherstapel nach der Flut,
übriggeblieben wie die Versprechen, die ich nie halte.
Die verkümmerte Kiefer dort rechts
wartet wie ein Gemüseladen,
der Büschel von Brokkoliköpfen ausstellt.

Wir schauen dem Wind zu von unserm quadratischen Bett.
Ich drücke den Zeigefinger –
halb im Spaß, halb aus Furcht –
auf das braune Muttermal
unter deinem linken Auge, dir vererbt
von meiner rechten Wange: eine Gefahrenstelle,
wo ein behexter Wurm sich durch unsere Seele fraß
auf der Suche nach Schönheit. Mein Kind, seit Juli
trinken die Blätter
heimlich aus einem rübenroten Teich.

Und manchmal sind sie heeresgrün
mit Stämmen, naß wie Jägerstiefel,
vom Wind gepeitscht, rein
wie Ölzeug. Nein,
der Wind über dem Meer ist nicht abgeflaut.
Ja, er hat in deinem Zimmer geheult wie ein Wolf,
und dein Pferdeschwanz hat dir weh getan. Das ist lange her.
Der Wind wälzte die Flut wie eine sterbende
Frau. Sie fand keinen Schlaf,
wälzte sich ächzend und seufzend die ganze Nacht.

Darling, life is not in my hands;
life with its terrible changes
will take you, bombs or glands,
your own child at
your breast, your own house on your own land.
Outside the bittersweet turns orange.
Before she died, my mother and I picked those fat
branches, finding orange nipples
on the gray wire strands.
We weeded the forest, curing trees like cripples.

Your feet thump-thump against my back
and you whisper to yourself. Child,
what are you wishing? What pact
are you making?
What mouse runs between your eyes? What ark
can I fill for you when the world goes wild?
The woods are underwater, their weeds are shaking
in the tide; birches like zebra fish
flash by in a pack.
Child, I cannot promise that you will get your wish.

I cannot promise very much.
I give you the images I know.
Lie still with me and watch.
A pheasant moves
by like a seal, pulled through the mulch
by his thick white collar. He's on show
like a clown. He drags a beige feather that he removed,
one time, from an old lady's hat.
We laugh and we touch.
I promise you love. Time will not take away that.

Liebling, ich habe das Leben nicht in der Hand;
das Leben mit seinen schrecklichen Wechseln
wird über dich kommen, Bomben oder Hormone,
dein eigenes Kind an
deiner Brust, dein eigenes Haus auf deinem eigenen Land.
Draußen färbt sich der Nachtschatten orange.
Bevor sie starb, brachen meine Mutter und ich diese üppigen
Zweige, entdeckten wir orangene Zitzen
auf den grauen Litzen.
Wir jäteten den Wald, heilten Bäume wie Krüppel.

Deine Füße poch-pochen gegen meinen Rücken
und du wisperst vor dich hin. Kind,
was sind deine Wünsche? Was für einen Pakt
gehst du ein? Was für eine Maus
huscht zwischen deinen Augen hin und her? Was für eine Arche
kann ich dir bevölkern, wenn die Welt zur Wildnis wird?
Die Bäume stehen unter Wasser, ihr Kraut zittert
in der Strömung, Birken schnellen wie Zebrafische
in einem Schwarm vorbei.
Kind, ich kann nicht versprechen, daß dein Wunsch sich erfüllt.

Ich kann gar nicht viel versprechen.
Ich zeige dir die Bilder, die ich weiß.
Lieg still neben mir und schau zu.
Ein Fasan gleitet vorbei
wie eine Robbe, durch den Mulch gezerrt
an seinem dicken weißen Halsreif. Er tritt auf
wie ein Clown. Er zieht eine beige Feder hinter sich her,
die er einmal einer alten Frau vom Hut gepflückt hat.
Wir lachen, und wir berühren uns.
Ich verspreche dir Liebe. Die wird die Zeit nicht rauben.

IV

IV

Old

I'm afraid of needles.
I'm tired of rubber sheets and tubes.
I'm tired of faces that I don't know
and now I think that death is starting.
Death starts like a dream,
full of objects and my sister's laughter.
We are young and we are walking
and picking wild blueberries
all the way to Damariscotta.
Oh Susan, she cried,
you've stained your new waist.
Sweet taste –
my mouth so full
and the sweet blue running out
all the way to Damariscotta.
What are you doing? Leave me alone!
Can't you see I'm dreaming?
In a dream you are never eighty.

Alt

Ich habe Angst vor Nadeln.
Ich habe Gummilaken und Schläuche satt.
Ich hab die Gesichter satt, die ich nicht kenne,
und jetzt, glaube ich, fängt der Tod an.
Der Tod fängt an wie ein Traum,
voll von Dingen und dem Lachen meiner Schwester.
Wir sind jung, und wir gehen spazieren
und pflücken wilde Blaubeeren
den ganzen Weg bis nach Damariscotta.
Oh, Susan, rief sie,
du hast dir dein neues Leibchen bekleckert!
Süßer Geschmack –
mein Mund so voll,
und das süße Blau läuft heraus
den ganzen Weg bis nach Damariscotta.
Was tust du? Laß mich in Ruhe!
Siehst du denn nicht, daß ich träume?
In keinem Traum ist man je achtzig.

The Hangman

Reasonable, reasonable, reasonable... we walked through
ten different homes, they always call them homes,
to find one ward where they like the babies who
look like you. Each time, the eyes that no one owns
watched us silently, these visitors from the street
that moves outside. They watched, but did not know
about time, there in the house where babies never grow.
My boy, though innocent and mild
your brain is obsolete.
Those six times that you almost died
the newest medicine and the family fuss
pulled you back again. Supplied
with air, against my guilty wish,
your clogged pipes cried
like Lazarus.

At first your mother said... why me! why me!
But she got over that. Now she enjoys
her dull daily care and her hectic bravery.
You do not love anyone. She is not growing a boy;
she is enlarging a stone to wear around her neck.
Some nights in our bed her mouth snores at me coldly
or when she turns, her kisses walking out of the sea,
I think of the bad stories,
the monster and the wreck.
I think of that Scandinavian tale
that tells of the king who killed nine
sons in turn. Slaughtered wholesale,
they had one life in common
as you have mine,
my son.

Der Henker

Vernünftig, vernünftig, vernünftig ... gingen wir durch
zehn verschiedene Heime, immer nennen sie sie Heime,
um eine Anstalt zu finden, in der sie Babys mögen, die
aussehen wie du. Stets schauten uns die Augen, die keinem
gehören, still an, uns, die Besucher von der Straße,
die sich draußen bewegt. Sie schauten, wußten aber nichts
von Zeit in einem Haus, wo Babys nicht größer werden.
Mein Junge, unschuldig zwar und weich,
dein Gehirn ist zurückgeblieben.
Die sechs Male, die du beinah gestorben wärst,
holten dich die neueste Arznei und das Getue
der Familie zurück. Mit Sauerstoff
versorgt, obwohl ich's, böse, anders wollte,
schrien deine verklebten Bronchien
wie Lazarus.

Erst sagte deine Mutter ... warum ich! warum ich!
Darüber kam sie weg. Jetzt findet sie Gefallen
an der tristen täglichen Pflege, ihrer hektischen Tapferkeit.
Du magst nicht jeden. Sie zieht keinen Jungen auf;
sie vergrößert einen Stein, um ihn am Hals zu tragen.
Kalt schnarcht mich manchmal nachts in unserm Bett ihr Mund an,
und wenn sie sich umdreht, ihre Küsse dem Meer entsteigen,
denk ich an die schlimmen Geschichten,
das Ungeheuer und das Wrack.
Ich denke an das skandinavische Märchen,
das von dem König erzählt, der nacheinander
neun Söhne umbrachte. Allesamt abgeschlachtet,
hatten sie ein Leben gemeinsam,
wie du meines hast,
mein Sohn.

Woman with Girdle

Your midriff sags toward your knees;
your breasts lie down in air,
their nipples as uninvolved
as warm starfish.
You stand in your elastic case,
still not giving up the new-born
and the old-born cycle.
Moving, you roll down the garment,
down that pink snapper and hoarder,
as your belly, soft as pudding,
slops into the empty space;
down, over the surgeon's careful mark,
down over hips, those head cushions
and mouth cushions,
slow motion like a rolling pin,
over crisp hairs, that amazing field
that hides your genius from your patron;
over thighs, thick as young pigs,
over knees like saucers,
over calves, polished as leather,
down toward the feet.
You pause for a moment,
tying your ankles into knots.
Now you rise,
a city from the sea,
born long before Alexandria was,
straightway from God you have come
into your redeeming skin.

Frau mit Hüfthalter

Dein Zwerchfell sackt in Richtung Knie,
deine Brüste lagern sich auf Luft,
die Warzen so uneingestülpt
wie warme Seesterne.
Du stehst da in deiner elastischen Hülle,
gibst ihn noch nicht auf, den Kreislauf
von Neugeboren und Altgeboren.
Dich windend, rollst du das Kleidungsstück hinab,
den rosa Kneifer und Quetscher,
während dein Bauch, weich wie Pudding,
in den leeren Raum schwappt,
hinab über das achtsam ausgeführte Mal des Chirurgen,
hinab über Hüften, diese Kopfkissen
und Mundkissen,
in Zeitlupe wie ein Nudelholz
über krauses Haar, dieses erstaunliche Feld,
das deinen Genius vor deinem Stammgast verbirgt;
über Schenkel, dick wie Ferkel,
über Knie wie Untertassen,
über Waden, glänzend wie Leder,
hinab zu den Füßen.
Du hältst einen Augenblick inne,
verknotest deine Fesseln.
Nun steigst du auf,
eine Stadt aus dem Meer,
geboren lang vor Alexandria,
direkt von Gott bist du in deine
rettende Haut geschlüpft.

The House

In dreams
the same bad dream goes on.
Like some gigantic German toy
the house has been rebuilt
upon its kelly-green lawn.
The same dreadful set,
the same family of orange and pink faces
carved and dressed up like puppets
who wait for their jaws to open and shut.

Nineteen forty-two,
nineteen forty-three,
nineteen forty-four . . .
it's all the same. We're at war.
They've rationed the gas for all three cars.
The Lincoln Continental breathes in its stall,
a hopped up greyhound waiting to be sprung.

The Irish boy
who dated her
(lace curtain Irish, her mother said)
urges her through the lead-colored garages
to feel the patent-leather fenders
and peek at the mileage.
All that money!
and kisses too.
Kisses that stick in the mouth
like the vinegar candy she used to pull
with her buttery fingers, pull
until it was white like a dog's bone,
white, thick and impossible to chew.

Das Haus

In Träumen
der immergleiche böse Traum:
Wie ein gewaltiges deutsches Spielzeug
ist das Haus wieder aufgebaut
auf seinem leuchtendgrünen Rasen.
Die gleiche schreckliche Szene,
die gleiche Familie aus orangen und rosa Gesichtern,
geschnitzt und behängt wie Marionetten,
die aufs Auf- und Zuklappen ihrer Münder warten.

1942,
1943,
1944,
es ist immer dasselbe. Wir befinden uns im Krieg.
Das Benzin für alle drei Autos ist rationiert.
Der Lincoln Continental hechelt in seinem Zwinger,
ein nervöser Windhund, der nur freigelassen werden will.

Der irische Junge,
der mit ihr ausging
(neureiche Iren, sagte ihre Mutter),
zerrt sie durch die bleigrauen Garagen,
um die spiegelglatten Kotflügel zu befühlen
und einen Blick auf den Meilenzähler zu werfen.
Das viele Geld!
und Küsse dazu.
Küsse, die im Mund kleben bleiben
wie die sauren Kaubonbons, die sie immer in die Länge zog
mit ihren butterweichen Fingern, in die Länge zog,
bis sie weiß waren wie ein Hundeknochen,
weiß, dick und nicht zu zerbeißen.

Father,
an exact likeness,
his face bloated and pink
with black market scotch,
sits out his monthly bender
in his custom-made pajamas
and shouts, his tongue as quick as galloping horses,
shouts into the long distance telephone call.
His mouth is as wide as his kiss.

Mother,
with just the right gesture,
kicks her shoes off,
but is made all wrong,
impossibly frumpy as she sits there
in her alabaster dressing room
sorting her diamonds like a bank teller
to see if they add up.

The maid
as thin as a popsicle stick,
holds dinner as usual,
rubs her angry knuckles over the porcelain sink
and grumbles at the gun-shy bird dog.
She knows something is going on.
She pricks a baked potato.

The aunt,
older than all the crooked women
in *The Brothers Grimm*,
leans by a gooseneck lamp in her second floor suite,
turns up her earphone to eavesdrop
and continues to knit,
her needles working like kitchen shears
and her breasts blown out like two
pincushions.

Vater,
ein genaues Ebenbild,
das Gesicht gedunsen und rosa
von Schwarzmarktscotch,
sitzt im maßgeschneiderten Hausanzug
seinen allmonatlichen Kater aus
und brüllt, die Zunge flink wie galoppierende Pferde,
brüllt in das Ferngespräch hinein.
Sein Mund ist so breit wie sein Kuß.

Mutter
schleudert mit gekonnter Geste
ihre Schuhe von den Füßen,
ist aber völlig mißraten,
unmöglich bieder, wie sie
in ihrem alabasterweißen Ankleidezimmer sitzt
und ihre Diamanten sortiert wie ein Bankkassierer,
prüft, ob alles stimmt.

Das Dienstmädchen,
so dünn wie ein Stieleisstiel,
trägt das Essen auf wie üblich,
reibt sich über der Porzellanspüle zornig die Finger
und schilt den schußscheuen Hühnerhund.
Sie weiß, daß irgend etwas vorgeht,
und spießt eine gebackene Kartoffel auf.

Die Tante,
älter als all die bösen Frauen
bei den *Brüdern Grimm*,
lehnt in ihrer Wohnung im ersten Stock neben der Schwanenhalslampe,
dreht ihr Hörgerät lauter, um zu lauschen,
und strickt weiter,
wie eine Küchenschere klappernde Nadeln,
ihre Brüste eingefallen wie zwei
Nadelkissen.

The houseboy,
a quick-eyed Filipino,
slinks by like a Japanese spy
from French Provincial room
to French Provincial room,
emptying the ash trays and plumping up
the down upholstery.
His jacket shines, old shiny black,
a wise undertaker.

The milkman walks in his cartoon
every other day in the snoozy dawn,
rattling his bottles like a piggy bank.
And gardeners come, six at a time,
pulling petunias and hairy angel bells
up through the mulch.

This one again,
made vaguely and cruelly,
one eye green and one eye blue,
has the only major walk-on so far,
has walked from her afternoon date
past the waiting baked potatoes,
past the flashing back of the Japanese spy,
up the cotton batten stairs,
past the clicking and unclicking of the earphone,
turns here at the hall
by the diamonds that she'll never earn
and the bender that she kissed last night
among thick set stars, the floating bed
and the strange white key . . .
up like a skein of yarn,
up another flight into the penthouse,
to slam the door on all the years
she'll have to live through . . .

Der Boy,
ein Filipino mit flinken Äuglein,
schleicht wie ein japanischer Spion
von Zimmer im französischen Landhausstil
zu Zimmer im französischen Landhausstil,
leert die Aschenbecher, schüttelt
die Daunenkissen auf.
Sein Jackett glänzt, alter schwarzer Glanz,
ein abgeklärter Leichenbestatter.

Der Milchmann trägt jeden zweiten Tag
in der verschlafenen Frühe seinen Karton herein,
läßt Flaschen klimpern wie ein Sparschwein.
Und Gärtner kommen, sechs auf einmal,
ziehen Petunien und flaumige Engelsschellen
heraus aus dem Mulch.

Und nun wieder diese,
entstellt, doch mitleidlos genau getroffen,
ein Auge grün, ein Auge blau,
hat jetzt ihren ersten wichtigen Auftritt,
geht von ihrem Nachmittagsrendezvous
an den wartenden gebackenen Kartoffeln vorbei,
am blitzenden Rücken des japanischen Spions vorbei
die stoffbespannte Treppe hinauf,
am klickend ein- und ausgeschalteten Hörgerät vorbei,
biegt hier im Flur ab
bei den Diamanten, die sie nie verdienen wird,
und dem Trunkenbold, den sie letzte Nacht küßte
zwischen dichtgesäten Sternen, dem schwebenden Bett
und dem seltsamen weißen Schlüssel . . .
wie eine Docke Garn hinauf,
noch ein Stockwerk weiter bis ins Penthouse,
um die Tür zuzuschlagen vor all den Jahren,
die sie wird durchleben müssen . . .

the sailor who she won't with,
the boys who will walk on
from Andover, Exeter and St. Marks,
the boys who will walk off with pale unlined faces,
to slam the door on all the days she'll stay the same
and never ask why and never think who to ask,
to slam the door and rip off her orange blouse.
Father, father, I wish I were dead.

At thirty-five
she'll dream she's dead
or else she'll dream she's back.
All day long the house sits
larger than Russia
gleaming like a cured hide in the sun.
All day long the machine waits: rooms,
stairs, carpets, furniture, people –
those people who stand at the open windows like objects
waiting to topple.

dem Seemann, mit dem sie nicht will,
den Jungs, die von Andover,
Exeter und St. Marks weitergehen,
den Jungs, die mit blassen glatten Gesichtern fortgehen,
um die Tür zuzuschlagen vor all den Tagen, an denen sie sich immer gleichen wird und nie fragen, warum, und nie wissen, wen fragen,
um die Tür zuzuschlagen, sich vom Leib zu reißen die orange Bluse.
Vater, Vater, ich wünschte, ich wär tot.

Mit fünfunddreißig
wird sie träumen, sie sei tot,
oder träumen, wieder dort zu sein.
Den ganzen Tag lang hockt das Haus,
größer als Rußland,
wie eine gepökelte Haut schimmernd in der Sonne.
Den ganzen Tag lang wartet die Maschine: Zimmer,
Treppen, Teppiche, Möbel, Menschen –
die Menschen, die an den offenen Fenstern stehen wie Dinge,
die darauf warten zu kippen.

Water

We are fishermen in a flat scene.
All day long we are in love with water.
The fish are naked.
The fish are always awake.
They are the color of old spoons
and caramels.
The sun reaches down
but the floor is not in sight.
Only the rocks are white and green.
Who knows what goes on in the halls below?

It's queer to meet the loon falling in
across the top of the yellow lake
like a checkered hunchback
dragging his big feet.
Only his head and neck can breathe.
He yodels.
He goes under yodeling
like the first mate
who sways all night in his hammock, calling
   I have seen, I have seen.

   Water is worse than woman.
   It calls to a man to empty him.
   Under us
   twelve princesses dance all night,
   exhausting their lovers, then giving them up.
   I have known water.
   I have sung all night
   for the last cargo of boys.
   I have sung all night
   for the mouths that float back later,
   one by one,
   holding a lady's wornout shoe.

Wasser

Wir sind Fischer in einer ebenen Landschaft.
Den ganzen Tag sind wir ins Wasser verliebt.
Die Fische sind nackt.
Die Fische sind immer wach.
Sie haben die Farbe von alten Löffeln
und Sahnebonbons.
Die Sonne scheint herunter,
doch der Boden ist nicht in Sicht.
Nur die Felsen sind weiß und grün.
Wer weiß, was in den Hallen weiter unten vorgeht?

Schon komisch, dem Sterntaucher zu begegnen,
der durch den Wasserspiegel des gelben Sees stürzt
wie ein karierter Buckliger,
der seine großen Füße nachzieht.
Nur sein Kopf und sein Hals können atmen.
Er jodelt.
Er geht jodelnd unter
wie der Erste Offizier,
der die ganze Nacht in seiner Hängematte schaukelnd ruft:
  Ich habe gesehen, ich habe gesehen.

  Wasser ist schlimmer als das Weib.
  Es lockt einen Mann an und trinkt ihn aus.
  Unter uns
  tanzen zwölf Prinzessinnen die ganze Nacht.
  Sind ihre Liebsten erschöpft, lassen sie von ihnen ab.
  Ich kenn mich aus mit Wasser.
  Ich hab die ganze Nacht gesungen
  für die letzte Ladung junger Männer.
  Ich hab die ganze Nacht gesungen
  für die Münder, die es später zurücktreibt,
  einen nach dem anderen,
  in jedem ein zertanzter Damenschuh.

Wallflower

Come friend,
I have an old story to tell you –

Listen.
Sit down beside me and listen.
My face is red with sorrow
and my breasts are made of straw.
I sit in the ladder-back chair
in a corner of the polished stage.
I have forgiven all the old actors for dying.
A new one comes on with the same lines,
like large white growths, in his mouth.
The dancers come on from the wings,
perfectly mated.

I look up. The ceiling is pearly.
My thighs press, knotting in their treasure.
Upstage the bride falls in satin to the floor.
Beside her the tall hero in a red wool robe
stirs the fire with his ivory cane.
The string quartet plays for itself,
gently, gently, sleeves and waxy bows.
The legs of the dancers leap and catch.
I myself have little stiff legs,
my back is as straight as a book
and how I came to this place –
the little feverish roses,
the islands of olives and radishes,
the blissful pastimes of the parlor –
I'll never know.

Mauerblümchen

Komm, Freundin,
ich muß dir eine alte Geschichte erzählen:

Hör mir zu.
Setz dich zu mir und hör zu.
Mein Gesicht ist rot vor Kummer,
und meine Brüste sind aus Stroh.
Ich sitze auf dem Sprossenstuhl
in einer Ecke der blanken Bühne.
Ich hab den alten Schauspielern ihr Sterben verziehen.
Ein neuer tritt auf, denselben Text
wie große weiße Gewächse im Mund.
Die Tänzer treten von der Bühnenseite auf,
in vollkommenen Paaren.

Ich schaue nach oben. Die Decke ist perlenfarbig.
Meine zusammengepreßten Schenkel verschließen ihren Schatz.
Auf der Bühne stürzt die Braut in Satin zu Boden.
Neben ihr schürt der ranke Held im roten Wollumhang
mit seinem Elfenbeinstock das Feuer.
Das Streichquartett spielt für sich selbst,
leise, leise, Ärmel und wachsweiche Bogen.
Die Beine der Tänzer heben ab und landen.
Ich habe kurze steife Beine,
mein Rücken ist steif wie ein Buch,
und wie ich hierher geraten bin –
die kleinen fiebernden Rosen,
die Inseln aus Oliven und Radieschen,
die wohligen Plaisirs des Salons –
werde ich nie erfahren.

Housewife

Some women marry houses.
It's another kind of skin; it has a heart,
a mouth, a liver and bowel movements.
The walls are permanent and pink.
See how she sits on her knees all day,
faithfully washing herself down.
Men enter by force, drawn back like Jonah
into their fleshy mothers.
A woman *is* her mother.
That's the main thing.

Hausfrau

Manche Frauen heiraten Häuser.
Es ist eine andere Art Haut, es hat ein Herz,
einen Mund, eine Leber und Stuhlgang.
Die Wände sind rosa und dauerhaft.
Schau, wie sie den ganzen Tag auf den Knien rutscht,
sich treu ergeben runterspült.
Männer dringen gewaltsam ein, es zieht sie wie Jonas zurück
in ihre fleischigen Mütter.
Eine Frau *ist* ihre Mutter.
Das ist die Hauptsache.

Doors, Doors, Doors

1. *Old Man*

Old man, it's four flights up and for what?
Your room is hardly any bigger than your bed.
Puffing as you climb, you are a brown woodcut
stooped over the thin rail and the wornout tread.

The room will do. All that's left of the old life
is jampacked on shelves from floor to ceiling
like a supermarket: your books, your dead wife
generously fat in her polished frame, the congealing

bowl of cornflakes sagging in their instant milk,
your hot plate and your one luxury, a telephone.

You leave your door open, lounging in maroon silk
and smiling at the other roomers who live alone.
Well, almost alone. Through the old-fashioned wall
the fellow next door has a girl who comes to call.

Twice a week at noon during their lunch hour
they pause by your door to peer into your world.
They speak sadly as if the wine they carry would sour
or as if the mattress would not keep them curled

together, extravagantly young in their tight lock.
Old man, you are their father holding court
in the dingy hall until their alarm clock
rings and unwinds them. You unstopper the quart

of brandy you've saved, examining the small print
in the telephone book. The phone in your lap is all

Türen, Türen, Türen

1. *Alter Mann*

Alter Mann, vier Treppen geht es rauf und wozu?
Dein Zimmer ist kaum größer als deine Bettstatt.
Keuchend steigst du hinauf, bist ein brauner Holzschnitt,
über das schmale Geländer gebeugt, den ausgetretenen Pfad.

Das Zimmer genügt. Was vom alten Leben blieb,
ist vom Boden bis zur Decke in Regale gestopft
wie ein Supermarkt: deine Bücher, deine tote Frau,
üppig breit in ihrem glänzenden Rahmen, die flockende

Schüssel mit Cornflakes, pappig geworden in der Pulvermilch,
deine Kochplatte und dein einziger Luxus, ein Telefon.

Du läßt die Tür offen, rekelst dich in kastanienbrauner Seide
und lächelst den anderen Mietern zu, die alleine wohnen.
Na ja, fast allein. Dein Nachbar hinter der altmodischen Wand
hat ein Mädchen, das ihn besuchen kommt.

Zweimal die Woche bleiben sie in ihrer Mittagspause
an deiner Tür stehen, werfen einen Blick in deine Welt.
Sie sprechen traurig, als würde der Wein, den sie bei sich haben, sauer,
als behütete die Matratze sie nicht, wenn sie sich

aneinanderschmiegen, hemmungslos jung in ihrer festen Umarmung.
Alter Mann, du bist ihr Vater und hältst Hof
in dem schäbigen Flur, bis ihr Wecker klingelt
und sie voneinander löst. Du entkorkst die Flasche Brandy,

die du aufgespart hast, mühst dich mit der kleinen Schrift
im Telefonbuch. Der Apparat auf deinem Schoß ist alles,

that's left of your family name. Like a Romanoff prince
you stay the same in your small alcove off the hall.
Castaway, your time is a flat sea that doesn't stop,
with no new land to make for and no new stories to swap.

2. *Seamstress*

I'm at pains to know what else I could have done
but move out of his parish, him being my son;

him being the only one at home since his Pa
left us to beat the Japs at Okinawa.

I put the gold star up in the front window
beside the flag. Alterations is what I know

and what I did: hems, gussets and seams.
When my boy had the fever and the bad dreams

I paid for the clinic exam and a pack of lies.
As a youngster his private parts were undersize.

I thought of his Pa, that muscly old laugh he had
and the boy was thin as a moth, but never once bad,

as smart as a rooster! To hear some neighbors tell,
Your kid! He'll go far. He'll marry well.

So when he talked of taking the cloth, I thought
I'd talk him out of it. You're all I got,

I told him. For six years he studied up. I prayed
against God Himself for my boy. But he stayed.

was dir von deinem Namen blieb. Wie ein Romanow-Fürst bist du
in deinem Alkoven neben dem Flur der, der du immer warst.
Gestrandeter, deine Zeit ist ein Meer ohne Horizont, ohne Neuland,
zu dem du aufbrechen könntest, um neue Geschichten zu hören.

2. *Näherin*

Ich möchte gerne wissen, was konnte ich denn anderes tun
als wegziehen aus seiner Pfarre; er ist doch mein Sohn,

er war der einzige im Hause, seit sein Pa
uns verließ, um die Japse zu schlagen in Okinawa.

Den *gold star* hab ich vorn ins Fenster gehängt,
neben die Fahne. Änderungen sind's, was ich kann

und was ich gemacht hab: Säume, Zwickel einsetzen, Nähte.
Als mein Junge das Fieber und die bösen Träume hatte,

hab ich die Tests in der Klinik und einen Sack Lügen bezahlt.
In seiner Jugend war sein Geschlecht kleiner als normal.

Ich dachte an seinen Pa, an das derbe Lachen, das der hatte,
aber der Junge: dünn wie eine Motte, doch kein einziges Mal böse

und schlau wie ein Fuchs! Zu hören, wie Nachbarn sagten:
Er wird's weit bringen, dein Bub, eine gute Partie machen.

Klar, daß ich, als er Geistlicher werden wollte,
dachte, ich könnte es ihm ausreden. Du bist alles, was ich hab,

sagte ich. Sechs Jahre hat er studiert. Gegen Gott persönlich
hab ich für meinen Jungen gebetet. Doch er blieb dabei.

Christ was a hornet inside his head. I guess
I'd better stitch the zipper in this dress.

I guess I'll get along. I always did.
Across the hall from me's an old invalid,

aside of him, a young one – he carries on
with a girl who pretends she comes to use the john.

The old one with bad breath and his bed all mussed,
he smiles and talks to them. He's got some crust.

Sure as hell, what else could I have done
but pack up and move in here, him being my son?

3. *Young Girl*

Dear love, as simple as some distant evil
we walk a little drunk up these three flights
where you tacked a Dufy print above your army cot.

The thin apartment doors on the way up will
not tell on us. We are saying, we have *our* rights
and let them see the sandwiches and wine we bought

for we do not explain my husband's insane abuse
and we do not say why your wild-haired wife has fled
or that my father opened like a walnut and then was dead.
Your palms fold over me like knees. Love is the only use.

Both a little drunk in the middle afternoon
with the forgotten smart of August on our skin
we hold hands as if we still were children who trudge

Christus war eine Hornisse in seinem Kopf. Es ist wohl
gescheiter, ich näh den Reißverschluß in das Kleid da ein.

Ich werd mich schon durchschlagen. Das hab ich noch immer.
Mir gegenüber auf dem Flur wohnt ein alter Mann, der ist krank,

und gleich neben ihm ein junger – schon lange hat er was
mit einem Mädchen, die so tut, als ginge sie bloß aufs Klo.

Der Alte, er atmet so schwer, sein Bett ist immer ungemacht,
er lächelt und redet mit ihnen. Hat was Freches an sich.

Sonnenklar, was konnte ich denn anderes tun
als meine Sachen packen und hier einziehen; er ist doch mein Sohn.

3. *Junge Frau*

Mein Liebster, so einfach wie ein fernes Unheil
gehen wir leicht angesäuselt die drei Treppen hinauf,
wo du einen Dufy-Druck über dein Feldbett gezweckt hast.

Die dünnen Wohnungstüren auf dem Weg nach oben werden
uns nicht verraten. Wir sagen, es ist unser gutes Recht,
und zeigen ihnen, was wir gekauft haben, Sandwiches und Wein,

denn wir erzählen nichts von den irren Gemeinheiten meines Mannes
und sagen nicht, warum deine ewig unfrisierte Frau abgehauen ist
oder daß mein Vater aufbrach wie eine Walnuß und dann tot war.
Wie Knie wölben deine Hände sich über mir. Nur die Liebe zählt.

Alle beide leicht angesäuselt mitten am Nachmittag
und die unbeachtete Augusthitze auf unserer Haut,
halten wir Händchen, als wär'n wir noch Kinder und stiegen

up the wooden tower, on up past that close platoon
of doors, past the dear old man who always asks us in
and the one who sews like a wasp and will not budge.

Climbing the dark halls, I ignore their papers and pails,
the twelve coats of rubbish of someone else's dim life.
Tell them need is an excuse for love. Tell them need prevails.
Tell them I remake and smooth your bed and am your wife.

den hölzernen Turm hinauf, vorbei an der geschlossenen Front von Türen,
an dem lieben alten Mann, der uns immer hereinbittet, vorbei
an der, die bienenfleißig näht und sich nicht vom Fleck rührt.

Beim Gang durch die dunklen Flure seh ich die Eimer und Zeitungen nicht,
die zwölf Schichten Abfall eines anderen düsteren Lebens.
Sag ihnen, Mangel rechtfertigt Liebe. Sag ihnen, Mangel überwiegt.
Sag ihnen, ich streiche dein Bett glatt und bin deine Frau.

V

For Comfort
who was actually my grandfather

V

Für Comfort,
der in Wirklichkeit mein Großvater war

Letter Written on a Ferry While Crossing Long Island Sound

I am surprised to see
that the ocean is still going on.
Now I am going back
and I have ripped my hand
from your hand as I said I would
and I have made it this far
as I said I would
and I am on the top deck now
holding my wallet, my cigarettes
and my car keys
at 2 o'clock on a Tuesday
in August of 1960.

Dearest,
although everything has happened,
nothing has happened.
The sea is very old.
The sea is the face of Mary,
without miracles or rage
or unusual hope,
grown rough and wrinkled
with incurable age.

Still,
I have eyes.
These are my eyes:
the orange letters that spell
ORIENT on the life preserver
that hangs by my knees;
the cement lifeboat that wears
its dirty canvas coat;
the faded sign that sits on its shelf
saying KEEP OFF.

Brief, geschrieben auf einer Fähre während der Überfahrt über den Long Island Sound

Überrascht sehe ich,
daß es den Ozean noch gibt.
Jetzt fahre ich zurück
und habe meine Hand
aus deiner Hand gerissen, wie vorausgesagt,
und habe es bis hierher geschafft,
wie vorausgesagt,
und stehe jetzt auf dem Oberdeck
mit meiner Reisetasche, meinen Zigaretten
und meinen Autoschlüsseln
um zwei an einem Dienstag
im August des Jahres 1960.

Liebster,
obwohl alles geschehen ist,
ist nichts geschehen.
Das Meer ist sehr alt.
Das Meer ist Marias Gesicht,
ohne Wunder, ohne Wut
oder unbillige Hoffnung,
rauh und faltig geworden
vor unheilbarem Alter.

Noch
habe ich Augen.
Dies sind meine Augen:
die orangen Lettern, in denen
ORIENT auf dem Rettungsring steht,
der neben meinen Knien hängt;
das zementgraue Rettungsboot
in seiner schmutzigen Segeltuchhülle,
das verblichene Schild auf seinem Bord,
das BETRETEN VERBOTEN verkündet.

Oh, all right, I say,
I'll save myself.

Over my right shoulder
I see four nuns
who sit like a bridge club,
their faces poked out
from under their habits,
as good as good babies who
have sunk into their carriages.
Without discrimination
the wind pulls the skirts
of their arms.
Almost undressed,
I see what remains:
that holy wrist,
that ankle,
that chain.

Oh God,
although I am very sad,
could you please
let these four nuns
loosen from their leather boots
and their wooden chairs
to rise out
over this greasy deck,
out over this iron rail,
nodding their pink heads to one side,
flying four abreast
in the old-fashioned side stroke;
each mouth open and round,
breathing together
as fish do,
singing without sound.

Schon in Ordnung, sage ich,
ich werde mich retten.

Hinter meiner rechten Schulter
sehe ich vier Nonnen
wie einen Bridgeklub beieinander sitzen,
die Gesichter lugen
aus den Trachten hervor
so brav wie brave Babys, die
tief unten in ihren Wagen liegen.
Ohne Ansehen der Person
lüftet der Wind
ihnen die Kleider von den Armen.
Entkleidet sie fast.
Ich sehe, was bleibt:
das heilige Handgelenk,
der Knöchel,
die Kette.

Ach Gott,
obwohl ich so traurig bin,
könntest du bitte
machen, daß diese vier Nonnen
sich aus ihren Lederstiefeln
und von ihren Holzstühlen lösen
und aufsteigen
über dies glitschige Deck,
über die eiserne Reling,
die rosa Köpfe zur Seite geneigt,
in Viererformation fliegend
im altmodischen Seitenschlag,
jeder Mund kreisrund geöffnet,
im gleichen Rhythmus atmend
wie Fische
und lautlos singend.

Dearest,
see how my dark girls sally forth,
over the passing lighthouse of Plum Gut,
its shell as rusty
as a camp dish,
as fragile as a pagoda
on a stone;
out over the little lighthouse
that warns me of drowning winds
that rub over its blind bottom
and its blue cover;
winds that will take the toes
and the ears of the rider
or the lover.

There go my dark girls,
their dresses puff
in the leeward air.
Oh, they are lighter than flying dogs
or the breath of dolphins;
each mouth opens gratefully,
wider than a milk cup.

My dark girls sing for this.
They are going up.
See them rise
on black wings, drinking
the sky, without smiles
or hands
or shoes.
They call back to us
from the gauzy edge of paradise,
good news, good news.

Liebster,
sieh, wie sie sich aufschwingen, meine dunklen Mädchen,
über den vorbeiziehenden Leuchtturm von Plum Gut empor,
sein Rumpf so rostig
wie Campinggeschirr,
so zerbrechlich wie eine Pagode
auf einem Stein;
hoch hinaus über den kleinen Leuchtturm,
der mich vor dräuenden Winden warnt,
die über seinen unsichtbaren Sockel
und seine blaue Kuppel streichen,
Winde, die nach den Zehen
und Ohren des Seemanns
oder des Geliebten schnappen.

Da ziehen sie hin, meine dunklen Mädchen,
ihre Kleider blähen sich
in leewärts strömender Luft.
Oh, sie sind leichter als fliegende Hunde
oder der Atem von Delphinen,
jeder Mund öffnet sich dankbar
weiter als eine Milchtasse.

Meine dunklen Mädchen singen dafür.
Sie schweben in die Höhe.
Sieh, wie sie aufsteigen
auf schwarzen Flügeln, den Himmel
trinken ohne Lächeln,
ohne Hände
oder Schuhe.
Vom hauchdünnen Rand des Paradieses
rufen sie uns zu:
Frohe Botschaft, frohe Botschaft.

From the Garden

Come, my beloved,
consider the lilies.
We are of little faith.
We talk too much.
Put your mouthful of words away
and come with me to watch
the lilies open in such a field,
growing there like yachts,
slowly steering their petals
without nurses or clocks.
Let us consider the view:
a house where white clouds
decorate the muddy halls.
Oh, put away your good words
and your bad words. Spit out
your words like stones!
Come here! Come here!
Come eat my pleasant fruits.

Aus dem Garten

Komm, mein Geliebter,
schaue die Lilien.
Wir sind kleingläubig.
Wir reden zuviel.
Leg deinen Mundvoll Worte weg
und komm mit mir den Lilien
zuschauen, die aufgehen auf solch einem Feld,
dort wachsen wie Jachten,
langsam ihre Blütenblätter steuern
ohne Krankenschwestern oder Uhren.
Laß uns die Aussicht betrachten:
ein Haus, wo weiße Wolken
die schmutzigen Flure schmücken.
Ach, leg deine guten Worte
und deine bösen Worte weg. Spuck
deine Worte aus wie Steine!
Komm her! Komm her!
Komm meine hübschen Früchte essen.

Love Song for K. Owyne

When I lay down for death
my love came down to Craigy's Sea
and fished me from the snakes.
He let me use his breath.
He pushed away the mud and lay with me.
And lay with me in sin.

I washed lobster and stale gin
off your shirt. We lived in sin
in too many rooms. Now you live in Ohio
among the hard fields of potatoes,
the gray sticks and the bad breath
of the coal mines. Oh Love, you know
how the waves came running up the stairs
for me, just as the nervous trees
in Birnam wood crept up upon Macbeth
to catch his charmed head turning and well aware.
I was not safe. I heard the army in the sea
move in, again and again, against me.

Shuffled between caring and disgrace
I took up all our closet space.
What luxury we first checked into,
to growl like lawyers until I threw
my diamonds and cash upon the floor.
You'd come for death. I couldn't suit you
until the sun came up as mild as a pear
and the room, having hurt us, was ours.
You sang me a song about bones, dinosaur
bones. Though I was bony you found me fair.
In the bay, the imported swans drank for hours
like pale acrobats or gently drunken flowers.

Liebeslied für K. Owyne

Als ich mich zum Sterben legte,
stieg mein Liebster herab zur Craigy's Sea
und fischte mich aus den Schlangen.
Er teilte seinen Atem mit mir.
Er schob den Schlamm fort und legte sich zu mir.
Und lag mit mir in Sünde.

Ich wusch Hummer und eingetrockneten Gin
aus deinem Hemd. Wir lebten in zu vielen Zimmern
in Sünde. Jetzt lebst du in Ohio
bei den harten Kartoffelfeldern,
den grauen Schloten und dem Mundgeruch
der Kohlengruben. O Liebster, du weißt,
wie die Wellen die Treppe heraufschwappten,
mich zu holen, grad so, wie die nervösen Bäume
im Wald von Birnam gen Macbeth anrückten,
ihn zu umstellen, wenn er schaudernd den verhexten Kopf dreht.
Ich war nicht in Sicherheit. Ich hörte die Streitmacht im Meer
gegen mich anbranden, immer wieder.

Zwischen Neigung und Schande schwankend,
ließ ich in unserem Schrank dir keinen Platz.
In welchem Luxus wir anfangs Quartier bezogen,
um wie Anwälte zu geifern, bis ich Diamanten
und Bargeld zu Boden warf.
Du warst auf den Tod aus. Ich konnte dir erst dienen,
als die Sonne aufging, zartgelb wie eine Birne,
und das Zimmer, das uns weh getan hat, unser war.
Du sangst mir ein Lied über Knochen, Dinosaurier-
knochen. Obwohl ich knochig war, fandst du mich schön.
In der Bucht tranken die importierten Schwäne stundenlang
wie blasse Akrobaten oder leicht beschwipste Blumen.

Flight

Thinking that I would find you,
thinking I would make the plane
that goes hourly out of Boston
I drove into the city.
Thinking that on such a night
every thirsty man would have his jug
and that the Negro women would lie down
on pale sheets and even the river into town
would stretch out naturally on its couch,
I drove into the city.
On such a night, at the end of the river,
the airport would sputter with planes
like ticker-tape.

Foot on the gas
I sang aloud to the front seat,
to the clumps of women in cotton dresses,
to the patches of fog crusting the banks,
and to the sailboats swinging on their expensive hooks.
There was rose and violet on the river
as I drove through the mist into the city.
I was full of letters I hadn't sent you,
a red coat over my shoulders
and new white gloves in my lap.

I dropped through the city
as the river does,
rumbling over and under, as indicated,
past the miles of spotted windows
minding their own business,
through the Sumner Tunnel,
trunk by trunk through its sulphurous walls,
tile by tile like a men's urinal,

Flug

Im Glauben, dich zu finden,
im Glauben, das Flugzeug zu erreichen,
das stündlich von Boston abfliegt,
fuhr ich in die Stadt.
Im Glauben, daß in einer solchen Nacht
jeder durstige Mann seinen Krug hat
und daß die Negerinnen sich zur Ruhe legen
auf blassen Laken und sogar der Fluß stadteinwärts
es sich bequem macht auf seiner Chaiselongue,
fuhr ich in die Stadt.
In einer solchen Nacht spuckt der Flugplatz
an der Mündung des Flusses Flugzeuge aus
wie Lochstreifen.

Den Fuß auf dem Gas,
sang ich laut den Beifahrersitz an,
die Gruppen von Frauen in Baumwollkleidern,
die Nebelschwaden, die die Ufer überkrusteten,
und die Segelboote, die an kostspieligen Haken schaukelten.
Rosarot und Violett lag auf dem Fluß,
als ich durch den Dunst in die Stadt fuhr.
Ich war voll von Briefen, die ich dir nicht geschickt hatte,
hatte einen roten Mantel um die Schultern
und neue weiße Handschuhe auf dem Schoß.

Ich glitt durch die Stadt
wie der Fluß,
rumpelte rauf und runter, wie ausgeschildert,
meilenlang an schmutzigen Fenstern vorbei,
die sich um ihre eigenen Angelegenheiten kümmerten,
durch den Sumner Tunnel,
Heck an Heck durch seine schwefelgelben Mauern,
Fliese um Fliese wie ein Männerpissoir,

slipping through
like somebody else's package.

Parked, at last,
on a dime that would never last,
I ran through the airport.
Wild for love, I ran through the airport,
stockings and skirts and dollars.
The night clerk yawned all night at the public,
his mind on tomorrow's wages.
All flights were grounded.
The planes sat and the gulls sat,
heavy and rigid in a pool of glue.

Knowing I would never find you
I drove out of the city.
At the airport one thousand cripples
sat nursing a sore foot.
There was more fog
and the rain came down when it thought of it.
I drove past the eye and ear infirmaries,
past the office buildings lined up like dentures,
and along Storrow Drive the streetlights
sucked in all the insects who
had nowhere else to go.

rutschte durch
wie das Paket eines andern.

Das Auto schließlich
mit zehn Cent, die nicht reichten, geparkt,
rannte ich durch den Flughafen.
Liebestoll rannte ich durch den Flughafen,
Strümpfe und Röcke und Dollars.
Der Mann am Nachtschalter gähnte die Kunden unentwegt an,
mit den Gedanken beim morgigen Zahltag.
Alle Flüge waren gestrichen.
Die Flugzeuge saßen fest, die Möwen saßen fest,
schwer und starr in einer Pfütze Leim.

Im Wissen, dich niemals zu finden,
fuhr ich aus der Stadt.
Am Flughafen saßen tausend Krüppel,
verarzteten einen wunden Fuß.
Der Nebel wurde dichter,
und Regen fiel, als ihm danach zumut war.
Ich fuhr an den Augen- und Ohrenkliniken vorbei,
an den Bürogebäuden, aufgereiht wie Zahnprothesen,
und am Storrow Drive saugten die Laternen
alle Nachtfalter an, die
sonst nicht wußten, wohin.

For Eleanor Boylan Talking with God

God has a brown voice,
as soft and full as beer.
Eleanor, who is more beautiful than my mother,
is standing in her kitchen talking
and I am breathing in my cigarettes like poison.
She stands in her lemon-colored sun dress
motioning to God with her wet hands
glossy from the washing of egg plates.
She tells him! She tells him like a drunk
who doesn't need to see to talk.
It's casual but friendly.
God is as close as the ceiling.

Though no one can ever know,
I don't think he has a face.
He had a face when I was six and a half.
Now he is large, covering up the sky
like a great resting jellyfish.
When I was eight I thought the dead people
stayed up there like blimps.
Now my chair is as hard as a scarecrow
and outside the summer flies sing like a choir.
Eleanor, before he leaves tell him . . .
Oh Eleanor, Eleanor,
tell him before death uses you up.

Für Eleanor Boylan, die mit Gott spricht

Gott hat eine braune Stimme,
so weich und voll wie Bier.
Eleanor, die schöner ist als meine Mutter,
steht in ihrer Küche und spricht,
und ich atme meine Zigaretten ein wie Gift.
In ihrem zitronengelben Sonnenkleid steht sie da
und zeigt mit nassen Händen, die vom Eiertellerspülen
glänzen, zu Gott hinauf.
Sie sagt's ihm! Sie sagt's ihm wie ein Betrunkener,
der um zu sprechen nicht sehen muß.
Beiläufig, aber freundlich.
Gott ist so nah wie die Decke.

Obgleich niemand das je wissen kann,
glaube ich nicht, daß er ein Gesicht hat.
Er hatte eines, als ich sechseinhalb war.
Nun ist er riesig und bedeckt den Himmel
wie eine große schlafende Qualle.
Mit acht glaubte ich, daß die Toten
da oben blieben wie Fesselballons.
Jetzt ist mein Stuhl hart wie eine Vogelscheuche
und draußen singen Sommerfliegen wie ein Chor.
Eleanor, bevor er geht, sag's ihm . . .
O Eleanor, Eleanor,
sag's ihm, bevor der Tod dich aufzehrt.

The Black Art

A woman who writes feels too much,
those trances and portents!
As if cycles and children and islands
weren't enough; as if mourners and gossips
and vegetables were never enough.
She thinks she can warn the stars.
A writer is essentially a spy.
Dear love, I am that girl.

A man who writes knows too much,
such spells and fetiches!
As if erections and congresses and products
weren't enough; as if machines and galleons
and wars were never enough.
With used furniture he makes a tree.
A writer is essentially a crook.
Dear love, you are that man.

Never loving ourselves,
hating even our shoes and our hats,
we love each other, *precious, precious.*
Our hands are light blue and gentle.
Our eyes are full of terrible confessions.
But when we marry,
the children leave in disgust.
There is too much food and no one left over
to eat up all the weird abundance.

Die schwarze Kunst

Eine Frau, die schreibt, fühlt zuviel,
diese Trancen und bösen Omen!
Als wären Zyklen und Kinder und Inseln
nicht genug, als wären Trauernde und Klatschmäuler
und Gemüse noch längst nicht genug.
Sie glaubt, sie kann die Sterne warnen.
Eine Dichterin ist im Grunde Spionin.
Mein Lieber, diese Frau bin ich.

Ein Mann, der schreibt, weiß zuviel,
solche Zauber und Fetische!
Als wären Erektionen und Kongresse und Produkte
nicht genug, als wären Maschinen und Galeonen
und Kriege noch längst nicht genug.
Aus gebrauchten Möbeln macht er einen Baum.
Ein Dichter ist im Grunde ein Schwindler.
Mein Lieber, dieser Mann bist du.

Uns selber mögen wir gar nicht,
hassen sogar unsere Schuhe und Hüte,
aber lieben einander: *Schätzchen, Schätzchen.*
Unsere Hände sind hellblau und zärtlich.
Unsere Augen gestehen Schreckliches ein.
Und wenn wir heiraten,
gehen die Kinder angeekelt aus dem Haus.
Es gibt zuviel zu essen, bloß ist keiner mehr da,
den gespenstischen Überfluß zu verspeisen.

Letter Written During a January Northeaster

Monday

Dearest,
It is snowing, grotesquely snowing,
upon the small faces of the dead.
Those dear loudmouths, gone for over a year,
buried side by side
like little wrens.
But why should I complain?
The dead turn over casually,
thinking...
                    Good! No visitors today.
My window, which is not a grave,
is dark with my fierce concentration
and too much snowing
and too much silence.
The snow has quietness in it; no songs,
no smells, no shouts or traffic.
When I speak
my own voice shocks me.

Tuesday

I have invented a lie.
There is no other day but Monday.
It seemed reasonable to pretend
that I could change the day
like a pair of socks.
To tell the truth
days are all the same size
and words aren't much company.

Brief, geschrieben während eines Nordost im Januar

Montag

Liebster,
es schneit, schneit grotesk
auf die kleinen Gesichter der Toten.
Die lieben Schreihälse, tot seit über einem Jahr,
nebeneinander begraben
wie kleine Zaunkönige.
Aber warum soll ich mich beklagen?
Die Toten drehen sich beiläufig um,
denken . . .
Gut! Heute kein Besuch.
Mein Fenster, das kein Grab ist,
ist dunkel von meiner gespannten Aufmerksamkeit
und zu vielem Schneien
und zu vielem Schweigen.
Im Schnee ist Stille; keine Lieder,
keine Gerüche, weder Schreie noch Straßenverkehr.
Wenn ich spreche,
erschreckt mich meine eigene Stimme.

Dienstag

Ich habe eine Lüge ersonnen.
Es gibt keinen anderen Tag als den Montag.
Es schien vernünftig, so zu tun,
als könnte ich den Tag wechseln
wie ein Paar Socken.
Offen gestanden
sind die Tage alle gleichgroß,
und Wörter sind nicht viel Gesellschaft.

If I were sick, I'd be a child,
tucked in under the woolens, sipping my broth.
As it is,
the days are not worth grabbing or lying about.
Nevertheless, you are the only one
that I can bother with this matter.

Monday

It would be pleasant to be drunk:
faithless to my tongue and hands,
giving up the boundaries
for the heroic gin.
Dead drunk
is the term I think of,
insensible,
neither cool nor warm,
without a head or a foot.
To be drunk is to be intimate with a fool.
I will try it shortly.

Monday

Just yesterday,
twenty-eight men aboard a damaged radar tower
foundered down seventy miles off the coast.
Immediately their hearts slammed shut.
The storm would not cough them up.
Today they are whispering over Sonar.
Small voice,
what do you say?
Aside from the going down, the awful wrench,
the pulleys and hooks and the black tongue...
What are your headquarters?
Are they kind?

Wenn ich krank wäre, wär ich ein Kind,
schlürfte, in wollene Decken gepackt, meine Brühe.
Wie die Dinge liegen,
sind die Tage das Festhalten und Lügen nicht wert.
Trotzdem bist du der einzige,
den ich mit dieser Sache behelligen kann.

Montag

Es täte gut, betrunken zu sein:
treulos zu Zunge und Händen,
die Grenzen preiszugeben
für den heroischen Gin.
Bis zur Besinnungslosigkeit betrunken,
das ist der Ausdruck, an den ich denke,
unempfindlich,
weder kühl noch warm,
ohne Kopf oder Fuß.
Betrunken sein heißt mit einem Narren auf vertrautem Fuß stehen.
Ich will es bald mal versuchen.

Montag

Erst gestern
ertranken siebzig Meilen vor der Küste
an Bord einer zerstörten Funkmeßstation achtundzwanzig Männer.
Mit einem Schlag fielen ihre Herzen zu.
Der Sturm würgte sie nicht herauf.
Heut flüstern sie über Sonar.
Dünne Stimme,
was sagst du?
Mal abgesehen vom Untergehen, dem gräßlichen Ruck,
den Rollen und Haken, der schwarzen Zunge . . .
Was ist dein Hauptquartier?
Ist es mitfühlend?

Monday

It must be Friday by now.
I admit I have been lying.
Days don't freeze
and to say that the snow has quietness in it
is to ignore the possibilities of the word.
Only the tree has quietness in it;
quiet as the crucifix,
pounded out years ago
like a handmade shoe.
Someone once
told an elephant to stand still.
That's why trees remain quiet all winter.
They're not going anywhere.

Monday

Dearest,
where are your letters?
The mailman is an impostor.
He is actually my grandfather.
He floats far off in the storm
with his nicotine mustache and a bagful of nickels.
His legs stumble through
baskets of eyelashes.
Like all the dead
he picks up his disguise,
shakes it off and slowly pulls down the shade,
fading out like an old movie.
Now he is gone
as you are gone.
But he belongs to me like lost baggage.

Montag

Es muß inzwischen Freitag sein.
Ich gebe zu, ich habe gelogen.
Tage gefrieren nicht,
und zu sagen, im Schnee sei Stille,
heißt, die Möglichkeiten des Wortes mißachten.
Nur im Baum ist Stille:
still wie ein Kruzifix,
vor Jahren zurechtgehämmert
wie ein handgefertigter Schuh.
Jemand hieß
einmal einen Elefanten, sich nicht vom Fleck zu rühren.
Deshalb bleiben Bäume den ganzen Winter still.
Sie gehen nirgendwohin.

Montag

Liebster,
wo sind deine Briefe?
Der Briefträger ist ein Betrüger.
In Wirklichkeit ist er mein Großvater.
Weit draußen im Sturm treibt er dahin
mit seinem nikotingelben Schnurrbart und einem Sackvoll Münzen.
Seine Beine stolpern durch
Körbe voll Wimpern.
Wie alle Toten
lüftet er seine Maske,
schüttelt sie ab und zieht langsam das Rollo herunter,
verblaßt wie ein alter Film.
Nun ist er fort,
wie du fort bist.
Doch er gehört zu mir wie ein verlorengegangener Koffer.

Live or Die

For Max and Fred . . .
who made me an honorary landsman.

Lebe oder stirb

Für Max und Fred . . .,
die mich zu einem landsman *ehrenhalber ernannten.*

With one long breath, caught and held
in his chest, he fought his sadness over
his solitary life. Don't cry, you idiot!
Live or die, but don't poison everything...

from an early draft of Herzog
by Saul Bellow

Author's Note

To begin with, I have placed these poems (1962–1966) in the order in which they were written with all due apologies for the fact that they read like a fever chart for a bad case of melancholy. But I thought the order of their creation might be of interest to some readers, and, as André Gide wrote in his journal, "Despite every resolution of optimism, melancholy occasionally wins out: man has decidedly botched up the planet."

Mit einem tiefen Atemzug, der ihm die Brust weitete,
kämpfte er an gegen die Trauer über sein
einsames Leben. Weine nicht, du Idiot!
Lebe oder stirb, aber vergifte nicht alles . . .

Aus einer frühen Fassung von Herzog
von Saul Bellow

Anmerkung der Autorin

Um es gleich vorwegzunehmen: Ich habe diese Gedichte (1962–1966) in der Reihenfolge angeordnet, in der sie geschrieben wurden, und bitte in aller Form um Entschuldigung dafür, daß sie sich lesen wie die Fieberkurve bei einem hartnäckigen Fall von Schwermut. Ich fand, die Reihenfolge ihrer Entstehung könnte für einige Leser von Interesse sein, und, wie André Gide in seinem Tagebuch schreibt: „Trotz aller Entschlossenheit zum Optimismus trägt doch in gewissen Augenblicken die Traurigkeit den Sieg davon: der Mensch hat den Planeten zu arg verwüstet.“

And One for My Dame

A born salesman,
my father made all his dough
by selling wool to Fieldcrest, Woolrich and Faribo.

A born talker,
he could sell one hundred wet-down bales
of that white stuff. He could clock the miles and sales

and make it pay.
At home each sentence he would utter
had first pleased the buyer who'd paid him off in butter.

Each word
had been tried over and over, at any rate,
on the man who was sold by the man who filled my plate.

My father hovered
over the Yorkshire pudding and the beef:
a peddler, a hawker, a merchant and an Indian chief.

Roosevelt! Willkie! and war!
How suddenly gauche I was
with my old-maid heart and my funny teenage applause.

Each night at home
my father was in love with maps
while the radio fought its battles with Nazis and Japs.

Except when he hid
in his bedroom on a three-day drunk,
he typed out complex itineraries, packed his trunk,

Und einen für meine Gnädigste

Ein geborener Kaufmann,
machte mein Vater all sein Moos
mit Wolle, verkauft an Fieldcrest, Woolrich und Faribo.

Ein geborener Redner,
verscherbelte er hundert durchweichte Ballen
von dem weißen Zeug. Er tippte die Meilen und Posten ein,

und heraus kam Gewinn.
Jeder Satz, den er zu Hause sprach,
hatte vorher dem Käufer behagt, der mit Butter bezahlte.

Jedes Wort
war immerhin zigmal erprobt
an dem Mann, den der Mann beschwatzte, der mir den Teller füllte.

Mein Vater saß lauernd
über dem Rinderbraten mit Yorkshire-Pudding:
Hausierer, Hökerer, Geschäftsmann, Indianerhäuptling.

Roosevelt! Willkie! Der Krieg!
Wie linkisch sah ich da plötzlich aus
mit meinem Altjungfernherzen, dem komischen Teenager-Beifall.

Zu Hause war
mein Vater jeden Abend in Landkarten vernarrt,
während das Radio Schlachten gegen Nazis und Japse schlug.

Wenn er sich nicht wieder mal
drei Tage lang mit der Flasche in seinem Zimmer verkroch,
tippte er detaillierte Reiserouten, packte seine Sachen,

his matched luggage
and pocketed a confirmed reservation,
his heart already pushing over the red routes of the nation.

I sit at my desk
each night with no place to go,
opening the wrinkled maps of Milwaukee and Buffalo,

the whole U.S.,
its cemeteries, its arbitrary time zones,
through routes like small veins, capitals like small stones.

He died on the road,
his heart pushed from neck to back,
his white hanky signaling from the window of the Cadillac.

My husband,
as blue-eyed as a picture book, sells wool:
boxes of card waste, laps and rovings he can pull

to the thread
and say *Leicester*, *Rambouillet*, *Merino*,
a half-blood, it's greasy and thick, yellow as old snow.

And when you drive off, my darling,
Yes, sir! Yes, sir! It's one for my dame,
your sample cases branded with my father's name,

your itinerary open,
its tolls ticking and greedy,
its highways built up like new loves, raw and speedy.

January 25, 1962

die Koffergarnitur,
und steckte eine bestätigte Reservierung ein,
sein Herz jagte schon über die Hauptverkehrsadern der Nation.

Ich sitze jeden Abend
am Schreibtisch, weiß nicht, wohin,
und schlage zerknitterte Karten auf: Milwaukee und Buffalo,

alle Vereinigten Staaten
mit ihren Friedhöfen, den zufälligen Zeitzonen,
durch Straßen wie Äderchen, Hauptstädte wie Steinchen.

Er starb unterwegs,
sein Herz schoß vom Hals zum Rücken,
sein Taschentuch eine weiße Fahne am Fenster des Cadillac.

Mein Mann,
so blauäugig wie ein Bilderbuch, verkauft Wolle:
Kisten mit Abfällen, Resten, groben Strähnen, die sich

aufräufeln lassen
und die er *Leicester, Rambouillet, Merino* nennt,
ein Halbblut, es ist fettig und dicht, gelb wie alter Schnee.

Und wenn du davonfährst, mein Liebling,
Jawohl, Sir! Jawohl, Sir! Der ist für meine Gnädigste,
der Firmenname meines Vaters auf deinen Musterkoffern,

die Reiseroute offen,
die Mautkassen gierig ratternd,
die Highways entstanden wie neue Liebschaften, grob und schnell.

25. Januar 1962

The Sun

I have heard of fish
coming up for the sun
who stayed forever,
shoulder to shoulder
avenues of fish that never got back,
all their proud spots and solitudes
sucked out of them.

I think of flies
who come from their foul caves
out into the arena.
They are transparent at first.
Then they are blue with copper wings.
They glitter on the foreheads of men.
Neither bird nor acrobat
they will dry out like small black shoes.

I am an identical being.
Diseased by the cold and the smell of the house
I undress under the burning magnifying glass.
My skin flattens out like sea water.
O yellow eye,
let me be sick with your heat,
let me be feverish and frowning.
Now I am utterly given.
I am your daughter, your sweet-meat,
your priest, your mouth and your bird
and I will tell them all stories of you
until I am laid away forever,
a thin gray banner.

May 1962

Die Sonne

Ich habe von Fischen gehört,
die zur Sonne heraufgekommen
und für immer geblieben sind,
Schulter an Schulter,
Alleen von Fischen, die nie zurückfanden,
ihr ganzes bißchen Stolz und ihre Einsamkeit
aus ihnen herausgesaugt.

Ich denke an Fliegen,
die aus ihren stinkenden Höhlen
in die Arena kommen.
Zuerst sind sie durchsichtig.
Dann sind sie blau mit Kupferflügeln.
Sie glitzern auf den Stirnen von Männern.
Nicht Vogel und nicht Akrobat
werden sie austrocknen wie kleine schwarze Schuhe.

Ich bin ein identisches Wesen.
Krank von der Kälte und dem Geruch des Hauses
entkleide ich mich unter dem brennenden Vergrößerungsglas.
Meine Haut wird glatt wie Meerwasser.
O gelbes Auge,
laß mir übel werden von deiner Hitze,
laß mich fiebern und zürnen.
Nun bin ich ganz ergeben.
Ich bin deine Tochter, dein Zuckerl,
dein Priester, dein Mund und dein Vogel,
und ich werde ihnen allen von dir erzählen,
bis ich für immer weggelegt bin,
ein dünnes graues Banner.

Mai 1962

Flee on Your Donkey

Ma faim, Anne, Anne,
Fuis sur ton âne . . .
Rimbaud

Because there was no other place
to flee to,
I came back to the scene of the disordered senses,
came back last night at midnight,
arriving in the thick June night
without luggage or defenses,
giving up my car keys and my cash,
keeping only a pack of Salem cigarettes
the way a child holds on to a toy.
I signed myself in where a stranger
puts the inked-in X's –
for this is a mental hospital,
not a child's game.

Today an interne knocks my knees,
testing for reflexes.
Once I would have winked and begged for dope.
Today I am terribly patient.
Today crows play black-jack
on the stethoscope.

Everyone has left me
except my muse,
that good nurse.
She stays in my hand,
a mild white mouse.

Flieh auf deinem Esel

> *Ma faim, Anne, Anne,*
> *Fuis sur ton âne . . .*
> Rimbaud

Weil es keinen anderen Ort gab,
wohin ich fliehen konnte,
kam ich zurück zum Schauplatz der verwirrten Sinne,
kam zurück gestern nacht um Mitternacht,
traf ein in der tiefen Juninacht,
wehrlos und ohne Gepäck,
gab meine Autoschlüssel und mein Bargeld ab,
behielt nur eine Schachtel Salem-Zigaretten,
wie ein Kind sich an ein Spielzeug klammert.
Ich trug mich ein, wo eine Fremde
mit Tinte Kreuze macht –
denn dies ist eine Nervenklinik,
kein Kinderspiel.

Heut klopft ein Assistenzarzt meine Knie ab,
testet die Reflexe.
Früher hätte ich gezwinkert und um Stoff gefleht.
Heut bin ich schrecklich geduldig.
Heut spielen Krähen Siebzehnundvier
auf dem Stethoskop.

Alle haben mich verlassen,
nur meine Muse nicht,
die brave Pflegerin.
Sie bleibt in meiner Hand,
eine sanfte weiße Maus.

The curtains, lazy and delicate,
billow and flutter and drop
like the Victorian skirts
of my two maiden aunts
who kept an antique shop.

Hornets have been sent.
They cluster like floral arrangements on the screen.
Hornets, dragging their thin stingers,
hover outside, all knowing,
hissing: *the hornet knows*.
I heard it as a child
but what was it that he meant?
The hornet knows!
What happened to Jack and Doc and Reggy?
Who remembers what lurks in the heart of man?
What did The Green Hornet mean, *he knows*?
Or have I got it wrong?
Is it The Shadow who had seen
me from my bedside radio?

Now it's *Dinn, Dinn, Dinn!*
while the ladies in the next room argue
and pick their teeth.
Upstairs a girl curls like a snail;
in another room someone tries to eat a shoe;
meanwhile an adolescent pads up and down
the hall in his white tennis socks.
A new doctor makes rounds
advertising tranquilizers, insulin, or shock
to the uninitiated.

Die Vorhänge, träge und zart,
bauschen sich, flattern und fallen
wie die viktorianischen Röcke
meiner beiden ledigen Tanten,
die ein Antiquitätengeschäft führten.

Hornissen sind geschickt.
Sie ballen sich wie Blumenmuster auf dem Wandschirm.
Hornissen, ihre dünnen Stachel schleppend,
lauern draußen, wissen alles,
zischen: *The hornet knows.*
Das hörte ich als Kind,
doch was wollte er damit sagen?
The hornet knows!
Was ist aus Jack, Doc und Reggy geworden?
Wer weiß noch, was im Herzen des Menschen lauert?
Was wollte *Green Hornet* damit sagen: *he knows!*
Oder habe ich falsch verstanden?
War *Shadow* der, der mich
von meinem Nachttischradio gesehen hatte?

Jetzt tönt es *Dinn, Dinn, Dinn!*
derweil die Damen im Nebenzimmer sich streiten
und in den Zähnen stochern.
Oben rollt sich ein Mädchen zusammen wie eine Schnecke;
in einem anderen Zimmer versucht jemand einen Schuh zu essen;
inzwischen trottet ein Halbwüchsiger in weißen Tennissocken
im Flur auf und ab.
Ein neuer Doktor macht die Runde,
preist den Uneingeweihten
Beruhigungsmittel, Insulin oder Schocks an.

Six years of such small preoccupations!
Six years of shuttling in and out of this place!
O my hunger! My hunger!
I could have gone around the world twice
or had new children – all boys.
It was a long trip with little days in it
and no new places.

In here,
it's the same old crowd,
the same ruined scene.
The alcoholic arrives with his golf clubs.
The suicide arrives with extra pills sewn
into the lining of her dress.
The permanent guests have done nothing new.
Their faces are still small
like babies with jaundice.

Meanwhile,
they carried out my mother,
wrapped like somebody's doll, in sheets,
bandaged her jaw and stuffed up her holes.
My father, too. He went out on the rotten blood
he used up on other women in the Middle West.
He went out, a cured old alcoholic
on crooked feet and useless hands.
He went out calling for his father
who died all by himself long ago –
that fat banker who got locked up,
his genes suspended like dollars,
wrapped up in his secret,
tied up securely in a straitjacket.

Sechs Jahre mit so trivialen Sorgen!
Sechs Jahre Gependel, hin und her, zu diesem Haus!
O mein Hunger! Mein Hunger!
Ich hätte zweimal um die Welt reisen
oder neue Kinder bekommen können – nur Jungen.
Es war eine lange Reise mit kleinen Tagen darin,
aber ohne neue Orte.

Hier drin
die gleiche alte Besatzung,
die gleiche verwüstete Szene.
Der Alkoholiker kommt mit seinen Golfschlägern.
Die Selbstmörderin kommt mit extra Pillen,
eingenäht ins Futter ihres Kleids.
Die Dauergäste haben nichts Neues gemacht.
Ihre Gesichter sind immer noch klein
wie Babys mit Gelbsucht.

Inzwischen
trugen sie meine Mutter hinaus
wie irgendwessen Puppe in Laken gewickelt,
banden ihr das Kinn hoch, stopften ihre Löcher aus.
Meinen Vater auch. Er ging drauf an dem verfaulten Blut,
das er für andere Frauen im Mittleren Westen verbrauchte.
Er ging drauf, ein kurierter alter Alkoholiker,
mit krummen Füßen und nutzlosen Händen.
Er ging drauf, nach seinem Vater rufend,
der vor langer Zeit aus eigener Kraft gestorben war –
dieser reiche Bankier, den man eingesperrt hatte,
seine Gene blockiert wie Dollars,
eingewickelt in sein Geheimnis,
fest eingeschnürt in eine Zwangsjacke.

But you, my doctor, my enthusiast,
were better than Christ;
you promised me another world
to tell me who
I was.

I spent most of my time,
a stranger,
damned and in trance – that little hut,
that naked blue-veined place,
my eyes shut on the confusing office,
eyes circling into my childhood,
eyes newly cut.
Years of hints
strung out – a serialized case history –
thirty-three years of the same dull incest
that sustained us both.
You, my bachelor analyst,
who sat on Marlborough Street,
sharing your office with your mother
and giving up cigarettes each New Year,
were the new God,
the manager of the Gideon Bible.

I was your third-grader
with a blue star on my forehead.
In trance I could be any age,
voice, gesture – all turned backward
like a drugstore clock.
Awake, I memorized dreams.
Dreams came into the ring
like third string fighters,
each one a bad bet
who might win
because there was no other.

Aber du, mein Doktor, mein Schwärmer,
warst besser als Christus;
du versprachst mir eine andere Welt,
die mir sagen würde, wer
ich war.

Die meiste Zeit verbrachte ich,
eine Fremde,
verflucht und in Trance – dieser kleinen Hütte,
diesem nackten, blaugeäderten Ort,
die Augen zu vor dem verwirrenden Raum,
Augen, die in meine Kindheit schweiften,
neu geschärfte Augen.
Jahre voller Andeutungen
aneinandergereiht – eine Fallgeschichte in Fortsetzungen –
dreiunddreißig Jahre lang der immergleiche öde Inzest,
der uns beide in Gang hielt.
Du, mein Analytiker und ledig,
der in der Marlborough Street mit seiner Mutter
die Praxisräume teilte
und jeden Neujahrstag das Rauchen aufgab,
warst der neue Gott,
der Sachwalter der Gideon-Bibel.

Ich war deine Drittkläßlerin
mit einem blauen Stern auf der Stirn.
In Trance konnte ich in jedes Alter,
jede Stimme, jede Geste schlüpfen – alles zurückgedreht
wie eine Drugstore-Uhr.
Im Wachzustand memorierte ich Träume.
Träume betraten den Ring
wie drittrangige Kämpfer,
jeder ein schlechtes Los,
das gewinnen konnte,
weil es kein anderes gab.

I stared at them,
concentrating on the abyss
the way one looks down into a rock quarry,
uncountable miles down,
my hands swinging down like hooks
to pull dreams up out of their cage.
O my hunger! My hunger!

Once,
outside your office,
I collapsed in the old-fashioned swoon
between the illegally parked cars.
I threw myself down,
pretending dead for eight hours.
I thought I had died
into a snowstorm.
Above my head
chains cracked along like teeth
digging their way through the snowy street.
I lay there
like an overcoat
that someone had thrown away.
You carried me back in,
awkwardly, tenderly,
with the help of the red-haired secretary
who was built like a lifeguard.
My shoes,
I remember,
were lost in the snowbank
as if I planned never to walk again.

That was the winter
that my mother died,
half mad on morphine,
blown up, at last,
like a pregnant pig.

Ich starrte sie an,
konzentrierte mich auf den Abgrund,
wie man in einen Steinbruch hinabsieht,
unzählige Meilen hinab,
meine Hände sanken baumelnd hinab wie Haken,
um Träume aus ihrem Käfig zu ziehen.
O mein Hunger! Mein Hunger!

Einmal,
vor deiner Praxis,
brach ich, ganz altmodisch schwanden mir die Sinne,
zwischen den unerlaubt parkenden Autos zusammen.
Ich warf mich zu Boden,
stellte mich acht Stunden lang tot.
Ich dachte, mein Tod sei
zu einem Schneesturm geworden.
Über meinem Kopf
klirrten Ketten, als fräßen sich Zähne
durch die verschneite Straße.
Ich lag da
wie ein Überzieher,
den jemand weggeworfen hatte.
Verlegen, behutsam
trugst du mich wieder hinein
mit der rothaarigen Sekretärin,
die wie ein Rettungsschwimmer gebaut war.
Meine Schuhe,
das weiß ich noch,
gingen in der Schneewehe verschütt,
als hätte ich vor, nie wieder zu gehen.

Das war der Winter,
in dem meine Mutter starb,
halb verrückt vom Morphium,
aufgetrieben zum Schluß
wie ein trächtiges Schwein.

I was her dreamy evil eye.
In fact,
I carried a knife in my pocketbook –
my husband's good L. L. Bean hunting knife.
I wasn't sure if I should slash a tire
or scrape the guts out of some dream.

You taught me
to believe in dreams;
thus I was the dredger.
I held them like an old woman with arthritic fingers,
carefully straining the water out –
sweet dark playthings,
and above all, mysterious
until they grew mournful and weak.
O my hunger! My hunger!
I was the one
who opened the warm eyelid
like a surgeon
and brought forth young girls
to grunt like fish.

I told you,
I said –
but I was lying –
that the knife was for my mother...
and then I delivered her.

The curtains flutter out
and slump against the bars.
They are my two thin ladies
named Blanche and Rose.
The grounds outside
are pruned like an estate at Newport.
Far off, in the field,
something yellow grows.

Ich war ihr nebelhafter böser Blick.
In Wahrheit
trug ich ein Messer in der Handtasche mit mir herum,
das gute L. L. Bean-Jagdmesser meines Mannes.
Ich wußte nicht, was tun: einen Reifen aufschlitzen
oder einem Traum das Gedärm herausschaben.

Du lehrtest mich,
an Träume zu glauben;
drum begann ich zu graben.
Ich hielt sie wie eine alte Frau mit arthritischen Fingern,
wrang sorgsam das Wasser aus –
süße dunkle Spielsachen
und vor allem rätselhafte,
bis sie wehmütig wurden und kraftlos.
O mein Hunger! Mein Hunger!
Ich war die,
die das warme Augenlid öffnete
wie ein Chirurg
und junge Mädchen hervorholte,
die wie Fische schmatzten.

Ich erzählte dir,
ich sagte –
doch das war gelogen –
das Messer wäre für meine Mutter . . .
und dann erlöste ich sie.

Die Vorhänge flattern hinaus
und verfangen sich an den Stäben.
Sie sind meine zwei dünnen Damen
namens Blanche und Rose.
Die Grünanlagen draußen
sind gestutzt wie ein Grundstück in Newport.
Weit weg, auf dem Feld,
wächst etwas Gelbes.

Was it last month or last year
that the ambulance ran like a hearse
with its siren blowing on suicide –
Dinn, dinn, dinn! –
a noon whistle that kept insisting on life
all the way through the traffic lights?

I have come back
but disorder is not what it was.
I have lost the trick of it!
The innocence of it!
That fellow-patient in his stovepipe hat
with his fiery joke, his manic smile –
even he seems blurred, small and pale.
I have come back,
recommitted,
fastened to the wall like a bathroom plunger,
held like a prisoner
who was so poor
he fell in love with jail.

I stand at this old window
complaining of the soup,
examining the grounds,
allowing myself the wasted life.
Soon I will raise my face for a white flag,
and when God enters the fort,
I won't spit or gag on his finger.
I will eat it like a white flower.
Is this the old trick, the wasting away,
the skull that waits for its dose
of electric power?

This is madness
but a kind of hunger.

War es letzten Monat oder letztes Jahr,
daß der Krankenwagen raste wie ein Leichenwagen,
Selbstmord heulte das Martinshorn –
Dinn, Dinn, Dinn! –
die Mittagssirene, die den ganzen Weg durch die Ampeln
auf Leben beharrte?

Ich bin zurückgekommen,
doch die Verwirrung ist nicht mehr, was sie einst war.
Ich hab verlernt, worauf es ankommt!
Die Unschuld!
Der Mitpatient mit dem Zylinderhut,
mit dem sengenden Witz, dem manischen Lächeln –
selbst er wirkt verschwommen, klein und blaß.
Ich bin zurückgekommen,
wieder eingewiesen,
an der Wand befestigt wie ein Handtuchhalter,
werde gehalten wie ein Gefangener,
der so arm war,
daß er sich ins Gefängnis verliebte.

Ich stehe an diesem alten Fenster,
beklage mich über die Suppe,
mustere das Gelände,
gestatte mir das vergeudete Leben.
Bald werde ich den Kopf heben, einer weißen Flagge entgegen,
und wenn Gott das Fort betritt,
werd ich nicht spucken, nicht an seinem Finger würgen.
Ich werde ihn schlucken wie eine weiße Blume.
Ist das der alte Trick, dies Dahinsiechen,
der Schädel, der auf seine Dosis
Elektrizität wartet?

Dies ist Wahnsinn,
aber eine Art Hunger.

What good are my questions
in this hierarchy of death
where the earth and the stones go
Dinn! Dinn! Dinn!
It is hardly a feast.
It is my stomach that makes me suffer.

Turn, my hungers!
For once make a deliberate decision.
There are brains that rot here
like black bananas.
Hearts have grown as flat as dinner plates.
Anne, Anne,
flee on your donkey,
flee this sad hotel,
ride out on some hairy beast,
gallop backward pressing
your buttocks to his withers,
sit to his clumsy gait somehow.
Ride out
any old way you please!
In this place everyone talks to his own mouth.
That's what it means to be crazy.
Those I loved best died of it –
the fool's disease.

June 1962

Was nützen meine Fragen
in dieser Hierarchie des Todes,
wo Erde und Steine tönen
Dinn, Dinn, Dinn!
Ein Labsal ist es wohl kaum.
Mein Magen ist es, der mich leiden läßt.

Kehrt um, meine Hunger!
Trefft einmal eine bewußte Entscheidung.
Es gibt Hirne, die hier verfaulen
wie schwarze Bananen.
Herzen sind so platt geworden wie flache Teller.
Anne, Anne,
flieh auf deinem Esel,
flieh dies triste Hotel,
zieh aus auf einem behaarten Vieh,
galoppier rückwärts, preß
das Gesäß an seine Flanken,
paß seinem plumpen Gang dich an.
Zieh aus,
wie's dir gerade gefällt!
An diesem Ort redet jeder den eigenen Mund an.
Das ist es, was Verrücktsein heißt.
Die, die mir die liebsten waren, starben daran –
an der Narrenkrankheit.

Juni 1962

Three Green Windows

Half awake in my Sunday nap
I see three green windows
in three different lights –
one west, one south, one east.
I have forgotten that old friends are dying.
I have forgotten that I grow middle-aged.
At each window such rustlings!
The trees persist, yeasty and sensuous,
as thick as saints.
I see three wet gargoyles covered with birds.
Their skins shine in the sun like leather.

I'm on my bed as light as a sponge.
Soon it will be summer.
She is my mother.
She will tell me a story and keep me asleep
against her plump and fruity skin.
I see leaves –
leaves that are washed and innocent,
leaves that never knew a cellar,
born in their own green blood
like the hands of mermaids.

I do not think of the rusty wagon on the walk.
I pay no attention to the red squirrels
that leap like machines beside the house.
I do not remember the real trunks of the trees
that stand beneath the windows
as bulky as artichokes.
I turn like a giant,
secretly watching, secretly knowing,
secretly naming each elegant sea.

Drei grüne Fenster

Halb wach in meinem Sonntagsschlaf
sehe ich drei grüne Fenster
in dreimal anderem Licht:
eines im Westen, eines im Süden, eines im Osten.
Ich habe vergessen, daß alte Freunde sterben.
Ich habe vergessen, daß ich ins mittlere Alter komme.
An jedem Fenster solches Rascheln!
Die Bäume überdauern, gärend und sinnlich,
so dick wie Heilige.
Ich sehe drei nasse Wasserspeier, mit Vögeln bedeckt.
Ihr Gefieder glänzt in der Sonne wie Leder.

Leicht wie ein Schwamm bin ich auf meinem Bett.
Bald wird Sommer sein.
Sie ist meine Mutter.
Sie wird mir eine Geschichte erzählen und mich,
an ihre pralle süße Haut gedrückt, noch schlafen lassen.
Ich sehe Blätter:
Blätter, die gewaschen und unschuldig sind,
Blätter, die nie einen Keller kannten,
in ihrem eigenen grünen Blut geboren
wie die Hände von Wassernixen.

Ich denke nicht an den rostigen Karren auf dem Weg.
Ich achte nicht auf die roten Eichhörnchen,
die wie Maschinen neben dem Haus umherspringen.
Ich erinnere mich nicht an die wirklichen Stämme der Bäume,
die unter den Fenstern stehen,
klobig wie Artischocken.
Ich drehe mich um wie ein Riese,
beobachte insgeheim, weiß insgeheim,
benenne insgeheim jede elegante See.

I have misplaced the Van Allen belt,
the sewers and the drainage,
the urban renewal and the surburban centers.
I have forgotten the names of the literary critics.
I know what I know.
I am the child I was,
living the life that was mine.
I am young and half asleep.
It is a time of water, a time of trees.

June 1962

Den Van-Allen-Gürtel hab ich abgetan,
die Gossen und die Kanalisation,
die Stadtsanierung und die Vorstadtzentren.
Die Namen der Literaturkritiker habe ich vergessen.
Ich weiß, was ich weiß.
Ich bin das Kind, das ich war,
lebe das Leben, das mein war.
Ich bin klein und erst halb wach.
Es ist die Zeit des Wassers, die Zeit der Bäume.

Juni 1962

Somewhere in Africa

Must you leave, John Holmes, with the prayers and psalms
you never said, said over you? Death with no rage
to weigh you down? Praised by the mild God, his arm
over the pulpit, leaving you timid, with no real age,

whitewashed by belief, as dull as the windy preacher!
Dead of a dark thing, John Holmes, you've been lost
in the college chapel, mourned as father and teacher,
mourned with piety and grace under the University Cross.

Your last book unsung, your last hard words unknown,
abandoned by science, cancer blossomed in your throat,
rooted like bougainvillea into your gray backbone,
ruptured your pores until you wore it like a coat.

The thick petals, the exotic reds, the purples and whites
covered up your nakedness and bore you up with all
their blind power. I think of your last June nights
in Boston, your body swollen but light, your eyes small

as you let the nurses carry you into a strange land.
. . . If this is death and God is necessary let him be hidden
from the missionary, the well-wisher and the glad hand.
Let God be some tribal female who is known but forbidden.

Let there be this God who is a woman who will place you
upon her shallow boat, who is a woman naked to the waist,
moist with palm oil and sweat, a woman of some virtue
and wild breasts, her limbs excellent, unbruised and chaste.

Irgendwo in Afrika

Mußt du gehen, John Holmes, die Gebete und Psalmen,
die du nie sprachst, gesprochen über dich? Ein Tod ohne Wut,
die dich niederdrückt? Gepriesen von dem milden Gott, sein Arm
über der Kanzel, bleibst du furchtsam zurück, alterslos,

weißgewaschen vom Glauben, so fad wie der geschwätzige Priester!
Gestorben an etwas Dunklem, John Holmes, warst du verloren
in der College-Kapelle, als Vater und Lehrer betrauert,
fromm und schicklich betrauert unter dem Kreuz der Universität.

Dein letztes Buch ungesungen, deine letzten harten Worte unbekannt,
von der Wissenschaft aufgegeben, erblühte Krebs in deiner Kehle,
trieb wie Bougainvillea Wurzeln in dein graues Knochenmark,
brach durch deine Poren, bis du ihn trugst wie einen Mantel.

Dicke Blütenblätter, exotisches Rot, Purpur und Weiß
bedeckten deine Nacktheit und stützten dich mit all
ihrer geheimen Macht. Ich denke an deine letzten Juniabende
in Boston, dein Körper geschwollen, doch leicht, deine Augen klein,

als du dich von Krankenschwestern in ein seltsames Land führen ließest.
... Wenn dies der Tod ist, wenn es Gott geben muß, möge er verborgen bleiben
vor dem Missionar, dem Wohlmeinenden, der freudig helfenden Hand.
Dann möge Gott eine Stammesfrau sein, bekannt, aber verboten.

Möge er dieser Gott sein, der eine Frau ist, die dich
in ihr flaches Boot legt, eine Frau, nackt bis zur Taille,
feucht von Palmöl und Schweiß, eine tugendhafte Frau
mit wilden Brüsten, die Glieder vollkommen, unversehrt und rein.

Let her take you. She will put twelve strong men at the oars
for you are stronger than mahogany and your bones fill
the boat high as with fruit and bark from the interior.
She will have you now, you whom the funeral cannot kill.

John Holmes, cut from a single tree, lie heavy in her hold
and go down that river with the ivory, the copra and the gold.

July 1, 1962

Möge sie dich mitnehmen. Sie setzt zwölf starke Männer an die Ruder,
bist du doch stärker als Mahagoni, und mit deinen Knochen
ist das Boot hochbeladen wie mit Früchten und Rinde aus dem Landesinnern.
Sie besitzt dich jetzt, dich, den das Begräbnis nicht töten kann.

John Holmes, aus einem Baum gehauen, laß dich fest von ihr umfangen
und fahr flußabwärts mit dem Elfenbein, der Kopra und dem Gold.

1. Juli 1962

Imitations of Drowning

Fear
of drowning,
fear of being that alone,
kept me busy making a deal
as if I could buy
my way out of it
and it worked for two years
and all of July.

This August I began to dream of drowning. The dying
went on and on in water as white and clear
as the gin I drink each day at half-past five.
Going down for the last time, the last breath lying,
I grapple with eels like ropes – it's ether, it's queer
and then, at last, it's done. Now the scavengers arrive,
the hard crawlers who come to clean up the ocean floor.
And death, that old butcher, will bother me no more.

I
had never
had this dream before
except twice when my parents
clung to rafts
and sat together for death,
frozen
like lewd photographs.

Who listens to dreams? Only symbols for something –
like money for the analyst or your mother's wig,
the arm I almost lost in the washroom wringer,
following fear to its core, tugging the old string.
But real drowning is for someone else. It's too big

Nachempfundenes Ertrinken

Angst
vorm Ertrinken,
Angst davor, so allein zu sein,
ließ mich nicht ruhen und einen Handel schließen,
als könnte ich mir
den Ausweg erkaufen,
und das ging zwei Jahre gut
und den ganzen Juli.

Seit August träume ich vom Ertrinken. Das Sterben
fand kein Ende in Wasser so weiß und klar
wie der Gin, den ich jeden Tag um halb sechs trinke.
Zum letzten Mal hinabsinkend, der letzte Atemzug Lüge,
ringe ich mit Aalen wie Seile – es ist Äther, es ist sonderbar,
und dann schließlich ist es vorbei. Nun kommen Aasfresser an,
diese tüchtigen Kriecher, picken rein den Grund des Ozeans.
Und der Tod, der alte Schlächter, kann mir nichts mehr tun.

Diesen Traum
hatte ich
noch nie zuvor gehabt,
bis auf zweimal, als meine Eltern
sich an Flöße klammerten
und gemeinsam dem Tod ins Auge sahen,
erstarrt
wie obszöne Fotografien.

Wer hört schon auf Träume? Es sind nur Symbole für etwas –
wie Geld für den Analytiker oder die Perücke deiner Mutter,
der Arm, den ich beinahe in der Wäscheschleuder eingebüßt hätte,
als ich, der Angst nachgehend bis zum Grund, an dem alten Faden zog.
Aber wirkliches Ertrinken ist etwas für andere Leute. Es ist zu groß,

to put in your mouth on purpose, it puts hot stingers
in your tongue and vomit in your nose as your lungs break.
Tossed like a wet dog by that juggler, you die awake.

Fear,
a motor,
pumps me around and around
until I fade slowly
and the crowd laughs.
I fade out, an old bicycle rider
whose odds are measured
in actuary graphs.

This weekend the papers were black with the new highway
fatalities and in Boston the strangler found another victim
and we were all in Truro drinking beer and writing checks.
The others rode the surf, commanding rafts like sleighs.
I swam – but the tide came in like ten thousand orgasms.
I swam – but the waves were higher than horses' necks.
I was shut up in that closet, until, biting the door,
they dragged me out, dribbling urine on the gritty shore.

Breathe!
And you'll know . . .
an ant in a pot of chocolate,
it boils
and surrounds you.
There is no news in fear
but in the end it's fear
that drowns you.

September 1962

um es absichtlich in den Mund zu nehmen, es jagt dir heiße Stacheln
in die Zunge und drückt dir Kotze in die Nase, während deine Lunge platzt.
Wie ein nasser Hund geworfen von diesem Jongleur, stirbst du hellwach.

Die Angst,
ein Motor,
wälzt mich um und um,
bis ich allmählich verblasse
und die Menge lacht.
Ich verblasse ganz, ein alter Radfahrer,
dessen Risiken in Versicherungstabellen
aufgeführt sind.

Dieses Wochenende war die Zeitung schwarz von neuen Autobahntoten,
und in Boston fand der Würger sein nächstes Opfer,
und wir waren alle in Truro, tranken Bier und schrieben Schecks aus.
Die anderen waren wellenreiten, steuerten Flöße wie Schlitten.
Ich schwamm – doch die Flut kam heran wie zehntausend Orgasmen.
Ich schwamm – doch die Wellen waren höher als die Hälse von Pferden.
Ich war in diesen Schrank gesperrt, bis sie mich, die Zähne in die Tür
geschlagen, herauszogen und mein Urin auf den Kiesstrand tropfte.

Atme!
Und du weißt, wie es ist . . .
als Ameise in einem Topf Schokolade,
sie kocht
und umschließt dich.
Sie sagt dir nichts Neues, die Angst,
am Ende aber ist es die Angst,
in der du ertrinkst.

September 1962

Mother and Jack and the Rain

I have a room of my own.
Rain drops onto it. Rain drops down like worms
from the trees onto my frontal bone.
Haunted, always haunted by rain, the room affirms
the words that I will make alone.
I come like the blind feeling for shelves,
feeling for wood as hard as an apple,
fingering the pen lightly, my blade.
With this pen I take in hand my selves
and with these dead disciples I will grapple.
Though rain curses the window
let the poem be made.

Rain is a finger on my eyeball.
Rain drills in with its old unnecessary stories...
I went to bed like a horse to its stall.
On my damp summer bed I cradled my salty knees
and heard father kiss me through the wall
and heard mother's heart pump like the tides.
The fog horn flattened the sea into leather.
I made no voyages, I owned no passport.
I was the daughter. Whiskey fortified
my father in the next room. He outlasted the weather,
counted his booty and brought
his ship into port.

Rain, rain, at sixteen
where I lay all night with Jack beside a tiny lake
and did nothing at all, lay as straight as a bean.
We played bridge and beer games for their own sake,
filled up the lamp with kerosene,
brushed our teeth, made sandwiches and tea
and lay down on the cabin bed to sleep.

Mutter und Jack und der Regen

Ich habe ein Zimmer für mich allein.
Regen tropft darauf. Regen tropft wie Würmer
von den Bäumen herab auf mein Stirnbein.
Verfolgt, dauernd vom Regen verfolgt, bestätigt das Zimmer
die Wörter, die ich ganz allein bilde.
Ich komme herein wie blind, taste nach Regalen,
taste nach Holz, hart wie ein Apfel,
fahre mit dem Finger über den Stift, meine Klinge.
Mit diesem Stift nehme ich meine Ichs in die Hand,
und mit diesen toten Jüngern schlag ich mich herum.
Obwohl Regen das Fenster verflucht,
soll das Gedicht entstehen.

Regen ist ein Finger auf meinem Augapfel.
Regen bohrt sich ein mit sinnlosen alten Geschichten . . .
Ich ging zu Bett wie ein Pferd in seinen Stall.
Auf meinem klammen Sommerbett umschlang ich meine salzigen Knie
und hörte, wie Vater mich durch die Wand küßte,
und hörte Mutters Herz branden wie Ebbe und Flut.
Das Nebelhorn strich die See lederglatt.
Ich machte keine Reisen, ich besaß keinen Paß.
Ich war die Tochter. Whisky befeuerte
meinen Vater im Nebenzimmer. Er überlebte das Wetter,
zählte seine Beute und brachte
sein Schiff in den Hafen.

Regen, Regen mit sechzehn,
als ich die ganze Nacht mit Jack an einem kleinen See lag
und mich nicht regte, nur dalag, gerade wie eine Bohne.
Wir spielten Bridge und Bierspiele, nur zum Spaß,
füllten die Lampe mit Kerosin,
putzten uns die Zähne, machten Sandwiches und Tee
und legten uns ins Bett in der Hütte schlafen.

I lay, a blind lake, feigning sleep while Jack
pulled back the wooly covers to see
my body, that invisible body that girls keep.
All that sweet night we rode out
the storm back to back.

Now Jack says the Mass
and mother died using her own bones for crutches.
There is rain on the wood, rain on the glass
and I'm in a room of my own. I think too much.
Fish swim from the eyes of God. Let them pass.
Mother and Jack fill up heaven; they endorse
my womanhood. Near land my ship comes about.
I come to this land to ride my horse,
to try my own guitar, to copy out
their two separate names like sunflowers, to conjure
up my daily bread, to endure,
somehow to endure.

October 1962

Ich lag da, ein blinder See, tat, als ob ich schliefe, während Jack
die wollene Decke zurückschlug, um meinen Körper
anzuschauen, jenen unsichtbaren Körper, den Mädchen behüten.
Diese ganze süße Nacht lang überstanden wir
den Sturm Rücken an Rücken.

Nun liest Jack die Messe
und Mutter starb, an Krücken gehend, ihren eigenen Knochen.
Regen ist auf dem Holz, Regen ist auf dem Glas,
und ich bin in einem Zimmer für mich allein. Denke zuviel nach.
Fische schwimmen aus Gottes Augen. Sie sollen vorüberziehen.
Mutter und Jack füllen den Himmel aus; sie billigen
mein Frausein. In Ufernähe dreht mein Schiff bei.
Ich komme in dieses Land, um mein Pferd zu reiten,
meine Gitarre auszuprobieren, ihre beiden Namen ins reine
zu schreiben wie Sonnenblumen, mein täglich Brot
heraufzubeschwören, um durchzuhalten,
irgendwie durchzuhalten.

Oktober 1962

Consorting with Angels

I was tired of being a woman,
tired of the spoons and the pots,
tired of my mouth and my breasts,
tired of the cosmetics and the silks.
There were still men who sat at my table,
circled around the bowl I offered up.
The bowl was filled with purple grapes
and the flies hovered in for the scent
and even my father came with his white bone.
But I was tired of the gender of things.

Last night I had a dream
and I said to it...
"You are the answer.
You will outlive my husband and my father."
In that dream there was a city made of chains
where Joan was put to death in man's clothes
and the nature of the angels went unexplained,
no two made in the same species,
one with a nose, one with an ear in its hand,
one chewing a star and recording its orbit,
each one like a poem obeying itself,
performing God's functions,
a people apart.

"You are the answer",
I said, and entered,
lying down on the gates of the city.
Then the chains were fastened around me
and I lost my common gender and my final aspect.
Adam was on the left of me
and Eve was on the right of me,
both thoroughly inconsistent with the world of reason.

Mit Engeln eins werden

Ich war es leid, eine Frau zu sein,
war die Löffel und die Töpfe leid,
meinen Mund und meine Brüste leid,
die Kosmetik und die Seide leid.
Noch immer saßen Männer an meinem Tisch,
kreisten um die Schüssel, die ich darbot.
Die Schüssel war mit purpurnen Trauben gefüllt,
und die Fliegen schwärmten herbei, von ihrem Duft angelockt,
und sogar mein Vater kam mit seinem weißen Knochen.
Doch ich war das Geschlecht der Dinge leid.

Letzte Nacht hatte ich einen Traum,
und ich sagte zu ihm . . .
„Du bist die Antwort.
Du wirst meinen Mann und meinen Vater überleben."
In diesem Traum war eine aus Ketten gemachte Stadt,
dort wurde Johanna in Männerkleidern hingerichtet
und das Wesen der Engel blieb unerklärt,
keine zwei waren von gleicher Art,
einer mit einer Nase, einer mit einem Ohr in der Hand,
einer kaute an einem Stern und registrierte dessen Umlaufbahn,
jeder einzelne wie ein Gedicht, sich selbst verpflichtet,
versah Gottes Amt,
ein Volk für sich.

„Du bist die Antwort",
sagte ich und trat ein,
legte mich nieder an den Toren der Stadt.
Dann wurden mir die Ketten umgetan,
und ich legte mein hergebrachtes Geschlecht und meine Physis ab.
Adam war links von mir,
und Eva war rechts von mir,
beide gänzlich unvereinbar mit der Welt der Vernunft.

We wove our arms together
and rode under the sun.
I was not a woman anymore,
not one thing or the other.

O daughters of Jerusalem,
the king has brought me into his chamber.
I am black and I am beautiful.
I've been opened and undressed.
I have no arms or legs.
I'm all one skin like a fish.
I'm no more a woman
than Christ was a man.

February 1963

Einer hakten wir uns beim anderen ein
und trieben dahin unter der Sonne.
Ich war keine Frau mehr,
nicht mehr das eine oder das andere.

O Töchter Jerusalems,
der König hat mich in sein Gemach geführt.
Ich bin schwarz, und ich bin schön.
Ich bin geöffnet und entkleidet worden.
Ich habe weder Arme noch Beine.
Ich bin ganz Haut wie ein Fisch.
Ich bin nicht mehr Frau,
als Christus Mann war.

Februar 1963

The Legend of the One-Eyed Man

Like Oedipus I am losing my sight.
Like Judas I have done my wrong.
Their punishment is over;
the shame and disgrace of it
are all used up.
But as for me,
look into my face
and you will know that crimes dropped upon me
as from a high building
and although I cannot speak of them
or explain the degrading details
I have remembered much
about Judas –
about Judas, the old and the famous –
that you overlooked.

The story of his life
is the story of mine.
I have one glass eye.
My nerves push against its painted surface
but the other one
waiting for judgment
continues to see . . .

Of course
the New Testament is very small.
Its mouth opens four times –
as out-of-date as a prehistoric monster,
yet somehow man-made,
held together by pullies
like the stone jaw of a back-hoe.
It gouges out the Judaic ground,

Die Legende vom einäugigen Mann

Wie Ödipus verliere ich das Augenlicht.
Wie Judas habe ich Unrecht getan.
Ihre Bestrafung ist vorüber;
Schmach und Schande ihres Tuns
sind ganz verbraucht.
Doch was mich betrifft –
schaut mir ins Gesicht,
und ihr erkennt, daß Verbrechen auf mich fielen
wie von einem hohen Bauwerk,
und obwohl ich nicht darüber sprechen,
die erniedrigenden Umstände nicht schildern kann,
hab ich mir vieles
über Judas gemerkt –
über Judas, den alten, den berühmten –,
das ihr übersehen habt.

Die Geschichte seines Lebens
ist die Geschichte des meinen.
Ich habe ein Glasauge.
Meine Nerven drücken gegen seine bunte Außenhaut,
doch das andere,
das auf das Urteil wartet,
sieht noch . . .

Natürlich
ist das Neue Testament sehr klein.
Viermal macht es den Mund auf –
so veraltet wie ein prähistorisches Monster
und doch irgendwie Menschenwerk,
zusammengehalten von Seilzügen
wie die Steinegreifer eines Baggers,
der die judäische Erde aufschürft,

taking its own backyard
like a virgin daughter.

And furthermore how did Judas come into it –
that Judas Iscariot,
belonging to the tribe of Reuben?
He should have tried to lift him up there!
His neck like an iron pole,
hard as Newcastle,
his heart as stiff as beeswax,
his legs swollen and unmarked,
his other limbs still growing.
All of it heavy!
That dead weight that would have been his fault.
He should have known!

In the first place who builds up such ugliness?
I think of this man saying...
Look! Here's the price to do it
plus the cost of the raw materials
and if it took him three or four days
to do it, then, they'd understand.
They figured the boards in excess
of three hundred pounds.
They figured it weighed enough
to support a man. They said,
fifteen stone is the approximate weight
of a thief.

Its ugliness is a matter of custom.
If there was a mistake made
then the Crucifix was constructed wrong...
not from the quality of the pine,
not from hanging a mirror,

seinen eigenen Garten nimmt
wie eine unberührte Tochter.

Und außerdem, wie kam Judas ins Spiel –
dieser Judas Ischariot,
der zum Stamme Ruben gehörte?
Er hätte versuchen sollen, ihn da hochzuheben!
Sein Hals wie ein Eisenpfahl,
hart wie Newcastle,
sein Herz so starr wie Bienenwachs,
seine Beine prall und makellos,
seine anderen Glieder noch im Wachstum.
Und allesamt schwer!
Dieses tote Gewicht, an dem er schuld gewesen wäre.
Er hätte es wissen müssen!

Überhaupt, wer baut denn etwas so Häßliches auf?
Ich stelle mir diesen Mann vor, der sagt . . .
Seht her! Das ist der Arbeitslohn,
dazu kommen die Kosten des Baumaterials,
und wenn er es in drei oder vier Tagen
geschafft hätte, würden sie schon verstehen.
Sie schätzten für die Bretter weit mehr
als dreihundert Pfund.
Sie schätzten, es sei schwer genug,
einen Mann zu tragen. Sie sagten,
fünfzehn Stone entspricht dem Durchschnittsgewicht
eines Diebs.

Seine Häßlichkeit ist eine Frage des Herkommens.
Wenn ein Fehler gemacht wurde,
dann war das Kreuz falsch konstruiert . . .
nicht weil das Holz schlecht gewesen wäre,
nicht weil man einen Spiegel aufhängte,

not from dropping the studding or the drill
but from having an inspiration.
But Judas was not a genius
or under the auspices of an inspiration.

I don't know whether it was gold or silver.
I don't know why he betrayed him
other than his motives,
other than the avaricious and dishonest man.
And then there were the forbidden crimes,
those that were expressly foretold,
and then overlooked
and then forgotten
except by me...
Judas had a mother
just as I had a mother.
Oh! Honor and relish the facts!
Do not think of the intense sensation
I have as I tell you this
but think only...

Judas had a mother.
His mother had a dream.
Because of this dream
he was altogether managed by fate
and thus he raped her.
As a crime we hear little of this.
Also he sold his God.

March 1963

nicht weil man Balken oder Bohrer fallen ließ,
sondern weil man eine Eingebung hatte.
Aber Judas war kein Genie
und folgte auch keiner Eingebung.

Ich weiß nicht, ob es Gold war oder Silber.
Ich weiß nicht, warum er ihn verriet,
kenne nur die Beweggründe,
nur den habgierigen, ehrlosen Menschen.
Und dann waren da die unerlaubten Verbrechen,
diejenigen, die exakt vorhergesagt
und dann übersehen
und dann vergessen wurden,
bloß nicht von mir . . .
Judas hatte eine Mutter,
wie ich eine Mutter hatte.
Ach! Gebt doch den Fakten die Ehre!
Denkt nicht daran, wie erregt
ich bin, wenn ich euch dies erzähle,
denkt nur . . .

Judas hatte eine Mutter.
Seine Mutter hatte einen Traum.
Wegen dieses Traums
war er insgesamt vom Schicksal gelenkt,
und darum schändete er sie.
Als Verbrechen wird kaum davon gesprochen.
Außerdem verkaufte er seinen Gott.

März 1963

Love Song

I was
the girl of the chain letter,
the girl full of talk of coffins and keyholes,
the one of the telephone bills,
the wrinkled photo and the lost connections,
the one who kept saying –
Listen! Listen!
We must never! We must never!
and all those things...

the one
with her eyes half under her coat,
with her large gun-metal blue eyes,
with the thin vein at the bend of her neck
that hummed like a tuning fork,
with her shoulders as bare as a building,
with her thin foot and her thin toes,
with an old red hook in her mouth,
the mouth that kept bleeding
into the terrible fields of her soul...

the one
who kept dropping off to sleep,
as old as a stone she was,
each hand like a piece of cement,
for hours and hours
and then she'd wake,
after the small death,
and then she'd be as soft as,
as delicate as...

Liebeslied

Ich war
das Mädchen mit dem Kettenbrief,
das Mädchen mit dem Geschwätz über Särge und Schlüssellöcher,
die mit den Telefonrechnungen,
mit dem zerknitterten Foto und den verpaßten Beziehungen,
die, die ständig sagte:
Hör zu! Hör zu!
Wir dürfen niemals! Wir dürfen niemals!
und all solche Sachen . . .

die
mit den Augen halb unter dem Mantel
mit den großen metallischblauen Augen,
mit der dünnen Ader an der Halsbeuge,
die wie eine Stimmgabel summte,
mit Schultern, nackt wie ein Bauwerk,
mit schmalen Füßen und schmalen Zehen,
mit einem alten roten Haken im Mund,
dem Mund, aus dem es andauernd
in die schreckliche Landschaft ihrer Seele blutete . . .

die,
die andauernd einschlief,
steinalt, wie sie war,
jede Hand wie ein Brocken Zement,
für Stunden und Stunden,
und dann aufwachte,
nach dem kleinen Tod,
und dann so weich war wie,
so verletzlich wie . . .

as soft and delicate as
an excess of light,
with nothing dangerous at all,
like a beggar who eats
or a mouse on a rooftop
with no trap doors,
with nothing more honest
than your hand in her hand –
with nobody, nobody but you!
and all those things.
nobody, nobody but you!
Oh! There is no translating
that ocean,
that music,
that theater,
that field of ponies.

April 19, 1963

so weich und verletzlich wie
blendendes Licht,
nichts Gefährliches mehr an sich hatte,
wie ein Bettler, der ißt,
oder eine Maus auf einem Dachfirst
ohne Falltüren,
nichts Redlicheres hatte
als deine Hand in ihrer Hand –
niemanden hatte, niemanden, nur dich!
und all solche Sachen.
niemanden, niemanden, nur dich!
Oh, unübertragbar bleibt
dieser Ozean,
diese Musik,
dieses Theater
diese Herde Ponys.

19. April 1963

Man and Wife

To speke of wo
that is in mariage...

We are not lovers.
We do not even know each other.
We look alike
but we have nothing to say.
We are like pigeons...

that pair who came to the suburbs
by mistake,
forsaking Boston where they bumped
their small heads against a blind wall,
having worn out the fruit stalls in the North End,
the amethyst windows of Louisburg Square,
the seats on the Common.
And the traffic that kept stamping
and stamping.

Now there is green rain for everyone
as common as eyewash.
Now they are together
like strangers in a two-seater outhouse,
eating and squatting together.
They have teeth and knees
but they do not speak.
A soldier is forced to stay with a soldier
because they share the same dirt
and the same blows.

Mann und Frau

Vom Leid
des Ehestands erzählen . . .

Wir lieben uns nicht.
Wir kennen uns nicht einmal.
Wir sehen gleich aus,
doch wir haben uns nichts zu sagen.
Wir sind wie Tauben . . .

die zwei, die aus Versehen
in die Vorstädte kamen,
Boston verließen, wo sie die kleinen Köpfe
gegen eine blinde Mauer schlugen,
überdrüssig der Obststände im North End,
der Amethystfenster am Louisburg Square
und der Bänke im Common.
Und des Verkehrs, der ohne Unterlaß
durch die Straßen stampfte.

Jetzt fällt grüner Regen für jedermann,
so gewöhnlich wie leeres Geschwätz.
Jetzt sind sie zusammen
wie Fremde in einem Zweisitzer-Außenklo,
essen und hocken sich zusammen hin.
Sie haben Zähne und Knie,
doch sie sprechen nicht.
Ein Soldat ist gezwungen, bei seinem Kameraden zu bleiben,
denn beide sitzen im selben Dreck
und beziehen dieselben Prügel.

They are exiles
soiled by the same sweat and the drunkard's dream.
As it is they can only hang on,
their red claws wound like bracelets
around the same limb.
Even their song is not a sure thing.
It is not a language;
it is a kind of breathing.
They are two asthmatics
whose breath sobs in and out
through a small fuzzy pipe.

Like them
we neither talk nor clear our throats.
Oh darling,
we gasp in unison beside our window pane,
drunk on the drunkard's dream.
Like them
we can only hang on.

But they would pierce our heart
if they could only fly the distance.

May 1963

Sie sind Verbannte,
vom Schweiß und vom Traum des Säufers gleich beschmutzt.
So, wie die Dinge liegen, können sie nur durchhalten,
die roten Klauen wie Reifen
um den gleichen Arm gewunden.
Nicht mal ihr Lied ist eine sichere Sache.
Es ist keine Sprache;
es ist so etwas wie Atmen.
Sie sind zwei Asthmatiker,
deren Atem sich wimmernd
durch ein enges, faseriges Rohr zwängt.

Wie sie
sprechen wir nicht und räuspern uns nicht.
O Liebling,
wir keuchen unisono an unserer Fensterscheibe,
besoffen vom Traum des Säufers.
Wie sie
können wir nur durchhalten.

Doch sie würden uns ins Herz treffen,
könnten sie nur so weit fliegen.

Mai 1963

Those Times . . .

At six
I lived in a graveyard full of dolls,
avoiding myself,
my body, the suspect
in its grotesque house.
I was locked in my room all day behind a gate,
a prison cell.
I was the exile
who sat all day in a knot.

I will speak of the little childhood cruelties,
being a third child,
the last given
and the last taken –
of the nightly humiliations when Mother undressed me,
of the life of the daytime, locked in my room –
being the unwanted, the mistake
that Mother used to keep Father
from his divorce.
Divorce!
The romantic's friend,
romantics who fly into maps
of other countries,
hips and noses and mountains,
into Asia or the Black Forest,
or caught by 1928,
the year of the *me*,
by mistake,
not for divorce
but instead.

Damals

Mit sechs
lebte ich auf einem Friedhof voller Puppen,
wich mir selbst aus,
meinem Körper, dem Verdächtigen
in seinem grotesken Haus.
Ich war den ganzen Tag in mein Zimmer hinter ein Gitter gesperrt,
in eine Gefängniszelle.
Ich war die Verbannte,
die den ganzen Tag kauernd herumsaß.

Von den kleinen Grausamkeiten der Kindheit will ich sprechen,
ich, ein drittes Kind,
als Letzte gegeben
und als Letzte empfangen –
von der allabendlichen Demütigung, wenn Mutter mich auszog,
von dem Leben am Tage, in mein Zimmer gesperrt –
ich, die Ungewollte, das Versehen,
das Mutter benutzte, um Vater
von der Scheidung abzuhalten.
Scheidung!
Des Romantikers Freund,
Romantiker, die in Karten
anderer Länder fliegen,
Hüften und Nasen und Berge,
nach Asien oder in den Schwarzwald,
oder vom Jahr 1928 überrumpelt,
dem Jahr des *Ich*,
aus Versehen,
nicht zur Scheidung,
sondern statt ihrer.

The me who refused to suck on breasts
she couldn't please,
the me whose body grew unsurely,
the me who stepped on the noses of dolls
she couldn't break.
I think of the dolls,
so well made,
so perfectly put together
as I pressed them against me,
kissing their little imaginary mouths.
I remember their smooth skin,
those newly delivered,
the pink skin and the serious China-blue eyes.
They came from a mysterious country
without the pang of birth,
born quietly and well.
When I wanted to visit,
the closet is where I rehearsed my life,
all day among shoes,
away from the glare of the bulb in the ceiling,
away from the bed and the heavy table
and the same terrible rose repeating on the walls.

I did not question it.
I hid in the closet as one hides in a tree.
I grew into it like a root
and yet I planned such plans of flight,
believing I would take my body into the sky,
dragging it with me like a large bed.
And although I was unskilled
I was sure to get there or at least
to move up like an elevator.
With such dreams,
storing their energy like a bull,
I planned my growth and my womanhood
as one choreographs a dance.

Dem Ich, das nicht an Brüsten saugen wollte,
konnte sie es nicht recht machen,
das Ich, dessen Körper unsicher wuchs,
das Ich, das Puppen auf die Nase trat,
konnte sie nicht zerbrechen.
Ich denke an die Puppen,
so schön gemacht,
so ganz aus einem Guß,
als ich sie an mich drückte,
ihre kleinen imaginären Münder küßte.
Ich erinnere mich an die glatte Haut
dieser frisch Gebrachten,
an die rosarote Haut und die ernsten porzellanblauen Augen.
Sie kamen aus einem geheimnisvollen Land
ohne die Pein der Geburt,
ruhig und gesund geboren.
Wenn ich mit jemandem reden wollte,
sagte ich im Schrank mein Leben auf,
den ganzen Tag zwischen Schuhen,
dem Gleißen der Deckenlampe entkommen,
dem Bett und dem schweren Tisch entkommen
und der immergleichen schrecklichen Rose an den Wänden.

Ich stellte es nicht in Frage.
Ich versteckte mich im Schrank, wie man sich in einem Baum versteckt.
Ich wuchs in ihn ein wie eine Wurzel
und hegte doch solche Pläne zu fliegen,
im Glauben, meinen Körper in den Himmel zu versetzen,
ihn mit mir mitzuschleppen wie ein großes Bett.
Und obwohl ich ungeübt war,
zweifelte ich nicht, dorthin zu kommen oder zumindest
wie ein Fahrstuhl aufzusteigen.
Mit solchen Träumen,
ihre Energie speichernd wie ein Stier,
plante ich mein Wachstum und mein Frausein,
wie man einen Tanz choreographiert.

I knew that if I waited among shoes
I was sure to outgrow them,
the heavy oxfords, the thick execution reds,
shoes that lay together like partners,
the sneakers thick with Griffin eyewash
and then the dresses swinging above me,
always above me, empty and sensible
with sashes and puffs,
with collars and two-inch hems
and evil fortunes in their belts.

I sat all day
stuffing my heart into a shoe box,
avoiding the precious window
as if it were an ugly eye
through which birds coughed,
chained to the heaving trees;
avoiding the wallpaper of the room
where tongues bloomed over and over,
bursting from lips like sea flowers –
and in this way I waited out the day
until my mother,
the large one,
came to force me to undress.

I lay there silently,
hoarding my small dignity.
I did not ask about the gate or the closet.
I did not question the bedtime ritual
where, on the cold bathroom tiles,
I was spread out daily
and examined for flaws.

Ich wußte, wenn ich zwischen den Schuhen ausharrte,
würde ich sicher aus ihnen herauswachsen,
aus den derben Schnürschuhen, blutdurchtränkt,
Schuhen, die beieinanderlagen wie Partner,
die Segeltuchschuhe durchtränkt von Griffin-Augenbad,
und dann die Kleider, die über mir baumelten,
immer über mir, leer und empfänglich,
mit Schärpen und Puffärmeln,
mit Kragen und zwei Zoll breiten Säumen
und drohendem Unheil in den Gürteln.

Ich saß den ganzen Tag dort,
stopfte mein Herz in einen Schuhkarton,
wich dem äffischen Fenster aus,
als sei es ein häßliches Auge,
durch welches Vögel husteten,
an die wogenden Bäume gekettet,
wich der Zimmertapete aus,
die übersät war mit blühenden Zungen,
die zwischen Lippen hervorbrachen wie Seeanemonen –
und so wartete ich auf das Ende des Tages,
bis meine Mutter,
die Große,
kam und mich zum Ausziehen zwang.

Stumm lag ich da,
hütete meine kleine Würde.
Ich fragte nicht nach dem Gitter oder Schrank.
Ich stellte das Zubettgeh-Ritual nicht in Frage,
wenn ich tagtäglich
auf die kalten Badezimmerfliesen hingebreitet
und nach Mängeln abgesucht wurde.

I did not know
that my bones,
those solids, those pieces of sculpture
would not splinter.

I did not know the woman I would be
nor that blood would bloom in me
each month like an exotic flower,
nor that children,
two monuments,
would break from between my legs
two cramped girls breathing carelessly,
each asleep in her tiny beauty.
I did not know that my life, in the end,
would run over my mother's like a truck
and all that would remain
from the year I was six
was a small hole in my heart, a deaf spot,
so that I might hear
the unsaid more clearly.

June 1963

Ich wußte nicht,
daß meine Knochen,
diese Festkörper, diese Skulpturen,
nicht splittern würden.

Ich wußte nichts von der Frau, die ich sein,
nicht, daß jeden Monat Blut in mir
erblühen würde wie eine exotische Blume,
nicht, daß Kinder,
zwei Denkmale,
zwischen meinen Beinen hervorbrechen würden,
zwei eingepferchte Mädchen, die arglos atmeten,
jede in ihrer winzigen Schönheit schlafend.
Ich wußte nicht, daß mein Leben schließlich
über das meiner Mutter hinwegrollen würde wie ein Lastwagen,
und daß von dem Jahr, als ich sechs war,
nur ein kleines Loch in meinem Herzen
bleiben würde, ein tauber Fleck,
damit ich das Ungesagte
deutlicher hören konnte.

Juni 1963

Two Sons

Where and to whom
you are married I can only guess
in my piecemeal fashion. I grow old on my bitterness.

On the unique occasion
of your two sudden wedding days
I open some cheap wine, a tin of lobster and mayonnaise.

I sit in an old lady's room
where families used to feast
where the wind blows in like soot from north-northeast.

Both of you monopolized
with no real forwarding address
except for two silly postcards you bothered to send home,

one of them written in grease
as you undid her dress
in Mexico, the other airmailed to Boston from Rome

just before the small ceremony
at the American Church.
Both of you made of my cooking, those suppers of starch

and beef, and with my library,
my medicine, my bath water,
both sinking into small brown pools like muddy otters!

You make a toast for tomorrow
and smash the cup,
letting your false women lap the dish I had to fatten up.

Zwei Söhne

Wo und mit wem
ihr verheiratet seid, kann ich nur
nach und nach erraten. Ich werde alt über meiner Bitterkeit.

Aus Anlaß der einzigartigen Gelegenheit
eurer zwei überraschenden Hochzeitstage
mach ich einen billigen Wein auf, eine Dose Hummer in Mayonnaise.

Ich sitz im Zimmer einer alten Dame,
wo einst Familien ihre Feste feierten,
wo der Wind von Nordnordost hereinweht wie Ruß.

Ihr beide so in Anspruch genommen,
daß es nur für zwei dumme Postkarten
nach Hause reichte, ohne richtige Nachsendeanschrift,

eine davon mit Schmiere geschrieben,
als du ihr das Kleid auszogst in Mexiko,
die andere in Rom per Luftpost nach Boston aufgegeben

kurz vor der kleinen Zeremonie
in der amerikanischen Kirche.
Geworden, was ihr seid, dank meiner Küche, jenen Abendessen

aus Kohlehydraten und Fleisch,
dank meiner Bibliothek, meiner Medizin, meinem Badewasser,
taucht ihr nun in kleine braune Tümpel wie schlammige Ottern!

Ihr bringt einen Toast
auf morgen aus, zerschmettert die Tasse,
eure falschen Weiber schlecken das Mahl, das ich andicken mußte.

When you come back I'll buy
a wig of yellow hair;
I'll squat in a new red dress; I'll be playing solitaire

on the kitchen floor.
Yes . . . I'll gather myself in
like cut flowers and ask you how you are and where you've been.

July 22, 1963

Wenn ihr zurückkommt, kaufe ich mir
eine Perücke aus gelbem Haar;
hock mich hin in einem neuen roten Kleid, spiele Solitär

auf dem Küchenboden.
Ja . . . Ich umfasse mich wie ein Bund Blumen
und frag, wie es euch geht und wo ihr gewesen seid.

22. Juli 1963

To Lose the Earth

To lose the earth you know, for greater knowing; to lose the life you have, for greater life; to leave the friends you loved, for greater loving; to find a land more kind than home, more large than earth . . .

Thomas Wolfe

The wreckage of Europe or the birth of Africa,
the old palaces, the wallets of the tourists,
the Common Market or the smart cafés,
the boulevards in the graceful evening,
the cliff-hangers, the scientists,
and the little shops raising their prices
mean nothing to me.
Each day I think only
of this place, only this place
where the musician works.
He plays his flute in a cave
that a pharaoh built by the sea.
He is blowing on light,
each time for the first time.
His fingers cover the mouths of all the sopranos,
each a princess in an exact position.

If you can find it,
the music takes place in a grotto,
a great hole in the earth.
You must wait outside the mouth hole for hours
while the Egyptian boatman howls the password
and the sea keeps booming and booming.
At that point you will be in a state of terror,
moaning, "How can we?"
for you will see only the unreliable chain
that is meant to drag you in.
It is called *Waiting on the Edge*.

Die Welt verlieren

Die Welt verlieren, die du kennst, um tieferer Erkenntnis willen;
das Leben verlieren, das du hast, um größeren Lebens willen;
die Freunde verlassen, die du liebtest, um stärkerer Liebe willen;
ein Land finden, mitfühlender als zuhaus, größer als die Welt . . .
Thomas Wolfe

Der Untergang Europas, Afrikas Geburt,
die alten Paläste, die Brieftaschen der Touristen,
der Gemeinsame Markt und die schicken Cafés,
die Boulevards am milden Abend,
die Fortsetzungskrimis, die Wissenschaftler,
die kleinen Läden, die ihre Preise erhöhen,
sie bedeuten mir nichts.
Jeden Tag denke ich nur
an diesen Ort, nur diesen Ort,
wo der Musiker wirkt.
Er spielt Flöte in einer Höhle,
von einem Pharao am Meer gebaut.
Er bläst leicht vor sich hin,
jedesmal zum ersten Mal.
Seine Finger bedecken die Münder aller Soprane,
jede eine Prinzessin in perfekter Haltung.

Wenn du sie finden kannst,
spielt die Musik in einer Grotte,
einem großen Hohlraum in der Erde.
Du mußt stundenlang vor der Mundhöhle warten,
während der ägyptische Bootsmann das Paßwort schreit
und das Meer unaufhörlich tost.
An dieser Stelle erfaßt dich panische Angst
und du stöhnst: „Wie können wir denn?“,
denn du siehst nur die zweifelhafte Kette,
die dich hereinziehen soll.
Dies nennt man *Warten am Rande*.

At the moment of entry
your head will be below the gunwales,
your shoulders will rock and struggle
as you ship hogsheads of water.
"Here?" you will ask,
looking around for your camera and shoes
and then you will not need to ask
for the flutist is playing.
This is the music that you waited for
in the great concert halls,
season after season,
and never found.
It is called *Being Inside*.

It is close to being dead.
Although you had expected pain
there will be no pain,
only that piper, that midwife
with his unforgettable woman's face.
The left side of the flute cannot be seen.
It grows into the wall like something human.
It is driven into the wall like a pipe
that extends, some say,
into the sun.
The flutist sucks and blows.
He is both a woman
and a man,
abandoned to that great force
and spilling it back out.
He is the undefiled,
the eternal listener
who has cried back into the earth.

In the distance other travelers,
others like you who came out of simple curiosity,
remain for generations.

In dem Moment, da du eintrittst,
befindet sich dein Kopf schon unterhalb des Dollbords
und deine Schultern sträuben sich und beben,
während du faßweise Wasser aufnimmst.
„Hier?“ wirst du fragen,
dich nach deiner Kamera und deinen Schuhen umsehen,
und dann wirst du nicht mehr fragen müssen,
denn der Flötist spielt.
Das ist die Musik, auf die du
gewartet hast in den großen Konzertsälen,
Spielzeit um Spielzeit,
aber nie gefunden.
Dies nennt man *Innen drin sein*.

Es ist fast so wie Totsein.
Du hast zwar mit Schmerz gerechnet,
doch du spürst keinen Schmerz.
Nur dieser Bläser ist da, diese Hebamme
mit seinem unvergeßlichen Frauengesicht.
Die linke Seite der Flöte ist nicht zu sehen.
Sie verwächst mit der Mauer wie etwas Menschliches.
Sie ist in die Mauer getrieben wie eine Röhre,
die, so heißt es,
bis zur Sonne hinaufreicht.
Der Flötenspieler saugt und bläst.
Er ist sowohl Frau
als auch Mann,
hingegeben an jene große Kraft,
die er wieder verströmt.
Er ist der Unbefleckte,
der ewige Zuhörer,
der in die Erde zurückgerufen hat.

In weiter Ferne harren andere Reisende,
andere wie du, die aus schlichter Neugier kamen,
generationenlang aus.

From all sides of the cave
you will notice the protruding fingernails
of the dead.
From their coffins
as stale as cheap cigars,
through the tons of suffocating dirt,
they heard
and dug down immediately and persistently.
They scratched down for centuries
in order to enter.

At the far right,
rising from an underground sea,
his toes curled on a black wave,
stands the dwarf;
his instrument is an extension of his tongue.
He holds it fast
as if it would get away,
wet and cold and slippery as it is.
He is the other half.
The one you hadn't expected.
You will jump up and point at him
shouting, "It is you!"
but he will not listen.
He plays his own song, cursing the wind
with his enormous misshapen mouth.

And you, having heard,
you will never leave.
At the moment of entry
you were fed –
– and then you knew.

January 1963

An allen Seiten der Höhle
wirst du die hervorstehenden Fingernägel
der Toten bemerken.
In ihren Särgen,
so muffig wie billige Zigarren,
durch Tonnen erstickenden Erdreichs hindurch
hörten sie
und gruben sofort und hartnäckig nach unten.
Sie scharrten sich jahrhundertelang nach unten,
um einzutreten.

Ganz weit rechts,
aufsteigend aus einem unterirdischen Meer,
die Zehen um eine schwarze Woge gekrallt,
steht der Zwerg;
sein Instrument ist eine Verlängerung seiner Zunge.
Er umklammert es fest,
als wollte es ihm entgleiten,
naß und kalt und glitschig, wie es ist.
Er ist die andere Hälfte.
Die, mit der du nicht gerechnet hattest.
Du wirst aufspringen und auf ihn zeigen
und rufen: „Du bist das!“
doch er wird nicht hinhören.
Er spielt seine eigene Melodie, verflucht den Wind
mit seinem riesigen verunstalteten Mund.

Und du, nachdem du gehört hast,
wirst niemals fortgehen.
In dem Moment, da du eintratst,
wurdest du gespeist –
– und da erkanntest du.

Januar 1963

Sylvia's Death

for Sylvia Plath

O Sylvia, Sylvia,
with a dead box of stones and spoons,

with two children, two meteors
wandering loose in the tiny playroom,

with your mouth into the sheet,
into the roofbeam, into the dumb prayer,

(Sylvia, Sylvia,
where did you go
after you wrote me
from Devonshire
about raising potatoes
and keeping bees?)

what did you stand by,
just how did you lie down into?

Thief! –
how did you crawl into,

crawl down alone
into the death I wanted so badly and for so long,

the death we said we both outgrew,
the one we wore on our skinny breasts,

the one we talked of so often each time
we downed three extra dry martinis in Boston,

Sylvias Tod
für Sylvia Plath

O Sylvia, Sylvia,
mit einer Totenkiste voller Steine und Löffel,

mit zwei Kindern, zwei Meteoren,
die ziellos durch das winzige Spielzimmer irren,

mit deinem Mund in das Backblech,
in den Dachbalken, ins stumme Gebet,

(Sylvia, Sylvia,
wohin bist du gegangen,
nachdem du mir
aus Devonshire schriebst,
daß du Kartoffeln ziehst
und Bienen züchtest?)

was hast du mitangesehen,
wie hast du dich bloß hineingelegt?

Diebin! –
wie bist du hineingekrochen,

hinuntergekrochen allein
in den Tod, den ich so lange schon heftig ersehnte,

den Tod, von dem wir sagten, wir wären über ihn hinaus,
den Tod, den wir an unseren mageren Brüsten trugen,

den Tod, über den wir so oft sprachen, wann immer
wir in Boston drei extratrockene Martinis kippten,

the death that talked of analysts and cures,
the death that talked like brides with plots,

the death we drank to,
the motives and then the quiet deed?

(In Boston
the dying
ride in cabs,
yes death again,
that ride home
with *our* boy.)

O Sylvia, I remember the sleepy drummer
who beat on our eyes with an old story,

how we wanted to let him come
like a sadist or a New York fairy

to do his job,
a necessity, a window in a wall or a crib,

and since that time he waited
under our heart, our cupboard,

and I see now that we store him up
year after year, old suicides

and I know at the news of your death,
a terrible taste for it, like salt.

(And me,
me too.
And now, Sylvia,
you again

den Tod, der von Analytikern und Heilungen sprach,
den Tod, der wie Frischvermählte sprach, die Grabstellen haben,

den Tod, dem wir zuprosteten,
die Gründe und dann die ruhige Tat?

(In Boston
fahren
die Sterbenden mit dem Taxi,
ja, wieder der Tod,
diese Heimfahrt
mit *unserem* Jungen.)

O Sylvia, ich entsinne mich des schläfrigen Trommlers,
der auf unsere Augen einschlug mit einer alten Geschichte,

wie sehnten wir ihn herbei,
wie einen Sadisten oder einen New Yorker Schwulen,

sein Geschäft zu erledigen,
eine Notwendigkeit, ein Fenster in der Wand oder ein Kinderbett,

und seit jener Zeit hat er gewartet
unter unserem Herzen, unserem Geschirrschrank,

und ich begreife jetzt, daß wir ihn aufbewahren
Jahr um Jahr, alte Selbstmörderinnen,

und ich verspüre bei der Nachricht von deinem Tod
ein schreckliches Gelüst danach, wie nach Salz.

(Und ich,
ich auch.
Und jetzt, Sylvia,
du wieder,

with death again,
that ride home,
with *our* boy.)

And I say only
with my arms stretched out into that stone place,

what is your death
but an old belonging,

a mole that fell out
of one of your poems?

(O friend,
while the moon's bad,
and the king's gone,
and the queen's at her wit's end
the bar fly ought to sing!)

O tiny mother,
you too!
O funny duchess!
O blonde thing!

February 17, 1963

wieder mit dem Tod,
jene Heimfahrt
mit *unserem* Jungen.)

Und ich, die Arme ausgestreckt zu diesem Ort aus Stein,
sage nur,

was ist denn dein Tod,
wenn nicht ein altes Zubehör,

ein Muttermal, herausgefallen
aus einem deiner Gedichte?

(O Freundin,
da der Mond nun mal verdorben
und der König dahin
und die Königin am Ende ihrer Weisheit ist,
sollte die Barhockerin singen!)

O winzige Mutter,
auch du!
O komische Herzogin!
O blondes Ding!

17. Februar 1963

Protestant Easter
eight years old

When he was a little boy,
Jesus was good all the time.
No wonder that he grew up to be such a big shot
who could forgive people so much.
When he died everyone was mean.
Later on he rose when no one else was looking.
Either he was hiding or else
he went up.
Maybe he was only hiding?
Maybe he could fly?

Yesterday I found a purple crocus
blowing its way out of the snow.
It was all alone.
It was getting its work done.
Maybe Jesus was only getting his work done
and letting God blow him off the Cross
and maybe he was afraid for a minute
so he hid under the big stones.
He was smart to go to sleep up there
even though his mother got so sad
and let them put him in a cave.
I sat in a tunnel when I was five.
That tunnel, my mother said,
went straight into the big river
and so I never went again.
Maybe Jesus knew my tunnel
and crawled right through to the river
so he could wash all the blood off.
Maybe he only meant to get clean
and then come back again?
Don't tell me that he went up in smoke

Protestantische Ostern
acht Jahre alt

Als er ein kleiner Junge war,
war Jesus immerzu gut.
Kein Wunder, daß er als Erwachsener ein so toller Kerl war,
der den Leuten so viel verzeihen konnte.
Als er starb, waren alle gemein.
Später stand er auf, als niemand hinsah.
Entweder versteckte er sich oder aber
er fuhr hoch.
Vielleicht versteckte er sich bloß?
Vielleicht konnte er fliegen?

Gestern fand ich einen violetten Krokus,
der sich seinen Weg aus dem Schnee sprengte.
Er war ganz allein.
Er brachte seine Arbeit zu Ende.
Vielleicht brachte Jesus auch nur seine Arbeit zu Ende
und ließ sich von Gott fortwehen vom Kreuz,
und vielleicht fürchtete er sich einen Augenblick lang
und versteckte sich deshalb unter den großen Steinen.
Schlau von ihm, zum Schlafen dort rauf zu gehen,
obwohl seine Mutter so traurig wurde
und ihn in eine Höhle legen ließ.
Als ich fünf war, saß ich in einem Tunnel.
Dieser Tunnel, sagte meine Mutter,
führe direkt in den großen Fluß,
und deshalb ging ich nie wieder hin.
Vielleicht kannte Jesus meinen Tunnel
und kroch durch ihn durch bis zum Fluß,
damit er all das Blut abwaschen konnte.
Vielleicht wollte er sich nur säubern
und dann wiederkommen?
Erzählt mir nicht, daß er in Rauch aufging

like Daddy's cigar!
He didn't blow out like a match!

It is special
being here at Easter
with the Cross they built like a capital T.
The ceiling is an upside-down rowboat.
I usually count its ribs.
Maybe he was drowning?
Or maybe we are all upside down?
I can see the face of a mouse inside
of all that stained-glass window.
Well, it could be a mouse!
Once I thought the Bunny Rabbit was special
and I hunted for eggs.
That's when I was seven.
I'm grownup now. Now it's really Jesus.
I just have to get Him straight.
And right now.

Who are we anyhow?
What do we belong to?
Are we a *we*?
I think that he rose
but I'm not quite sure
and they don't really say
singing their *Alleluia*
in the churchy way.
Jesus was on that Cross.
After that they pounded nails into his hands.
After that, well, after that,
everyone wore hats
and then there was a big stone rolled away
and then almost everyone –
the ones who sit up straight –
looked at the ceiling.

wie Daddys Zigarre!
Er ist nicht wie ein Streichholz verloschen!

Es ist etwas Besonderes,
zu Ostern hier zu sein
bei dem Kreuz, das wie ein großes T geformt ist.
Die Decke ist ein Ruderboot, verkehrt herum.
Ich zähle immer seine Rippen.
Vielleicht ist er ertrunken?
Oder vielleicht stehen wir alle kopf?
Mitten in dieser Fensterscheibe aus buntem Glas
sehe ich das Gesicht einer Maus.
Zumindest könnte es eine Maus sein!
Früher war für mich der Osterhase etwas Besonderes,
und ich suchte Ostereier.
Da war ich sieben.
Jetzt bin ich groß. Jetzt geht es wirklich um Jesus.
Ich muß Ihn einfach kapieren.
Und zwar jetzt gleich.

Wer sind wir überhaupt?
Wohin gehören wir?
Sind wir ein *Wir*?
Ich glaube, daß er auferstand,
doch ich bin nicht ganz sicher,
und sie sagen es nicht genau,
wenn sie ihr *Halleluja*
auf Kirchenart singen.
Jesus war an diesem Kreuz.
Danach schlug man ihm Nägel in die Hände.
Und danach, ja, danach
hatten alle Hüte auf,
und dann wurde ein großer Stein beiseitegerollt
und dann schauten fast alle –
diejenigen, die aufrecht sitzen –
zur Decke hinauf.

Alleluia they sing.
They don't know.
They don't care if he was hiding or flying.
Well, it doesn't matter how he got there.
It matters where he was going.
The important thing for me
is that I'm wearing white gloves.
I always sit straight.
I keep on looking at the ceiling.
And about Jesus,
they couldn't be sure of it,
not so sure of it anyhow,
so they decided to become Protestants.
Those are the people that sing

when they aren't quite
sure.

Spring 1963

Halleluja singen sie.
Sie wissen es nicht.
Es kümmert sie nicht, ob er sich versteckte oder fortflog.
Ist ja auch egal, wie er dahin kam.
Nicht egal ist, wo er hinging.
Für mich ist wichtig,
daß ich weiße Handschuhe anhab.
Ich sitze immer aufrecht.
Ich schaue weiter zur Decke hinauf.
Und bei Jesus,
da konnten sie sich nicht sicher sein,
jedenfalls nicht so ganz sicher,
deshalb beschlossen sie, Protestanten zu werden.
Das sind die Leute, die singen,

wenn sie sich nicht ganz
sicher sind.

Frühjahr 1963

For the Year of the Insane

a prayer

O Mary, fragile mother,
hear me, hear me now
although I do not know your words.
The black rosary with its silver Christ
lies unblessed in my hand
for I am the unbeliever.
Each bead is round and hard between my fingers,
a small black angel.
O Mary, permit me this grace,
this crossing over,
although I am ugly,
submerged in my own past
and my own madness.
Although there are chairs
I lie on the floor.
Only my hands are alive,
touching beads.
Word for word, I stumble.
A beginner, I feel your mouth touch mine.

I count beads as waves,
hammering in upon me.
I am ill at their numbers,
sick, sick in the summer heat
and the window above me
is my only listener, my awkward being.
She is a large taker, a soother.
The giver of breath
she murmurs,
exhaling her wide lung like an enormous fish.

Zum Jahr der Geisteskranken
ein Gebet

O Maria, zerbrechliche Mutter,
erhöre mich, erhöre mich heut,
obwohl ich deine Worte nicht kenne.
Der schwarze Rosenkranz mit dem silbernen Christus
liegt ungesegnet in meiner Hand,
denn ich bin die Ungläubige.
Jede Perle ist rund und hart zwischen meinen Fingern,
ein kleiner schwarzer Engel.
O Maria, gewähre mir diese Gnade,
dieses Überschreiten,
obwohl ich häßlich bin,
von meiner Vergangenheit
und meinem Wahnsinn überschwemmt.
Obwohl hier Stühle stehen,
liege ich auf dem Boden.
Nur meine Hände sind lebendig,
berühren Perlen.
Wort für Wort, so stammle ich.
Ich, die Anfängerin, spüre, wie dein Mund meinen berührt.

Ich zähle die Perlen
wie auf mich einschlagende Wellen.
Ihre Vielzahl macht mich krank,
in der Sommerhitze wird mir schlecht, so schlecht,
und das Fenster über mir
ist mein einziger Zuhörer, mein mißliches Dasein.
Sie ist groß im Nehmen, ist eine Besänftigerin.
Der uns seinen Atem gibt,
flüstert sie
und leert ihre weite Lunge wie ein riesiger Fisch.

Closer and closer
comes the hour of my death
as I rearrange my face, grow back,
grow undeveloped and straight-haired.
All this is death.
In the mind there is a thin alley called death
and I move through it as
through water.
My body is useless.
It lies, curled like a dog on the carpet.
It has given up.
There are no words here except the half-learned,
the *Hail Mary* and the *full of grace*.
Now I have entered the year without words.
I note the queer entrance and the exact voltage.
Without words they exist.
Without words one may touch bread
and be handed bread
and make no sound.

O Mary, tender physician,
come with powders and herbs
for I am in the center.
It is very small and the air is gray
as in a steam house.
I am handed wine as a child is handed milk.
It is presented in a delicate glass
with a round bowl and a thin lip.
The wine itself is pitch-colored, musty and secret.
The glass rises on its own toward my mouth
and I notice this and understand this
only because it has happened.
I have this fear of coughing
but I do not speak,
a fear of rain, a fear of the horseman
who comes riding into my mouth.

Immer näher
rückt die Stunde meines Todes,
derweil ich mein Gesicht neu füge, mich zurückentwickle,
formlos werde mit glattem Haar.
Alles das ist der Tod.
Im Kopf ist eine schmale Gasse, Tod genannt,
und ich schreite durch sie hindurch wie
durch Wasser.
Mein Körper ist nutzlos.
Er liegt zusammengerollt wie ein Hund auf dem Teppich.
Er hat aufgegeben.
Hier gibt es keine Worte außer den halbverstandenen,
dem *Gegrüßet seist du, Maria* und dem *voller Gnade.*
Jetzt bin ich in das Jahr ohne Worte eingetreten.
Ich gewahre den sonderbaren Eingang, die korrekte Spannung.
Wortlos existieren sie.
Wortlos darf man Brot berühren
und Brot gereicht bekommen
und keinen Laut von sich geben.

O Maria, zärtliche Ärztin,
komm mit Pulvern und Kräutern,
denn ich befinde mich im Zentrum.
Es ist sehr klein, und die Luft ist grau
wie in einem Dampfbad.
Man reicht mir Wein wie einem Kinde Milch.
Er wird in einem zarten Glas
mit rundem Kelch und dünnem Rand dargebracht.
Der Wein selbst ist pechfarben, modrig und geheimnisvoll.
Das Glas hebt sich von selbst zu meinem Mund,
und ich nehme es wahr und verstehe es,
einfach weil es geschehen ist.
Ich befürchte, husten zu müssen,
doch ich spreche nicht,
fürchte den Regen, fürchte den Reiter,
der in meinen Mund geritten kommt.

The glass tilts in on its own
and I am on fire.
I see two thin streaks burn down my chin.
I see myself as one would see another.
I have been cut in two.

O Mary, open your eyelids.
I am in the domain of silence,
the kingdom of the crazy and the sleeper.
There is blood here
and I have eaten it.
O mother of the womb,
did I come for blood alone?
O little mother,
I am in my own mind.
I am locked in the wrong house.

August 1963

Das Glas leert sich von selbst in mich,
und ich bin entflammt.
Ich sehe zwei dünne Rinnsale mein Kinn hinabzüngeln.
Ich sehe mich, wie man jemand anderen sähe.
Ich bin zweigeteilt.

O Maria, öffne die Augenlider.
Ich befinde mich in der Region des Schweigens,
im Königreich der Irren und der Schläfer.
Hier ist Blut,
und ich habe es gegessen.
O Mutter des Schoßes,
kam ich allein des Blutes wegen?
O kleine Mutter,
ich krieg mich nicht aus meinem Kopf.
Ich bin im falschen Haus eingesperrt.

August 1963

Crossing the Atlantic

We sail out of season into an oyster-gray wind,
over a terrible hardness.
Where Dickens crossed with *mal de mer*
in twenty weeks or twenty days
I cross toward him in five.
Wrapped in robes –
not like Caesar but like liver with bacon –
I rest on the stern
burning my mouth with a wind-hot ash,
watching my ship
bypass the swells
as easily as an old woman reads a palm.
I think, as I look North, that a field of mules
lay down to die.

The ship is 27 hours out.
I have entered her.
She might be a whale,
sleeping 2000 and ship's company,
the last 40 ¢ martini
and steel staterooms where night goes on forever.
Being inside them is, I think,
the way one would dig into a planet
and forget the word *light*.
I have walked cities,
miles of mole alleys with carpets.
Inside I have been ten girls who speak French.
They languish everywhere like bedsheets.

Überfahrt über den Atlantik

Zur Unzeit segeln wir in einen austerngrauen Wind,
über eine schreckliche Härte.
Was Dickens mit *mal de mer*
in zwanzig Wochen oder zwanzig Tagen überquerte,
überquere ich, zu ihm unterwegs, in fünf.
Von einem Mantel umhüllt –
nicht wie Cäsar, eher wie Leber mit Speck –,
liege ich auf dem Achterdeck,
verbrenne mir den Mund mit windheißer Asche,
sehe mein Schiff
die Dünung umfahren,
so mühelos, wie eine alte Frau aus der Hand liest.
Nach Norden schauend, stell ich mir vor, eine Herde Maulesel
hätte sich zum Sterben niedergelegt.

Das Schiff ist 27 Stunden draußen,
und ich befinde mich darin.
Es könnte ein Wal sein,
in dem 2000 Menschen und die Crew Platz haben,
der letzte 40-Cent-Martini
und die stählernen Kabinen, in denen ewig Nacht ist.
In ihnen drin sein ist, stelle ich mir vor,
als bohrte man sich in einen Planeten
und vergäße das Wort *Licht*.
Ich bin durch Städte gegangen,
durch meilenlange Maulwurfsgänge mit Teppichen.
Innerlich war ich zehn Mädchen, die französisch sprechen.
Sie erschlaffen überall wie Bettlaken.

Oh my Atlantic of the cracked shores,
those blemished gates of Rockport and Boothbay,
those harbor smells like the innards of animals!
Old childish Queen, where did you go,
you bayer at wharfs and Victorian houses?

I have read each page of my mother's voyage.
I have read each page of her mother's voyage.
I have learned their words as they learned Dickens'.
I have swallowed these words like bullets.
But I have forgotten the last guest – terror.
Unlike them, I cannot toss in the cabin
as in childbirth.
Now always leaving me in the West
is the wake,
a ragged bridal veil, unexplained,
seductive, always rushing down the stairs,
never detained, never enough.

The ship goes on
as though nothing else were happening.
Generation after generation,
I go her way.
She will run East, knot by knot, over an old bloodstream,
stripping it clear,
each hour ripping it, pounding, pounding,
forcing through as through a virgin.
Oh she is so quick!
This dead street never stops!

September 1963

Oh, mein Atlantik mit den zerklüfteten Küsten,
den defekten Schleusentoren von Rockport und Boothbay,
den Hafengerüchen wie die Innereien von Tieren!
Alte kindische Queen, wohin bist du verschwunden,
die du Piers und alte viktorianische Häuser angeheult hast?

Ich habe jedes Blatt von der Reise meiner Mutter gelesen.
Ich habe jedes Blatt von der Reise ihrer Mutter gelesen.
Ich hab ihre Worte studiert wie sie ihren Dickens.
Ich habe diese Worte geschluckt wie Geschosse.
Den letzten Gast aber habe ich vergessen – die panische Angst.
Anders als sie, kann ich mich nicht hin- und herwerfen in der Kabine
wie bei einer Niederkunft.
Immer läßt es mich nun im Westen hinter sich zurück,
das Kielwasser,
ein zerrissener Brautschleier, unerklärt,
verführerisch, immer die Treppe hinabwallend,
nie aufgehalten, nie genug.

Das Schiff fährt weiter,
als geschähe sonst nichts.
Generation um Generation
fahre ich mit.
Knoten um Knoten läuft es ostwärts über einen alten Blutstrom,
legt ihn frei,
reißt ihn jede Stunde auf, stampft, stampft,
schändet ihn wie eine Jungfrau.
Oh, es ist so schnell!
Diese Totenstraße endet nie!

September 1963

Walking in Paris

I come back to your youth, my Nana,
as if I might clean off
the mad woman you became,
withered and constipated,
howling into your own earphone.
I come, in middle age,
to find you at twenty in high hair and long Victorian skirts
trudging shanks' mare fifteen miles a day in Paris
because you could not afford a carriage.
I have walked sixteen miles today.
I have kept up.

I read your Paris letters of 1890.
Each night I take them to my thin bed
and learn them as an actress learns her lines.
"Dear homefolks" you wrote,
not knowing I would be your last home,
not knowing that I'd peel your life back to its start.
What is so real as walking your streets!
I too have the sore toe you tend with cotton.
In Paris 1890 was yesterday
and 1940 never happened –
the soiled uniform of the Nazi
has been unravelled and reknit and resold.
To be occupied or conquered is nothing –
to remain is all!

Having come this far
I will go farther.
You are my history (that stealer of children)
and I have entered you.
I have deserted my husband and my children,

In Paris spazierengehen

Ich kehre zu deiner Jugend zurück, meine Nana,
als könnte ich wegwischen,
was aus dir geworden war: eine Verrückte,
verwelkt und verstopft,
die in ihr Hörgerät schreit.
Ich, mittelalt, entdecke, wie du mit zwanzig,
das Haar hochgesteckt, in langen viktorianischen Röcken
fünfzehn Meilen am Tag auf Schusters Rappen in Paris zurückgelegt hast,
weil du dir keine Kutsche leisten konntest.
Ich bin heute sechzehn Meilen gegangen.
Ich habe Schritt gehalten.

Ich lese deine Pariser Briefe von 1890.
Jede Nacht nehm ich sie mit in mein schmales Bett
und lerne sie auswendig wie eine Schauspielerin ihren Text.
»Ihr Lieben zu Hause«, schriebst du,
nicht wissend, daß ich dein letztes Zuhause sein würde,
daß ich dein Leben aufblättern würde bis zu seinem Beginn.
Was ist so wirklich wie durch deine Straßen zu gehen!
Den wunden Zeh, den du mit Mull verbindest, hab ich auch.
In Paris war 1890 gestern,
und 1940 hat es nicht gegeben –
die besudelte Naziuniform
wurde aufgetrennt und wieder zusammengenäht und wieder verkauft.
Besetzt oder erobert werden ist nichts –
überdauern ist alles!

Da ich schon so weit gekommen bin,
will ich noch weiter gehen.
Du bist meine Vergangenheit (diese Kinderdiebin),
und ich bin nun ein Teil von dir.
Ich habe Mann und Kindern den Rücken gekehrt,

the Negro issue, the late news and the hot baths.
My room in Paris, no more than a cell,
is crammed with 58 lbs. of books.
They are all that is American and forgotten.
I read your letters instead,
putting your words into my life.

Come, old woman,
we will be sisters!
We will price the menus in the small cafés, count francs,
observe the tower where Marie Antoinette awaited her beheading,
kneel by the rose window of Notre Dame,
and let cloudy weather bear us home early
to huddle by the weak stove in Madame's kitchen.
We will set out tomorrow in stout shoes
to buy a fur muff for our blue fingers.
I take your arms boldly,
each day a new excursion.
Come, my sister,
we are two virgins,
our lives once more perfected
and unused.

October 1963

der Negerfrage, den Spätnachrichten und den heißen Bädern.
Mein Zimmer in Paris, nicht größer als eine Zelle,
ist mit 58 Pfund Büchern vollgestopft.
Sie sind alles, was amerikanisch ist und vergessen.
Statt dessen lese ich deine Briefe,
füge deine Worte in mein Leben ein.

Komm, Alte,
wir werden Schwestern sein!
Wir werden die Preise auf den Speisekarten der kleinen Cafés vergleichen,
Francs zählen, den Turm betrachten, in dem Marie Antoinette ihrer
Enthauptung harrte, vor der Fensterrosette von Notre Dame knien
und uns von bewölktem Himmel früh nach Hause schicken lassen,
um uns in Madames Küche um den kraftlosen Ofen zu kuscheln.
Morgen werden wir mit derben Schuhen aufbrechen
und einen Fellmuff für unsere blauen Finger kaufen.
Ich fasse dich fest am Arm,
jeder Tag ein neuer Streifzug.
Komm, meine Schwester,
wir sind zwei Jungfrauen,
unser Leben wieder einmal vervollkommnet
und ungenutzt.

Oktober 1963

Menstruation at Forty

I was thinking of a son.
The womb is not a clock
nor a bell tolling,
but in the eleventh month of its life
I feel the November
of the body as well as of the calendar.
In two days it will be my birthday
and as always the earth is done with its harvest.
This time I hunt for death,
the night I lean toward,
the night I want.
Well then –
speak of it!
It was in the womb all along.

I was thinking of a son . . .
You! The never acquired,
the never seeded or unfastened,
you of the genitals I feared,
the stalk and the puppy's breath.
Will I give you my eyes or his?
Will you be the David or the Susan?
(Those two names I picked and listened for.)
Can you be the man your fathers are –
the leg muscles from Michelangelo,
hands from Yugoslavia,
somewhere the peasant, Slavic and determined,
somewhere the survivor, bulging with life –
and could it still be possible,
all this with Susan's eyes?

All this without you –
two days gone in blood.

Menstruation mit vierzig

Ich dachte an einen Sohn.
Der Schoß ist keine Uhr
und auch keine läutende Glocke,
doch in seinem elften Lebensmonat
spüre ich den November
des Körpers wie den des Kalenders.
In zwei Tagen habe ich Geburtstag,
und wie immer hat die Erde ihre Ernte eingebracht.
Diesmal bin ich dem Tod auf der Spur,
der Nacht, die ich erstrebe,
der Nacht, die ich will.
Dann also –
sprich davon!
Sie war die ganze Zeit im Schoß.

Ich dachte an einen Sohn . . .
Du! Der nie Erlangte,
der nie Gekeimte, nie Losgelöste,
du aus den Genitalien, die ich fürchtete,
aus dem Halm und dem Hecheln des Hündchens.
Werd ich dir meine Augen geben oder seine?
Wirst du ein David oder eine Susan sein?
(Diese zwei Namen wählte ich, horchte auf ihren Klang.)
Kannst du ein Mann sein, wie deine Vorväter sind:
die Beinmuskeln von Michelangelo,
Hände aus Jugoslawien,
irgendwie Bauer, slawisch und entschlossen,
irgendwie Überlebender, strotzend vor Leben –
und wär es gar möglich,
das alles und Susans Augen noch dazu?

Das alles ohne dich –
zwei Tage in Blut dahin.

I myself will die without baptism,
a third daughter they didn't bother.
My death will come on my name day.
What's wrong with the name day?
It's only an angel of the sun.
Woman,
weaving a web over your own,
a thin and tangled poison.
Scorpio,
bad spider –
die!

My death from the wrists,
two name tags,
blood worn like a corsage
to bloom
one on the left and one on the right –
It's a warm room,
the place of the blood.
Leave the door open on its hinges!

Two days for your death
and two days until mine.

Love! That red disease –
year after year, David, you would make me wild!
David! Susan! David! David!
full and disheveled, hissing into the night,
never growing old,
waiting always for you on the porch...
year after year,
my carrot, my cabbage,
I would have possessed you before all women,
calling your name,
calling you mine.

November 7, 1963

Ich selber werde ungetauft sterben,
eine dritte Tochter, die ihnen egal war.
Mein Tod wird an meinem Namenstag kommen.
Was soll denn daran verkehrt sein?
Der Namenstag ist nur ein Sonnenengel.
Frau,
ein Gespinst webend über die Deinen,
ein feines, verschlungenes Gift.
Skorpion,
böse Spinne –
stirb!

Mein Tod aus den Handgelenken,
zwei Namensschildchen,
Blut, wie ein Ansteckstäußchen getragen,
um zu erblühen,
eins links und eins rechts –
Es ist ein warmes Zimmer,
der Ort des Bluts.
Laßt die Tür sperrangelweit offen!

Zwei Tage für deinen Tod
und zwei Tage bis zu meinem.

Liebe! Diese rote Krankheit –
Jahr um Jahr, David, würdest du mich rasend machen!
David! Susan! David! David!
füllig, mit wirrem Haar, ins Dunkel fauchend,
niemals alternd,
immer an der Tür auf dich wartend . . .
Jahr um Jahr,
meine Karotte, mein Kohlkopf,
hätte ich dich vor allen Frauen besessen,
deinen Namen gerufen,
dich mein genannt.

7. November 1963

Christmas Eve

Oh sharp diamond, my mother!
I could not count the cost
of all your faces, your moods –
that present that I lost.
Sweet girl, my deathbed,
my jewel-fingered lady,
your portrait flickered all night
by the bulbs of the tree.

Your face as calm as the moon
over a mannered sea,
presided at the family reunion,
the twelve grandchildren
you used to wear on your wrist,
a three-months-old baby,
a fat check you never wrote,
the red-haired toddler who danced the twist,
your aging daughters, each one a wife,
each one talking to the family cook,
each one avoiding your portrait,
each one aping your life.

Later, after the party,
after the house went to bed,
I sat up drinking the Christmas brandy,
watching your picture,
letting the tree move in and out of focus.
The bulbs vibrated.
They were a halo over your forehead.
Then they were a beehive,
blue, yellow, green, red;
each with its own juice, each hot and alive

Heiligabend

O scharfer Diamant, meine Mutter!
Ich ahnte nicht, was sie dich kosteten,
alle deine Gesichter, deine Launen –
das Geschenk, das ich verlor.
Süßes Mädchen, mein Sterbebett,
meine Dame mit Juwelenfingern,
dein Portrait flackerte den ganzen Abend
neben den Lichtern des Baumes.

Dein Gesicht, ruhig wie der Mond
über einem gesitteten Meer,
beherrschte die Zusammenkunft der Familie,
die zwölf Enkelkinder,
die du immer am Handgelenk trugst,
ein drei Monate altes Baby,
einen dicken Scheck, den du nie ausschriebst,
den rothaarigen Kleinen, der Twist tanzte,
deine in die Jahre kommenden Töchter, jede unter der Haube,
jede mit dem Familienkoch sprechend,
jede deinem Portrait ausweichend,
jede dein Leben nachäffend.

Später, nach der Feier,
nachdem das Haus zu Bett gegangen war,
blieb ich auf, trank den Weihnachtscognac,
behielt dein Bild im Auge,
ließ den Blick zum Baum wandern und zurück.
Die Lichter vibrierten.
Sie waren ein Heiligenschein über deiner Stirn.
Dann waren sie ein Bienenkorb,
blau, gelb, grün, rot;
jedes mit seinem eigenen Nektar, heiß und lebendig

stinging your face. But you did not move.
I continued to watch, forcing myself,
waiting, inexhaustible, thirty-five.

I wanted your eyes, like the shadows
of two small birds, to change.
But they did not age.
The smile that gathered me in, all wit,
all charm, was invincible.
Hour after hour I looked at your face
but I could not pull the roots out of it.
Then I watched how the sun hit
your red sweater, your withered neck,
your badly painted flesh-pink skin.
You who led me by the nose,
I saw you as you were.
Then I thought of your body
as one thinks of murder...

Then I said Mary –
Mary, Mary, forgive me
and then I touched a present for the child,
the last I bred before your death;
and then I touched my breast
and then I touched the floor
and then my breast again as if,
somehow, it were one of yours.

December 24, 1963

stachen sie dir ins Gesicht. Doch du regtest dich nicht.
Ich sah weiter zu, zwang mich dazu,
wartete unermüdlich, war fünfunddreißig.

Ich wollte, daß deine Augen, wie die Schatten
zweier kleiner Vögel, sich veränderten.
Doch sie alterten nicht.
Das Lächeln, das mich umgarnte, reine List,
reiner Charme, war unbezwingbar.
Stunde um Stunde betrachtete ich dein Gesicht,
doch ich konnte seine Wurzeln nicht ausreißen.
Dann sah ich, wie die Sonne
deinen roten Pullover traf, deinen faltigen Hals,
die schlecht gemalte fleischig-rosa Haut.
Du, die mich an der Nase herumführte,
ich sah dich, wie du warst.
Dann dachte ich an deinen Körper,
wie man an Mord denkt...

Dann sagte ich: Mary –
Mary, Mary, verzeih mir,
und dann berührte ich ein Geschenk für das Kind,
das letzte, das ich vor deinem Tod gebar,
und dann berührte ich meine Brust
und dann berührte ich den Boden
und dann wieder meine Brust, als sei es,
irgendwie, eine von dir.

24. Dezember 1963

KE 6-8018

Black lady,
two eyes,
low as tobacco, who inked you in?
The shoemaker could not do it,
nor the sculptor nor the cubist.
Trunk is what you are, with two washbowls.
You are a sweetener, a drawer of blood – that's all,
a hot voice, an imminence and then a death.
Why death? Death's in the goodbye.

My love,
when you leave in which crevice will you hide?
What signs will remain?
Black slime will not come of it,
nor backwash from the traveler.
You will rest
like a drowned bat upon my shoulder.
In one hand I will have to hold that silence.
There will be no track anymore.
There will be only that peculiar waiting.
There will be nothing to pick up.
There will be nothing.

There will have been a house –
a house that I knew,
the center of it,
a tiny heart,
synthetic though it was
making that thin buzz-buzz
like a sly beetle.

KE 6-8018

Schwarze Dame,
Augenpaar,
ordinär wie Tabak, wer hat dich eingefärbt?
Der Schuhmacher konnte es nicht sein
und nicht der Bildhauer, nicht der Kubist.
Ein Rumpf bist du, mit zwei Waschschüsseln.
Du weckst die Süße, du preßt Blut ab – das ist alles,
bist eine heiße Stimme, eine Bedrohung und dann ein Tod.
Warum Tod? In jedem Abschied ist ein Sterben.

Liebste,
wenn du gehst, in welcher Spalte wirst du dich verstecken?
Was für Zeichen werden bleiben?
Schwarzer Schleim wird nicht daraus entstehen,
auch keine Nachwirkung der Reisenden.
Wie eine ertrunkene Fledermaus
wirst du auf meiner Schulter ruhen.
In einer Hand muß ich dann diese Stille halten.
Es wird keine Spur mehr da sein.
Es wird nur dieses sonderbare Warten geben.
Es wird nichts aufzuheben geben.
Es wird nichts sein.

Es wird ein Haus gewesen sein –
ein Haus, das ich kannte,
sein Zentrum,
ein winziges Herz,
machte, obgleich es künstlich war,
dieses dünne Summ-summ
wie ein listiger Käfer.

Black lady,
what will I do
without your two flowers?
I have inhabited you, number by number.
I have pushed you in and out like a needle.
Funny digits, I have danced upon your trunk
and I have knelt on your torso.
With my words I have perjured my soul.
Take note – there will be an absence.
It will be a cancer, spreading like a white dog
who doubles back, not knowing his name.

Although I will inherit darkness
I will keep dialing left to right.
I will struggle like a surgeon.
I will call quickly for the glare of the moon.
I will even dial milk.
I will hold the thread that was fished through the ceiling
that leads to the roof, the pole, the grass,
that ends in the sea.

I will not wait at the rail
looking upon death,
that single stone.
I will call for the boy-child I never had.
I will call like the Jew at the gate.
I will dial the wound over and over
and you will not yield
and there will be nothing,
black lady, nothing,
although I will wait,
unleashed and unheard.

January 3, 1964

Schwarze Dame,
was werde ich anfangen
ohne dein Blütenpaar?
Ich habe in dir gelebt, Zahl um Zahl.
Ich habe dich hinein- und herausgedrückt wie eine Nadel.
Komische Ziffern, ich hab auf eurem Rumpf getanzt,
und ich hab auf eurem Torso gekniet.
Mit meinen Worten hab ich meine Seele verleugnet.
Gib acht – es wird eine Abwesenheit sein,
ein Krebsgeschwür, das sich ausdehnt wie ein weißer Hund,
der zurückweicht, seinen Namen nicht kennt.

Obgleich die Dunkelheit mein Erbteil sein wird,
werde ich weiter die Wählscheibe drehen.
Ich werde mich abmühen wie ein Chirurg.
Ich werde schnell nach dem Glanz des Mondes rufen.
Ich werde sogar Milch anwählen.
Ich werde ihn festhalten, den durch die Decke gefischten Faden,
der zum Dach hinaufführt, zum Pol, zum Gras,
und im Meer endet.

Ich werde nicht an den Gleisen warten
und nach dem Tod Ausschau halten,
jenem Steinblock.
Ich werde nach dem Sohn rufen, den ich nie hatte.
Ich werde rufen wie der Jude an der Pforte.
Ich werde die Wunde immer wieder anwählen
und du wirst nicht weichen
und es wird nichts sein,
schwarze Dame, nichts,
obgleich ich warten werde,
abgehängt und ungehört.

3. Januar 1964

Wanting to Die

Since you ask, most days I cannot remember.
I walk in my clothing, unmarked by that voyage.
Then the almost unnameable lust returns.

Even then I have nothing against life.
I know well the grass blades you mention,
the furniture you have placed under the sun.

But suicides have a special language.
Like carpenters they want to know *which tools.*
They never ask *why build.*

Twice I have so simply declared myself,
have possessed the enemy, eaten the enemy,
have taken on his craft, his magic.

In this way, heavy and thoughtful,
warmer than oil or water,
I have rested, drooling at the mouth-hole.

I did not think of my body at needle point.
Even the cornea and the leftover urine were gone.
Suicides have already betrayed the body.

Still-born, they don't always die,
but dazzled, they can't forget a drug so sweet
that even children would look on and smile.

To thrust all that life under your tongue! –
that, all by itself, becomes a passion.
Death's a sad bone; bruised, you'd say,

Sterben wollen

Da du fragst, an die meisten Tage erinnere ich mich nicht.
Ich gehe in meinen Kleidern, man sieht mir die Reise nicht an.
Dann kehrt die fast unsägliche Lust zurück.

Nicht einmal dann hab ich was gegen das Leben.
Ich kenne sie gut, die Grashalme, die du erwähnst,
die Möbel, die du in die Sonne gerückt hast.

Aber Selbstmörder haben eine besondere Sprache.
Wie Zimmerleute fragen sie nur: *welches Werkzeug*,
niemals jedoch: *warum bauen*.

Zweimal habe ich mich so einfach erklärt,
habe den Feind besessen, den Feind gegessen,
seine Kunst, seine Magie übernommen.

Auf diese Weise, schwer und gedankenvoll,
wärmer als Öl oder Wasser,
hab ich mit Sabber am Mundloch ausgeruht.

An meinen Körper auf des Messers Schneide hab ich nicht gedacht.
Sogar die Hornhaut war weg, der letzte Rest Urin.
Selbstmörder haben den Körper schon immer betrogen.

Totgeboren, sterben sie nicht immer, können aber,
geblendet, eine Sucht nicht vergessen, so süß,
daß sogar Kinder lächelnd hinschauen würden.

Sich all das Leben unter die Zunge zu stopfen! –
das wird von ganz allein zur Leidenschaft.
Der Tod ist eine triste Knochenfrau, geschunden, sagtest du immer,

and yet she waits for me, year after year,
to so delicately undo an old wound,
to empty my breath from its bad prison.

Balanced there, suicides sometimes meet,
raging at the fruit, a pumped-up moon,
leaving the bread they mistook for a kiss,

leaving the page of the book carelessly open,
something unsaid, the phone off the hook
and the love, whatever it was, an infection.

February 3, 1964

und doch wartet sie auf mich, Jahr für Jahr,
um behutsam eine alte Wunde zu tilgen,
meinen Atem aus seinem elenden Gefängnis zu befreien.

So eins mit sich, finden Selbstmörder manchmal zusammen,
wüten gegen die Frucht, einen aufgepumpten Mond,
lassen das Brot, das sie mit einem Kuß verwechselten, liegen,

lassen das Buch achtlos aufgeschlagen,
lassen etwas ungesagt, den Hörer neben der Gabel
und die Liebe, egal welche, eine ansteckende Krankheit.

3. Februar 1964

The Wedding Night

There was this time in Boston
before spring was ready – a short celebration –
and then it was over.
I walked down Marlborough Street the day you left me
under branches as tedious as leather,
under branches as stiff as drivers' gloves.
I said, (but only because you were gone)
"Magnolia blossoms have rather a southern sound,
so unlike Boston anyhow",
and whatever it was that happened, all that pink,
and for so short a time,
was unbelievable, was pinned on.

The magnolias had sat once, each in a pink dress,
looking, of course, at the ceiling.
For weeks the buds had been as sure-bodied
as the twelve-year-old flower girl I was
at Aunt Edna's wedding.
Will they bend, I had asked,
as I walked under them toward you,
bend two to a branch,
cheek, forehead, shoulder to the floor?
I could see that none were clumsy.
I could see that each was tight and firm.
Not one of them had trickled blood –
waiting as polished as gull beaks,
as closed as all that.

I stood under them for nights, hesitating,
and then drove away in my car.
Yet one night in the April night
someone (someone!) kicked each bud open –

Die Hochzeitsnacht

Es war damals in Boston,
bevor der Frühling soweit war – eine kurze Feier –,
und dann war's vorbei.
An dem Tag, als du fortgingst, lief ich die Marlborough Street entlang
unter Ästen, so langweilig wie Leder,
unter Ästen, so steif wie Autohandschuhe.
Ich sagte (aber nur, weil du fort warst):
„Magnolienblüten klingen ziemlich nach Süden,
ganz anders jedenfalls als Boston",
und was immer auch geschah, all das Rosa
und für so kurze Zeit,
es war unglaubwürdig, war aufgesetzt.

Die Magnolien hatten einmal, jede in einem rosa Kleid,
dagesessen und – natürlich – zur Decke geschaut.
Wochenlang waren die Knospen in ihren Körpern so eingekapselt
wie das zwölfjährige Blumenmädchen, das ich
bei Tante Ednas Hochzeit war.
Werden sie sich beugen, hatte ich gefragt,
als ich unter ihnen auf dich zuging,
immer zwei an einem Zweig,
Wange, Stirn, Schulter gen Boden beugen?
Ich sah, keine einzige war plump.
Ich sah, jede einzelne war dicht und fest.
Aus keiner einzigen war Blut gesickert
beim Warten, so glänzend wie Möwenschnäbel
und ebenso geschlossen.

Nächtelang stand ich zögernd unter ihnen
und fuhr dann mit dem Auto weg.
Doch eines Nachts in der Aprilnacht
hatte einer (einer!) alle Knospen mit einem Hieb aufgestoßen –

to disprove, to mock, to puncture!
The next day they were all hot-colored,
moist, not flawed in fact.
Then they no longer huddled.
They forgot how to hide.
Tense as they had been,
they were flags, gaudy, chafing in the wind.
There was such abandonment in all that!
Such entertainment
in their flaring up.

After that, well –
like faces in a parade,
I could not tell the difference between losing you
and losing them.
They dropped separately after the celebration,
handpicked,
one after the other like artichoke leaves.
After that I walked to my car awkwardly
over the painful bare remains on the brick sidewalk,
knowing that someone had, in one night,
passed roughly through,
and before it was time.

April 27–May 1, 1964

zum Gegenbeweis, zum Hohn, zum Durchbohren!
Am nächsten Tag waren sie heißfarben,
feucht, sogar makellos.
Da drängten sie sich nicht mehr zusammen.
Sie vergaßen, wie man sich verbirgt.
Prall, wie sie gewesen waren,
wurden sie Flaggen, prunkten, rieben sich am Wind.
Und solche Selbstvergessenheit bei alledem!
Solches Vergnügen
an ihrem Aufflammen.

Danach, tja –
wie Gesichter bei einem Umzug,
wußte ich nicht, ob dich verlieren
und sie verlieren das gleiche war.
Sie fielen nach der Feier einzeln ab,
gepflückt
eine nach der anderen wie Artischockenblätter.
Danach ging ich beklommen über die peinvoll nackten Überreste
auf dem Trottoir zu meinem Auto,
wußte, daß einer, und in einer Nacht,
gröblich hindurchgegangen war
und vor der Zeit.

27. April – 1. Mai 1964

Little Girl, My String Bean, My Lovely Woman

My daughter, at eleven
(almost twelve), is like a garden.

Oh, darling! Born in that sweet birthday suit
and having owned it and known it for so long,
now you must watch high noon enter –
noon, that ghost hour.
Oh, funny little girl – this one under a blueberry sky,
this one! How can I say that I've known
just what you know and just where you are?

It's not a strange place, this odd home
where your face sits in my hand
so full of distance,
so full of its immediate fever.
The summer has seized you,
as when, last month in Amalfi, I saw
lemons as large as your desk-side globe –
that miniature map of the world –
and I could mention, too,
the market stalls of mushrooms
and garlic buds all engorged.
Or I think even of the orchard next door,
where the berries are done
and the apples are beginning to swell.
And once, with our first backyard,
I remember I planted an acre of yellow beans
we couldn't eat.

Oh, little girl,
my stringbean,
how do you grow?

Kleines Mädchen, meine Bohnenstange,
meine wunderschöne Frau

Meine Tochter, mit elf
(fast zwölf), ist wie ein Garten.

O Liebling! Geboren in diesem süßen Geburtstagskleid,
das dir so lange gehörte, mit dem du vertraut bist,
mußt du nun miterleben, wie der helle Mittag anbricht –
der Mittag, diese Geisterstunde.
O lustiges kleines Mädchen – dies eine unter einem Blaubeerhimmel,
dies eine! Wie kann ich behaupten, daß ich weiß,
was gerade du weißt und wo gerade du bist?

Es ist kein seltsamer Ort, dieses komische Zuhaus,
wo dein Gesicht in meiner Hand liegt,
so voller Reserviertheit,
so voll von seinem fälligen Fieber.
Der Sommer hat dich gepackt
wie letzten Monat in Amalfi, als ich
Zitronen sah, so groß wie dein Schreibtischglobus –
diese Miniaturlandkarte der Welt –,
und ich könnte auch die Marktstände
erwähnen, vor Champignons
und Knoblauchknollen überquellend.
Mir kommt sogar der Obstgarten nebenan in den Sinn,
wo die Beeren gepflückt sind
und die Äpfel zu schwellen beginnen.
Und im Garten hinter unserem ersten Haus, das weiß ich noch,
pflanzte ich einmal einen Morgen gelbe Bohnen an,
die wir nicht essen konnten.

O kleines Mädchen,
meine Bohnenstange,
wie wächst du?

You grow this way.
You are too many to eat.

I hear
as in a dream
the conversation of the old wives
speaking of *womanhood.*
I remember that I heard nothing myself.
I was alone.
I waited like a target.

Let high noon enter –
the hour of the ghosts.
Once the Romans believed
that noon was the ghost hour,
and I can believe it, too,
under that startling sun,
and someday they will come to you,
someday, men bare to the waist, young Romans
at noon where they belong,
with ladders and hammers
while no one sleeps.

But before they enter
I will have said,
Your bones are lovely,
and before their strange hands
there was always this hand that formed.

Oh, darling, let your body in,
let it tie you in,
in comfort.
What I want to say, Linda,
is that women are born twice.

Du wächst auf diese Weise.
Du bist mehr, als man essen kann.

Wie im Traum
höre ich
das Gespräch der Langverheirateten,
die vom *Frausein* reden.
Ich weiß noch, daß ich selber nichts zu hören bekam.
Ich war allein.
Ich wartete wie eine Zielscheibe.

Laß den hellen Mittag anbrechen –
die Geisterstunde.
Einst glaubten die Römer,
der Mittag sei die Geisterstunde,
und unter dieser bestürzenden Sonne
kann auch ich das glauben,
und eines Tages werden sie zu dir kommen,
eines Tages, Männer, bis zu den Hüften nackt, junge Römer
zur Mittagsstunde, wohin sie gehören,
mit Leitern und Hämmern,
wenn niemand schläft.

Doch bevor sie eintreten,
werde ich gesagt haben:
Deine Glieder sind wunderschön,
und vor ihren fremden Händen
war immer diese Hand, die geformt hat.

O Liebling, laß deinen Körper ein,
laß ihn dich umschließen
in Wohlgefühl.
Was ich sagen will, Linda,
ist, daß Frauen zweimal geboren werden.

If I could have watched you grow
as a magical mother might,
if I could have seen through my magical transparent belly,
there would have been such ripening within:
your embryo,
the seed taking on its own,
life clapping the bedpost,
bones from the pond,
thumbs and two mysterious eyes,
the awfully human head,
the heart jumping like a puppy,
the important lungs,
the becoming –
while it becomes!
as it does now,
a world of its own,
a delicate place.

I say hello
to such shakes and knockings and high jinks,
such music, such sprouts,
such dancing-mad-bears of music,
such necessary sugar,
such goings-on!

Oh, little girl,
my stringbean,
how do you grow?
You grow this way.
You are too many to eat.

What I want to say, Linda,
is that there is nothing in your body that lies.
All that is new is telling the truth.
I'm here, that somebody else,
an old tree in the background.

Hätte ich dir beim Wachsen zusehen können,
wie es vielleicht eine Zaubermutter vermag,
hineinsehen können in meinen durchscheinenden Zauberbauch,
was für ein Reifen hätte ich darin erblickt:
deinen Embryo,
den Samen, der sich verselbständigte,
Leben, das an den Bettpfosten schlug,
Knochen aus dem Teich,
Daumen und zwei rätselhafte Augen,
den überaus menschlichen Kopf,
das wie ein Hündchen springende Herz,
die wichtigen Lungen,
das Werden –
während es wird!
so wie jetzt,
eine Welt ganz für sich,
ein köstlicher Ort.

Ich sage willkommen
zu solchem Rütteln und Pochen, solchem Übermut,
solcher Musik, solchem Sprießen,
solchen musikversessenen Tanzbären,
so unverzichtbarem Zucker,
solchem Treiben!

O kleines Mädchen,
meine Bohnenstange,
wie wächst du?
Du wächst auf diese Weise.
Du bist mehr, als man essen kann.

Was ich sagen will, Linda,
ist, daß nichts in deinem Körper lügt.
Alles, was neu ist, spricht die Wahrheit.
Ich bin hier, diese andere,
ein alter Baum im Hintergrund.

Darling,
stand still at your door,
sure of yourself, a white stone, a good stone –
as exceptional as laughter
you will strike fire,
that new thing!

July 14, 1964

Liebling,
steh still an deiner Tür,
deiner selbst sicher, ein weißer Stein, ein guter Stein –
so außergewöhnlich wie Lachen
wirst du Funken schlagen,
dies Neue!

14. Juli 1964

A Little Uncomplicated Hymn
for Joy

is what I wanted to write.
There *was* such a song!

A song for your kneebones,
a song for your ribs,
those delicate trees that bury your heart;
a song for your bookshelf
where twenty hand-blown ducks sit in a Venetian row;
a song for your dress-up high heels,
your fire-red skate board,
your twenty grubby fingers,
the pink knitting that you start
and never quite finish;
your poster-paint pictures,
all angels making a face,
a song for your laughter
that keeps wiggling a spoon in my sleep.

Even a song for your night
as during last summer's heat wave
where your fever stuck at 104 for two weeks,
where you slept, head on the window sill,
lips as dry as old erasers, your thirst
shimmering and heavy as I spooned water in,
your eyes shut on the thumping June bugs,
the lips moving, mumbling,
sending letters to the stars.
Dreaming, dreaming,
your body a boat,
rocked by your life and my death.
Your fists wound like a ball,
little fetus, little snail,
carrying a rage, a leftover rage
I cannot undo.

Ein kleines unkompliziertes Loblied
für Joy

wollte ich schreiben.
Es *gab* ein solches Lied!

Ein Lied für deine Kniescheiben,
ein Lied für deine Rippen,
diese zarten Bäumchen, die dein Herz bedecken;
ein Lied für dein Bücherbord,
wo zwanzig handgefertigte Glasenten sitzen, im Zickzack aufgereiht;
ein Lied für deine Ausgehschuhe mit den hohen Absätzen,
dein feuerrotes Skateboard,
deine zwanzig Schmuddelfinger,
die rosa Strickarbeit, die du anfängst
und nie ganz zu Ende bringst;
deine Bilder in Plakatfarben,
allesamt Engel, die Grimassen schneiden,
ein Lied für dein Lachen,
das in meinem Schlaf ständig mit einem Löffel fuchtelt.

Sogar ein Lied für deine Nacht
wie während der Hitzewelle letzten Sommer,
als du zwei Wochen lang 40 Grad Fieber hattest,
als du schliefst, den Kopf auf dem Fenstersims,
die Lippen trocken wie alte Radiergummis, dein Durst
flimmernd und heftig, als ich dir Wasser einflößte,
die Augen geschlossen vor den aufprallenden Junikäfern,
die Lippen bewegten sich, murmelten,
sandten Briefe an die Sterne.
Du hast geträumt, geträumt,
dein Körper ein Boot,
geschaukelt von deinem Leben und meinem Tod.
Deine geballten Fäuste,
kleiner Fötus, kleine Schnecke,
umklammerten eine Wut, eine ungestillte Wut,
die ich nicht aus der Welt schaffen kann.

Even a song for your flight
where you fell from the neighbor's tree hut,
where you thought you were walking onto solid blue air,
you thought, *why not?*
and then, you simply left the boards behind
and stepped out into the dust.

O little Icarus,
you chewed on a cloud, you bit the sun
and came tumbling down, head first,
not into the sea, but hard
on the hard packed gravel.
You fell on your eye. You fell on your chin.
What a shiner! What a faint you had
and then crawled home,
a knocked-out humpty dumpty
in my arms.

O humpty-dumpty girl,
I named you Joy.
That's someone's song all by itself.
In the naming of you I named
all things you are...
except the ditch
where I left you once,
like an old root that wouldn't take hold,
that ditch where I left you
while I sailed off in madness
over the buildings and under my umbrella,
sailed off for three years
so that the first candle
and the second candle
and the third candle
burned down alone on your birthday cake.
That ditch I want so much to forget
and that you try each day to forget.

Sogar ein Lied für deinen Flug,
als du von der Baumhütte des Nachbarn gestürzt warst,
als du dachtest, du gingest auf fester blauer Luft,
und dachtest: *warum nicht?*
und dann am Bretterende einfach weiterliefst,
hinaustratst in den Staub.

O kleiner Ikarus,
du hast an einer Wolke geknabbert, hast von der Sonne abgebissen
und bist kopfüber hinabgestürzt,
nicht ins Meer, sondern hart
auf den harten gewalzten Schotter.
Du bist aufs Auge gefallen. Aufs Kinn.
Was für ein Veilchen! Was für eine Ohnmacht du hattest,
und dann kamst du auf allen vieren nach Hause,
ein ganz zerschmettertes Humpty-Dumpty
in meinen Armen.

O Humpty-Dumpty-Mädchen,
ich nannte dich Joy.
Das ist an sich schon ein Lied.
Mit diesem Namen für dich benannte ich
alles, was du bist . . . Freude,
nur den Graben nicht,
in dem ich dich einmal zurückließ
wie eine alte Wurzel, die nicht anwachsen wollte,
jenen Graben, in dem ich dich zurückließ,
als ich im Wahnsinn davonflog
über die Gebäude und unter meinem Schirm,
für drei Jahre davonflog,
so daß die erste Kerze
und die zweite Kerze
und die dritte Kerze
auf deinem Geburtstagskuchen allein niederbrannten.
Jenen Graben, den ich so gern vergessen wollte
und den du täglich zu vergessen versuchst.

Even here in your school portrait
where you repeat third grade,
caught in the need not to grow –
that little prison –
even here you keep up the barrier
with a smile that dies afraid
as it hides your crooked front tooth.
Joy, I call you
and yet your eyes just here
with their shades half-drawn over the gunsights,
over your gigantic knowledge,
over the little blue fish who dart back and forth,
over different streets, the strange rooms,
other people's chairs, other people's food,
ask, "Why was I shut in the cellar?"

And I've got words,
words that dog my heels,
words for sale you might say,
and multiplication cards and cursive writing
that you ignore to teach my fingers
the *cat's cradle* and the *witch's broom.*
Yes! I have instructions before dinner
and hugs after dinner and still those eyes –
away, away,
asking for hymns . . .
without guilt.

And I can only say
a little uncomplicated hymn
is what I wanted to write
and yet I find only your name.
There *was* such a song,
but it's bruised.
It's not mine.

Sogar hier auf deinem Klassenfoto,
wo du das dritte Schuljahr wiederholst,
festgehalten in dem Drang, nicht größer zu werden –
jenem kleinen Gefängnis –
sogar hier hältst du die Distanz aufrecht
mit einem Lächeln, das ängstlich verlischt,
während es deinen schiefen Schneidezahn versteckt.
Joy, ich rufe dich,
und doch wollen deine Augen –
die Klappen halb über das Visier gesenkt,
über dein ungeheures Wissen,
über die kleinen blauen Fische, die hin und her schnellen,
über verschiedene Straßen, die fremden Zimmer,
die Stühle anderer Leute, das Essen anderer Leute –
gerade hier wissen: „Warum wurde ich in den Keller gesperrt?"

Und ich habe Worte,
Worte, die mir auf den Fersen sind,
verkäufliche Worte, könntest du sagen,
und Multiplikationstabellen und kursive Schrift,
die du nicht beachtest, um meinen Fingern
die *Katzenwiege* und den *Hexenbesen* beizubringen.
Ja! Bei mir gibt's vor dem Essen Unterricht
und nach dem Essen Umarmungen, und trotzdem bitten diese Augen –
weit weg, weit weg
unschuldig
um Loblieder.

Und ich kann nur sagen,
ein kleines unkompliziertes Loblied
wollte ich schreiben
und finde doch nur deinen Namen.
Es *gab* ein solches Lied,
doch es ist Flickwerk.
Es ist nicht mein.

You will jump to it someday
as you will jump out of the pitch of this house.
It will be a holiday, a parade, a fiesta!
Then you'll fly.
You'll really fly.
After that you'll, quite simply, quite calmly
make your own stones, your own floor plan,
your own sound.

I wanted to write such a poem
with such musics, such guitars going;
I tried at the teeth of sound
to draw up such legions of noise;
I tried at the breakwater
to catch the star off each ship;
and at the closing of hands
I looked for their houses
and silences.
I found just one.

  you were mine
  and I lent you out.

I look for uncomplicated hymns
but love has none.

March 1965

Eines Tages wirst du dich diesem Lied entgegenschwingen,
wie du dich aus der Tonlage dieses Hauses schwingen wirst.
Das wird ein Festtag sein, eine Parade, eine Fiesta!
Dann wirst du fliegen.
Du wirst wirklich fliegen.
Danach wirst du ganz einfach, ganz ruhig
deine eigenen Steine machen, deinen eigenen Grundriß,
deinen eigenen Klang.

Ein solches Gedicht wollte ich schreiben
mit solchen Noten, solchen Gitarren;
mit der äußersten Kraft des Klangs wollte ich
ganze Legionen von Getöse aufmarschieren lassen;
am Wellenbrecher wollte ich
den Stern von jedem Schiff einfangen:
und wenn sich Hände schlossen,
hielt ich Ausschau nach ihren Häusern
und ihrem Schweigen.
Ich fand nur eines.

du warst mein,
und ich gab dich her.

Ich suche nach unkomplizierten Lobliedern,
doch solche kennt die Liebe nicht.

März 1965

Your Face on the Dog's Neck

It is early afternoon.
You sit on the grass
with your rough face on the dog's neck.
Right now
you are both as still as a snapshot.
That infectious dog ought to let a fly bother her,
ought to run out in an immense field,
chasing rabbits and skunks,
mauling the cats, licking insects off her rump,
and stop using you up.

My darling, why do you lean on her so?
I would touch you,
that pulse brooding under your Madras shirt,
each shoulder the most well built house,
the arms, thin birches that do not escape the breeze,
the white teeth that have known me,
that wait at the bottom of the brook
and the tongue, my little fish!...
but you are stopped in time.

So I will speak of your eyes
although they are closed.
Tell me, where is each stubborn-colored iris?
Where are the quick pupils that make
the floor tilt under me?
I see only the lids, as tough as riding boots.
Why have your eyes gone into their own room?
Goodnight they are saying
from their little leathery doors.
Or shall I sing of eyes
that have been ruined with mercy and lust
and once with your own death

Dein Gesicht am Hals der Hündin

Es ist früher Nachmittag.
Du sitzt im Gras,
dein sprödes Gesicht am Hals der Hündin.
In diesem Augenblick
seid ihr zwei reglos wie ein Schnappschuß.
Diese räudige Hündin sollte sich von einer Fliege plagen lassen,
sollte hinauslaufen auf ein weites Feld,
Skunks und Kaninchen jagen,
die Katzen traktieren, sich Insekten vom Hinterteil lecken
und aufhören, dich zu schwächen.

Mein Liebling, warum hängst du dich so an sie?
Ich würde dich berühren,
den unter deinem Madras-Hemd grübelnden Puls,
die Schultern, jede ein stabil gebautes Haus,
die Arme, dünne Birken, noch vom leisesten Windhauch bewegt,
die weißen Zähne, denen ich vertraut bin,
die am Grund des Baches warten,
und die Zunge, mein kleiner Fisch! . . .
doch für dich steht die Zeit still.

Drum werd ich von deinen Augen sprechen,
obwohl sie geschlossen sind.
Sag mir, wo sind die eigensinnfarbenen Iris?
Wo sind die flinken Pupillen, die den Boden
unter mir zum Schwanken bringen?
Ich seh nur die Lider, so fest wie Reitstiefel.
Warum sind deine Augen in ihr eigenes Zimmer gegangen?
Gute Nacht sagen sie
an ihren kleinen ledernen Türen.
Oder soll ich von Augen singen,
die durch Mitleid und Gier verdorben sind
und einmal von deinem Tod,

when you lay bubbling like a caught fish,
sucking on the manufactured oxygen?
Or shall I sing of eyes
that are resting so near the hair
of that hateful animal?
Love twists me, a Spanish flute plays in my blood,
and yet I can see only
your little sleep, an empty place.

But when your eyes open
against the wool stink of her thick hair,
against the faintly sickening neck of that dog,
whom I envy like a thief,
what will I ask?
Will I speak up saying,
there is a hurried song, a certain seizure
from which I gasp?
Or will your eyes lie in wait,
little field mice nestling on their paws?
Perhaps they will say nothing,
perhaps they will be dark and leaden,
having played their own game
somewhere else,
somewhere far off.

Oh, I have learned them and know that
when they open and glance at me
I will turn like a little dancer
and then, quite simply,
and all by myself,
I will fall,
bound to some mother/father,
bound to your sight,
bound for nowhere
and everywhere.

als du nach Luft schnappend dalagst wie ein gefangener Fisch,
an dem maschinell erzeugten Sauerstoff saugtest?
Oder soll ich von Augen singen,
die so nahe am Fell
dieses abscheulichen Tiers ruhen?
Ich krümme mich vor Liebe, eine spanische Flöte spielt in meinem Blut,
und doch sehe ich nur
deinen kleinen Schlaf, einen leeren Ort.

Doch wenn deine Augen sich öffnen
über dem Wollgestank ihres dichten Fells,
über dem ekelerregenden Hals dieser Hündin,
die ich beneide wie einen Dieb,
was werde ich fragen?
Werd ich den Mund aufmachen und sagen:
ein Lied drängt herauf, das mich überkommt
und mir den Atem verschlägt?
Oder werden deine Augen auf der Lauer liegen,
kleine Feldmäuse, an ihre Pfoten geschmiegt?
Vielleicht werden sie nichts sagen,
vielleicht werden sie dunkel und bleiern sein,
nachdem sie ihr eigenes Spiel gespielt haben,
irgendwo anders,
irgendwo weit weg.

Oh, ich habe in ihnen geforscht und weiß,
wenn sie sich öffnen, mich anschauen,
werd ich mich drehen wie eine kleine Tänzerin
und dann ganz einfach
und ganz von selbst
fallen,
bestimmt durch eine Mutter/einen Vater,
bestimmt durch deinen Anblick,
bestimmt nach nirgendwohin
und überallhin.

Or, perhaps, my darling,
because it is early afternoon,
I will forget that my voice is full of good people,
forget how my legs could sprawl on the terrace,
forget all that the birds might witness,
the torn dress, the shoes lost in the arbor,
while the neighbor's lawnmower bites and spits out
some new little rows of innocent grass.
Certainly,
I need not speak of it at all.
I will crouch down
and put my cheek near you,
accepting this spayed and flatulent bitch you hold,
letting my face rest in an assembled tenderness
on the old dog's neck.

May 19, 1965

Oder, mein Liebling, ich werde,
denn es ist früher Nachmittag,
vergessen, daß meine Stimme voller guter Menschen ist,
vergessen, wie ich die Beine spreizen konnte auf der Terrasse,
alles vergessen, wofür die Vögel Zeuge wären,
das zerrissene Kleid, die Schuhe, in der Laube verloren,
während der Rasenmäher des Nachbarn ein paar neue kleine Reihen
unschuldigen Grases frißt und ausspuckt.
Ja, sicher,
ich bin gar nicht gezwungen, darüber zu reden.
Ich werde mich hinhocken,
die Wange neben dich legen
und es annehmen, das sterilisierte, aufgeblähte Vieh, das du hältst,
mein Gesicht in vereinter Zärtlichkeit ruhen lassen
auf dem Hals der alten Hündin.

19. Mai 1965

Self in 1958

What is reality?
I am a plaster doll; I pose
with eyes that cut open without landfall or nightfall
upon some shellacked and grinning person,
eyes that open, blue, steel, and close.
Am I approximately an I. Magnin transplant?
I have hair, black angel,
black-angel-stuffing to comb,
nylon legs, luminous arms
and some advertised clothes.

I live in a doll's house
with four chairs,
a counterfeit table, a flat roof
and a big front door.
Many have come to such a small crossroad.
There is an iron bed,
(Life enlarges, life takes aim)
a cardboard floor,
windows that flash open on someone's city,
and little more.

Someone plays with me,
plants me in the all-electric kitchen.
Is this what Mrs. Rombauer said?
Someone pretends with me –
I am walled in solid by their noise –
or puts me upon their straight bed.
They think I am me!
Their warmth? Their warmth is not a friend!
They pry my mouth for their cups of gin
and their stale bread.

Selbstportrait im Jahre 1958

Was ist Wirklichkeit?
Ich bin eine Gipspuppe; ich gebärde mich
mit Augen, die aufklappen, ohne daß Land oder Nacht in Sicht ist,
als gelackte, zähnebleckende Person,
sich öffnende Augen, blau, stählern und nah.
Bin ich so etwas wie ein I.-Magnin-Transplantat?
Ich habe Haare, schwarzer Engel,
Schwarzer-Engel-Kunsthaar zum Kämmen,
Nylonbeine, schimmernde Arme
und ein paar Kleider aus der Werbung.

Ich lebe in einem Puppenhaus
mit vier Stühlen,
einem Mehrzwecktisch, einem Flachdach
und einer großen Vordertür.
Viele sind in eine solch kleine Querstraße geraten.
Ein Eisenbett ist vorhanden,
(Das Leben greift um sich, das Leben strebt Zielen zu)
ein Pappfußboden,
Fenster, die plötzlich aufschlagen über einer beliebigen Stadt,
und wenig mehr.

Jemand spielt mit mir,
stellt mich in die vollelektrische Küche.
Hat Mrs. Rombauer das gesagt?
Irgendwelche Leute tun mit mir als ob –
ich bin fest eingemauert in ihrem Lärm –
oder legen mich auf ihr ordentliches Bett.
Sie denken, ich sei ich!
Ihre Wärme? Ihre Wärme ist kein Freund!
Sie stemmen mir den Mund auf für ihre Becher Gin
und ihr altbackenes Brot.

What is reality
to this synthetic doll
who should smile, who should shift gears,
should spring the doors open in a wholesome disorder,
and have no evidence of ruin or fears?
But I would cry,
rooted into the wall that
was once my mother,
if I could remember how
and if I had the tears.

June 1958–June 1965

Was ist Wirklichkeit
für diese Kunststoffpuppe,
die doch lächeln, in andere Gänge schalten sollte,
Türen zu heilsamem Chaos aufstoßen
und kein Indiz finden für Verfall oder Furcht?
Aber ich, verwachsen mit der Wand, die
einst meine Mutter war,
würde weinen,
wenn ich noch wüßte wie
und wenn ich die Tränen hätte.

Juni 1958–Juni 1965

Suicide Note

> *You speak to me of narcissism but I reply that it is a matter of my life . . .*
> Artaud
>
> *At this time let me somehow bequeath all the leftovers to my daughters and their daughters . . .*
> Anonymous

Better,
despite the worms talking to
the mare's hoof in the field;
better,
despite the season of young girls
dropping their blood;
better somehow
to drop myself quickly
into an old room.
Better (someone said)
not to be born
and far better
not to be born twice
at thirteen
where the boardinghouse,
each year a bedroom,
caught fire.

Dear friend,
I will have to sink with hundreds of others
on a dumbwaiter into hell.
I will be a light thing.
I will enter death
like someone's lost optical lens.
Life is half enlarged.
The fish and owls are fierce today.
Life tilts backward and forward.
Even the wasps cannot find my eyes.

Abschiedsbrief

Man redet mir von Narzißmus, ich aber erwidere,
daß es um mein Leben geht . . .
Artaud

Laßt mich bei dieser Gelegenheit all die Überbleibsel meinen
Töchtern und deren Töchtern hinterlassen . . .
Anonym

Besser,
trotz der Würmer, die mit dem Huf der Stute
auf dem Felde reden,
besser,
trotz der Jahreszeit, da junge Mädchen
ihr Blut vertropfen,
irgendwie besser,
mich schnell
in ein altes Zimmer fallen zu lassen.
Besser (hat jemand gesagt),
nicht geboren worden sein,
und viel besser,
nicht noch einmal geboren werden
mit dreizehn,
als das Internat,
jedes Jahr ein Schlafsaal,
Feuer fing.

Lieber Freund,
ich werde mit Hunderten von andern
in einem Lastenaufzug zur Hölle sinken müssen.
Ich werde leicht sein.
Ich werde in den Tod gehen
wie die Haftschale, die jemand verlor.
Das Leben ist um die Hälfte vergrößert.
Die Fische und Eulen sind heute erregt.
Das Leben kippt nach hinten und nach vorn.
Nicht mal die Wespen finden meine Augen.

Yes,
eyes that were immediate once.
Eyes that have been truly awake,
eyes that told the whole story –
poor dumb animals.
Eyes that were pierced,
little nail heads,
light blue gunshots.

And once with
a mouth like a cup,
clay colored or blood colored,
open like the breakwater
for the lost ocean
and open like the noose
for the first head.

Once upon a time
my hunger was for Jesus.
O my hunger! My hunger!
Before he grew old
he rode calmly into Jerusalem
in search of death.

This time
I certainly
do not ask for understanding
and yet I hope everyone else
will turn their heads when an unrehearsed fish jumps
on the surface of Echo Lake;
when moonlight,
its bass note turned up loud,
hurts some building in Boston,
when the truly beautiful lie together.
I think of this, surely,
and would think of it far longer

Ja,
Augen, die einmal nahe dran waren.
Augen, die wirklich wach gewesen sind,
Augen, die alles verrieten –
arme dumme Tiere.
Augen, die durchbohrt wurden,
kleine Nagelköpfe,
hellblaue Einschüsse.

Und einmal mit
einem Mund wie eine Tasse,
lehmfarben oder blutfarben,
offen wie der Wellenbrecher
für den verschwundenen Ozean
und offen wie die Schlinge
für den ersten Hals.

Es war einmal,
daß ich nach Jesus hungerte.
O mein Hunger! Mein Hunger!
Bevor er alt wurde,
zog er ruhig in Jerusalem ein,
suchte den Tod.

Diesmal
bitte ich
bestimmt nicht um Verständnis,
und trotzdem hoffe ich, daß jeder andere
den Kopf drehen wird, wenn ein ungeübter Fisch
auf der Oberfläche des Echo Lake springt,
wenn der Mondschein,
die Bässe laut aufgedreht,
einem Gebäude in Boston weh tut,
wenn die wirklich Schönen beieinander liegen.
Ich denke daran, gewiß,
und würde viel länger daran denken,

if I were not... if I were not
at that old fire.

I could admit
that I am only a coward
crying *me me me*
and not mention the little gnats, the moths,
forced by circumstance
to suck on the electric bulb.
But surely you know that everyone has a death,
his own death,
waiting for him.
So I will go now
without old age or disease,
wildly but accurately,
knowing my best route,
carried by that toy donkey I rode all these years,
never asking, "Where are we going?"
We were riding (if I'd only known)
to this.

Dear friend,
please do not think
that I visualize guitars playing
or my father arching his bone.
I do not even expect my mother's mouth.
I know that I have died before –
once in November, once in June.
How strange to choose June again,
so concrete with its green breasts and bellies.
Of course guitars will not play!
The snakes will certainly not notice.
New York City will not mind.
At night the bats will beat on the trees,
knowing it all,
seeing what they sensed all day.

June 1965

wäre ich nicht . . . wäre ich nicht
bei diesem alten Feuer.

Ich könnte zugeben,
daß ich nur ein Feigling bin,
ich ich ich schreie,
und die kleinen Gnitzen, die Motten unerwähnt lassen,
die, durch die Umstände gezwungen,
an der Glühbirne saugen.
Doch sicher weißt du, daß jeder einen Tod hat,
seinen eigenen Tod,
der auf ihn wartet.
Darum werde ich jetzt gehen,
weder alt noch krank,
aufgewühlt, aber zielsicher,
ich kenne den für mich besten Weg,
getragen von dem Spielzeugesel, auf dem ich all die Jahre ritt
und nie fragte: „Wohin gehen wir?"
Wir waren (hätte ich es bloß gewußt)
hierher geritten.

Lieber Freund,
bitte denk nicht,
daß ich mir klingende Gitarren erträume
oder meinen Vater mit gebeugtem Bein.
Ich erwarte nicht einmal den Mund meiner Mutter.
Ich weiß, daß ich schon früher gestorben bin –
einmal im November, einmal im Juni.
Wie seltsam, wieder den Juni zu wählen,
so lebendig mit seinen grünen Brüsten und Bäuchen.
Natürlich werden keine Gitarren erklingen!
Die Schlangen werden es bestimmt nicht bemerken.
New York City wird es nicht kümmern.
In der Nacht werden die Fledermäuse an die Bäume schlagen,
werden alles wissen,
werden sehen, was sie den ganzen Tag spürten.

Juni 1965

In the Beach House

The doors open
and the heat undoes itself,
everyone undoes himself,
everyone walks naked.
Two of them walk on the table.
They are not afraid of God's displeasure.
They will have no truck with the angel
who hoots from the fog horn
and throws the ocean into the rocks outside.
One of them covers the bedstead.
One of them winds round the bedpost
and both of them beat on the floor.

My little cot listens in
all night long –
even with the ocean turned up high,
even with every door boarded up,
they are allowed the lifting of the object,
the placing themselves upon the swing.
Inside my prison of pine and bedspring,
over my window sill, under my knob,
it is plain that they are at
the royal strapping.

Have mercy, little pillow,
stay mute and uncaring,
hear not one word of disaster!
Stay close, little sour feather,
little fellow full of salt.
My loves are oiling their bones
and then delivering them with unspeakable sounds
that carry them this way and that

Im Strandhaus

Die Türen gehen auf
und die Hitze zieht sich aus,
alle ziehen sich aus,
alle gehen nackt.
Zwei von ihnen gehen auf dem Tisch.
Sie fürchten nicht, Gott zu mißfallen.
Sie haben mit dem Engel nichts zu schaffen,
der vom Nebelhorn tutet
und den Ozean draußen gegen die Klippen wirft.
Einer von ihnen liegt ausgebreitet auf der Bettstatt.
Einer von ihnen windet sich um den Bettpfosten,
und beide stampfen auf den Boden.

Mein kleines Kinderbett hört mit,
die ganze Nacht –
auch wenn der Ozean laut aufgedreht ist
und jede Tür mit Brettern vernagelt,
ist ihnen das Heben des Gegenstands erlaubt,
das Platznehmen auf der Schaukel.
In meinem Gefängnis aus Holz und Sprungfedern,
über meinem Fenstersims, unter meinem Türknauf
ist klar: sie sind bei
der fürstlichen Züchtigung.

Hab Mitleid, kleines Kissen,
bleib stumm und unbekümmert,
vernimm kein Unheilswort!
Bleib bei mir, kleine klamme Feder,
kleiner Gefährte voller Salz.
Meine Lieben ölen sich die Knochen
und reichen sie hin mit unsäglichen Tönen,
die sie hierhin und dorthin führen,

while summer is hurrying its way in and out,
over and over,
in their room.

July 15, 1965

während der Sommer hastig ein- und ausgeht,
immer wieder,
in ihrem Zimmer.

15. Juli 1965

My doctor, the comedian
I called you every time
and made you laugh yourself
when I wrote this silly rhyme...

Each time I give lectures
or gather in the grants
you send me off to boarding school
in training pants.

God damn it, father-doctor.
I'm really thirty-six.
I see dead rats in the toilet.
I'm one of the lunatics.

Disgusted, mother put me
on the potty. She was good at this.
My father was fat on scotch.
It leaked from every orifice.

Oh the enemas of childhood,
reeking of outhouses and shame!
Yet you rock me in your arms
and whisper my nickname.

Or else you hold my hand
and teach me love too late.
And that's the hand of the arm
they tried to amputate.

Krüppel und andere Geschichten

Mein Doktor, der Komödiant,
so hab ich dich genannt
und dich zum Lachen gebracht,
als ich diesen dummen Reim erfand . . .

> *Immer wenn ich Preise kriege,*
> *zu einer Lesung fahr beglückt,*
> *werd ich von dir in Trainingshosen*
> *ins Internat zurückgeschickt.*

Verdammt nochmal, Daddy-Doktor.
Ich bin sechsunddreißig Jahre alt.
Ich seh tote Ratten im Klosett.
Ich bin in der Irrenanstalt.

Mich mit sichtbarem Ekel aufs Töpfchen zu setzen,
entwickelte Mutter zur Kunst.
Mein Vater war randvoll vom Scotch.
Er hüllte ihn ein wie Dunst.

Oh, die Einläufe in der Kindheit,
sie stinken nach Außenklo und nach Scham!
Du aber wiegst mich in deinen Armen
und flüsterst meinen Kosenamen.

Und hältst auch meine Hand.
Zu spät lehrst du mich zu lieben.
Und das ist die Hand des Arms,
den hätten sie beinah abgeschrieben.

Though I was almost seven
I was an awful brat.
I put it in the Easy Wringer.
It came out nice and flat.

I was an instant cripple
from my finger to my shoulder.
The laundress wept and swooned.
My mother had to hold her.

I knew I was a cripple.
Of course, I'd known it from the start.
My father took the crowbar
and broke that wringer's heart.

The surgeons shook their heads.
They really didn't know –
Would the cripple inside of me
be a cripple that would show?

My father was a perfect man,
clean and rich and fat.
My mother was a brilliant thing.
She was good at that.

You hold me in your arms.
How strange that you're so tender!
Child-woman that I am,
you think that you can mend her.

As for the arm,
unfortunately it grew.
Though mother said a withered arm
would put me in *Who's Who*.

Obwohl ich beinah sieben war,
war ich ein schlimmes Gör.
Ich hab ihn in die Mangel gesteckt.
Raus kam er wieder, bloß rund nicht mehr.

Ich war auf der Stelle ein Krüppel
vom Finger bis zur Schulter hinauf.
Die Waschfrau weinte und fiel in Ohnmacht.
Meine Mutter fing sie auf.

Ich wußte, ich war ein Krüppel.
Das hatte ich immer gewußt.
Mein Vater nahm die Brechstange
und brach der Mangel das Herz aus der Brust.

Die Chirurgen wiegten die Häupter.
Sie wußten es wirklich nicht –
Käme der Krüppel, der in mir war,
nun ans Tageslicht?

Mein Vater war ein vollkommener Mann,
reinlich und dick und reich.
Meine Mutter hatte Köpfchen.
In dem Fach kam niemand ihr gleich.

Du hältst mich in den Armen.
Wie seltsam, daß du so zärtlich bist.
Kind-Frau, die ich bin,
du glaubst, daß ihr zu helfen ist.

Was den besagten Arm betrifft,
mein Pech, er ist nicht verkommen.
Denn Mutter sagte, mit verdorrtem Arm
würde ich ins *Who's Who* aufgenommen.

For years she described it.
She sang it like a hymn.
By then she loved the shrunken thing,
my little withered limb.

My father's cells clicked each night,
intent on making money.
And as for my cells, they brooded,
little queens, on honey.

On boys too, as a matter of fact,
and cigarettes and cars.
Mother frowned at my wasted life.
My father smoked cigars.

My cheeks blossomed with maggots.
I picked at them like pearls.
I covered them with pancake.
I wound my hair in curls.

My father didn't know me
but you kiss me in my fever.
My mother knew me twice
and then I had to leave her.

But those are just two stories
and I have more to tell
from the outhouse, the greenhouse
where you draw me out of hell.

Father, I'm thirty-six,
yet I lie here in your crib.
I'm getting born again, Adam,
as you prod me with your rib.

October 1965

Jahrelang hat sie mir das ausgemalt,
es gesungen wie ein Kirchenlied.
Dann aber mochte sie das schrumplige Ding,
mein kleines verdorrtes Glied.

Vaters graue Zellen ratterten jeden Abend,
es ging ums Geldverdienen.
Meine grauen Zellen dachten damals
nur an Honig, die kleinen Bienen.

An Jungen auch, um die Wahrheit zu sagen,
an Zigaretten und Autofahren.
Mutter zürnte mir, weil ich mich wegwarf.
Mein Vater rauchte Zigarren.

Als Maden aus meinen Wangen schlüpften,
hab ich dick Schminke draufgeschmiert
und sie wie Perlen befingert.
Das Haar trug ich zu Locken frisiert.

Mein Vater wußte nichts von mir,
du küßt mich noch im Fieberrasen.
Meine Mutter durchschaute mich zweimal,
dann mußte ich sie verlassen.

Das Außenklosett, das Gewächshaus,
das sind nur zwei Geschichten,
wo du mich aus der Hölle ziehst.
Ich hab noch mehr zu berichten.

Vater, ich bin sechsunddreißig
und liege noch hier in deiner Krippe.
Ich werde noch einmal geboren, Adam,
wenn du mich stichst mit deiner Rippe.

Oktober 1965

Pain for a Daughter

Blind with love, my daughter
has cried nightly for horses,
those long-necked marchers and churners
that she has mastered, any and all,
reining them in like a circus hand –
the excitable muscles and the ripe neck;
tending this summer, a pony and a foal.
She who is too squeamish to pull
a thorn from the dog's paw,
watched her pony blossom with distemper,
the underside of the jaw swelling
like an enormous grape.
Gritting her teeth with love,
she drained the boil and scoured it
with hydrogen peroxide until pus
ran like milk on the barn floor.

Blind with loss all winter,
in dungarees, a ski jacket and a hard hat,
she visits the neighbors' stable,
our acreage not zoned for barns;
they who own the flaming horses
and the swan-whipped thoroughbred
that she tugs at and cajoles,
thinking it will burn like a furnace
under her small-hipped English seat.

Blind with pain she limps home.
The thoroughbred has stood on her foot.
He rested there like a building.
He grew into her foot until they were one.
The marks of the horseshoe printed

Schmerz um eine Tochter

Blind vor Liebe hat meine Tochter
jede Nacht nach Pferden geweint,
die mit langen Hälsen stolz schreiten und den Boden aufwühlen,
die sie gebändigt hat, jedes und alle,
zügelfest wie ein Zirkusmann –
die erregbaren Muskeln, den vollen Hals;
diesen Sommer versorgt hat, ein Pony und ein Fohlen.
Sie, zu zimperlich, um dem Hund
einen Dorn aus der Pfote zu ziehen,
sah, wie ihr Pony an Druse erkrankte,
sein Unterkiefer schwoll an
zu einer riesigen Traube.
Die Zähne zusammengebissen vor Liebe,
öffnete sie das Geschwür und wusch es
mit Wasserstoffsuperoxyd aus, bis Eiter
wie Milch auf den Stallboden floß.

Blind vor Kummer geht sie den ganzen Winter
mit Latzhose, Skijacke und steifem Hut
im Gestüt unseres Nachbarn ein und aus,
denn für Ställe ist unser Grund nicht ausgewiesen;
dort drüben besitzen sie die feurigen Pferde,
das schwanengleich biegsame Vollblut,
das sie herumzerrt und antreibt
im Glauben, es brenne wie ein Schmelzofen
unter ihrem schlanken englischen Sattel.

Blind vor Schmerz hinkt sie heim.
Das Vollblut hat auf ihrem Fuß gestanden.
Es ruhte dort wie ein Gebäude.
Es wuchs in ihren Fuß, bis sie eins waren.
Die Hufeisenmale ins Fleisch ihr

into her flesh, the tips of her toes
ripped off like pieces of leather,
three toenails swirled like shells
and left to float in blood in her riding boot.

Blind with fear, she sits on the toilet,
her foot balanced over the washbasin,
her father, hydrogen peroxide in hand,
performing the rites of the cleansing.
She bites on a towel, sucked in breath,
sucked in and arched against the pain,
her eyes glancing off me where
I stand at the door, eyes locked
on the ceiling, eyes of a stranger,
and then she cries...
Oh my God, help me!
Where a child would have cried *Mama*!
Where a child would have believed *Mama*!
she bit the towel and called on God
and I saw her life stretch out...
I saw her torn in childbirth,
and I saw her, at that moment,
in her own death and I knew that she
knew.

November 1965

gestanzt, die Zehenspitzen
abgefetzt wie Lederstreifen,
drei Zehennägel wirbelten umher wie Schoten
und ertranken in ihrem Reitstiefel in Blut.

Blind vor Angst sitzt sie auf der Toilette,
der Fuß baumelt über dem Waschbecken,
ihr Vater, Wasserstoffsuperoxyd in der Hand,
vollzieht den Reinigungsritus.
Sie beißt auf ein Handtuch, und mit angehaltenem Atem,
angehalten und angespannt gegen den Schmerz,
schweift ihr Blick ab von dort, wo
ich an der Tür steh, fixiert einen Punkt
an der Decke, der Blick einer Fremden,
und dann schreit sie . . .
O mein Gott, hilf mir!
Wo ein Kind *Mama!* geschrien hätte.
Wo ein Kind *Mama!* geglaubt hätte,
biß sie ins Handtuch und rief nach Gott,
und ich sah die ganze Spanne ihres Lebens . . .
Ich sah sie kreißen beim Gebären,
und ich sah sie in diesem Moment
in ihrem Sterben, und ich wußte, sie wußte es
auch.

November 1965

The Addict

Sleepmonger,
deathmonger,
with capsules in my palms each night,
eight at a time from sweet pharmaceutical bottles
I make arrangements for a pint-sized journey.
I'm the queen of this condition.
I'm an expert on making the trip
and now they say I'm an addict.
Now they ask why.
Why!

Don't they know
that I promised to die!
I'm keeping in practice.
I'm merely staying in shape.
The pills are a mother, but better,
every color and as good as sour balls.
I'm on a diet from death.

Yes, I admit
it has gotten to be a bit of a habit –
blows eight at a time, socked in the eye,
hauled away by the pink, the orange,
the green and the white goodnights.
I'm becoming something of a chemical
mixture.
That's it!

My supply
of tablets
has got to last for years and years.
I like them more than I like me.

Süchtig

Schlafbringerin,
Todbringerin,
jede Nacht treff ich mit Kapseln in den Händen,
acht auf einmal aus süßen pharmazeutischen Flaschen,
Vorkehrung für eine klitzekleine Reise.
Ich bin die Königin dieses Zustands.
Ich bin Expertin für diesen Ausflug,
und jetzt sagen sie, ich sei süchtig.
Jetzt fragen sie, warum.
Warum!

Wissen sie denn nicht,
daß ich zu sterben versprach!
Ich bleibe in Übung.
Ich halte mich bloß in Form.
Die Pillen sind eine Mutter, nur besser,
alle Farben und so gut wie saure Drops.
Ich bin auf Entzug vom Tod.

Ich gebe ja zu,
es ist ein bißchen zur Gewohnheit geworden:
knallt acht auf einmal rein, genau aufs Auge,
wird fortgezerrt von den rosa, den orangen,
den grünen und den weißen Gutenachts.
Ich werde so etwas wie ein chemisches
Gemisch.
Gut so!

Mein Vorrat
an Tabletten
muß Jahre und Jahre reichen.
Ich mag sie mehr als mich selbst.

Stubborn as hell, they won't let go.
It's a kind of marriage.
It's a kind of war
where I plant bombs inside
of myself.

Yes
I try
to kill myself in small amounts,
an innocuous occupation.
Actually I'm hung up on it.
But remember I don't make too much noise.
And frankly no one has to lug me out
and I don't stand there in my winding sheet.
I'm a little buttercup in my yellow nightie
eating my eight loaves in a row
and in a certain order as in
the laying on of hands
or the black sacrament.

It's a ceremony
but like any other sport
it's full of rules.
It's like a musical tennis match where
my mouth keeps catching the ball.
Then I lie on my altar
elevated by the eight chemical kisses.

What a lay me down this is
with two pink, two orange,
two green, two white goodnights.
Fee-fi-fo-fum
Now I'm borrowed.
Now I'm numb.

First of February 1966

Ganz schön eigensinnig, lassen sie nicht los.
Es ist eine Art Ehe.
Es ist eine Art Krieg,
bei dem ich Bomben lege
in mir selbst.

Ja,
ich versuche
mich in kleinen Dosen zu töten,
eine harmlose Beschäftigung.
Im Grunde hänge ich daran.
Doch bedenkt, ich mache nicht zu viel Lärm.
Und, offen gesagt, niemand muß mich herausschleppen,
auch stehe ich nicht im Leichentuch da.
In meinem gelben Nachthemd bin ich eine kleine Butterblume,
esse meine acht Laib nacheinander
und in einer bestimmten Reihenfolge wie beim
Handauflegen
oder dem schwarzen Sakrament.

Es ist eine Zeremonie,
doch wie jeder andere Sport
verläuft sie nach Regeln.
Es ist wie ein musikalisches Tennismatch, bei dem
mein Mund jedesmal den Ball fängt.
Dann liege ich auf meinem Altar,
emporgehoben durch die acht chemischen Küsse.

Wie herrlich ist dies Zur-Ruhe-Legen
mit zwei rosa, zwei orangen,
zwei grünen und zwei weißen Gutenachts.
La-di-la und la-di-lu –
Jetzt bin ich auf Borg genommen.
Jetzt bin ich zu.

1. Februar 1966

Live

Live or die, but don't poison everything...

Well, death's been here
for a long time –
it has a hell of a lot
to do with hell
and suspicion of the eye
and the religious objects
and how I mourned them
when they were made obscene
by my dwarf-heart's doodle.
The chief ingredient
is mutilation.
And mud, day after day,
mud like a ritual,
and the baby on the platter,
cooked but still human,
cooked also with little maggots,
sewn onto it maybe by somebody's mother,
the damn bitch!

Even so,
I kept right on going on,
a sort of human statement,
lugging myself as if
I were a sawed-off body
in the trunk, the steamer trunk.
This became a perjury of the soul.
It became an outright lie
and even though I dressed the body
it was still naked, still killed.
It was caught

Lebe

Lebe oder stirb, aber vergifte nicht alles . . .

Na schön, der Tod ist
seit langem da –
das hat höllisch viel
mit der Hölle zu tun
und dem argwöhnischen Blick
und den religiösen Dingen
und wie ich ihnen nachtrauerte,
als mein Zwergenherzgekritzel
sie obszön werden ließ.
Der Hauptbestandteil
ist Verstümmelung.
Und Schmutz, Tag für Tag
Schmutz wie ein Ritual,
und das Baby auf dem Teller,
gekocht, aber immer noch ein Mensch,
auch mit kleinen Maden gekocht,
ihm angenäht vielleicht von einer Mutter,
der blöden Schlampe!

Trotzdem
machte ich unbeirrt weiter,
ein durchaus menschlicher Standpunkt,
schleppte mich dahin, als
sei ich ein zersägter Körper
im Koffer, im Überseekoffer.
Daraus wurde eine Verleugnung der Seele.
Daraus wurde eine glatte Lüge,
und obwohl ich den Körper kleidete,
war er immer noch nackt, immer noch tot.
Er war schon bei der Geburt

in the first place at birth,
like a fish.
But I played it, dressed it up,
dressed it up like somebody's doll.
Is life something you play?
And all the time wanting to get rid of it?
And further, everyone yelling at you
to shut up. And no wonder!
People don't like to be told
that you're sick
and then be forced
to watch
you
come
down with the hammer.

Today life opened inside me like an egg
and there inside
after considerable digging
I found the answer.
What a bargain!
There was the sun,
her yolk moving feverishly,
tumbling her prize –
and you realize that she does this daily!
I'd known she was a purifier
but I hadn't thought
she was solid,
hadn't known she was an answer.
God! It's a dream,
lovers sprouting in the yard
like celery stalks
and better,
a husband straight as a redwood,
two daughters, two sea urchins,
picking roses off my hackles.

gefangen
wie ein Fisch.
Doch ich spielte ihn wie eine Rolle, putzte ihn heraus,
putzte ihn heraus wie eine Puppe.
Ist Leben etwas, was man spielt?
Und die ganze Zeit über loswerden will?
Außerdem schreit jeder: du halt
den Mund. Und kein Wunder!
Die Leute mögen es nicht, wenn du sagst,
daß dir schlecht ist,
und sie dann mitansehen
müssen, wie
dich
der Hammer
fällt.

Heut brach das Leben auf in mir wie ein Ei,
und dort drin
fand ich nach einigem Graben
die Antwort.
Was für ein Glücksfall!
Die Sonne war da,
ihr Dotter pulste fiebrig,
ließ ihren Lohn herabregnen –
und du begreifst: das tut sie täglich!
Mir war schon klar gewesen, daß sie läutert,
doch ich hätte nicht gedacht,
daß sie kompakt war,
nicht gewußt, daß sie eine Antwort war.
Gütiger Himmel! Es ist ein Traum:
Liebespaare sprießen im Garten
wie Selleriestengel,
und noch besser,
ein Ehemann, aufrecht wie ein Redwood,
zwei Töchter, zwei Seeigel,
pflücken in meinen Nackenhaaren Rosen.

If I'm on fire they dance around it
and cook marshmallows.
And if I'm ice
they simply skate on me
in little ballet costumes.

Here,
all along,
thinking I was a killer,
anointing myself daily
with my little poisons.
But no.
I'm an empress.
I wear an apron.
My typewriter writes.
It didn't break the way it warned.
Even crazy, I'm as nice
as a chocolate bar.
Even with the witches' gymnastics
they trust my incalculable city,
my corruptible bed.

O dearest three,
I make a soft reply.
The witch comes on
and you paint her pink.
I come with kisses in my hood
and the sun, the smart one,
rolling in my arms.
So I say *Live*
and turn my shadow three times round
to feed our puppies as they come,
the eight Dalmatians we didn't drown,
despite the warnings: The abort! The destroy!
Despite the pails of water that waited

Steh ich in Flammen, dann tanzen sie um mich herum
und kochen Marshmallows.
Und bin ich Eis,
dann laufen sie halt Schlittschuh auf mir
in kleinen Ballettkostümen.

Hier
von Anfang an,
mir einzubilden, ich sei eine Mörderin,
mich täglich einzureiben
mit meinen kleinen Giften.
Aber nein.
Ich bin eine Kaiserin.
Ich trage eine Schürze.
Meine Schreibmaschine schreibt.
Sie ist nicht, wie angedroht, zerbrochen.
Sogar als Verrückte bin ich so hübsch
wie ein Schokoladenriegel.
Sogar trotz Hexeneinmaleins
vertrauen sie meiner unberechenbaren Stadt,
meinem korrumpierbaren Bett.

O ihr liebsten Drei,
ich gebe leise Antwort.
Die Hexe kommt,
und ihr malt sie rosarot.
Ich komme mit Küssen in der Kapuze
und mit der Sonne, der klugen,
die in meinen Armen kullert.
Darum sag ich *lebe*
und drehe meinen Schatten dreimal im Kreis,
um unsere Hündchen zu füttern, wie sie kommen,
die acht Dalmatiner, die wir nicht ertränkten
trotz der Drohung: Abort! Zerstörung!
Trotz der Wassereimer, die bereitstanden,

to drown them, to pull them down like stones,
they came, each one headfirst,
blowing bubbles the color of cataract-blue
and fumbling for the tiny tits.
Just last week, eight Dalmatians,
3/4 of a lb., lined up like cord wood
each
like a
birch tree.
I promise to love more if they come,
because in spite of cruelty
and the stuffed railroad cars for the ovens,
I am not what I expected. Not an Eichmann.
The poison just didn't take.
So I won't hang around in my hospital shift,
repeating The Black Mass and all of it.
I say *Live, Live* because of the sun,
the dream, the excitable gift.

February the last, 1966

sie zu ertränken, sie herunterzuziehen wie Steine,
kamen sie, mit dem Kopf voran,
warfen kataraktblaue Blasen
und tasteten nach den kleinen Zitzen.
Erst letzte Woche reihten sich acht Dalmatiner,
dreiviertel Pfund schwer, wie Holzscheite auf,
jeder
wie eine
Birke.
Ich verspreche, sollten noch mehr kommen, auch diese zu lieben,
denn trotz Grausamkeit
und der vollgepferchten Eisenbahnwaggons hin zu den Öfen,
bin ich nicht, was ich erwartet hatte. Kein Eichmann.
Das Gift hat einfach nicht gewirkt.
Darum werd ich nicht im Krankenhauskittel dasitzen,
die Schwarze Messe herbeten und dergleichen.
Ich sage *lebe, lebe*, um der Sonne willen,
des Traums, der erregbaren Gabe.

Letzter Februartag 1966

Anmerkungen der Übersetzerin

All meine Lieben

Die Operation
›Humpty Dumpty‹: Figur aus einem englischen Kinderreim.

II
Aus welchem Werk Romano Guardinis das von Anne Sexton verwendete Zitat stammt, ließ sich nicht ermitteln. Es wurde durch eine sinnentsprechende, wenn auch nicht gleichlautende Passage aus Romano Guardini: »Der Herr. Über Leben und Person Jesu Christi« wiedergegeben.

Türen, Türen, Türen
›gold star‹: goldfarbener, kleiner Stern; Ehrenzeichen der Streitkräfte der USA für im Kriegsdienst Gefallene.

Lebe oder stirb

Flieh auf deinem Esel
›Green Hornet‹ und ›Shadow‹: The Green Hornet und The Shadow, Kämpfer gegen das organisierte Verbrechen, waren die Helden zweier in den 30er, 40er und 50er Jahren populären Fortsetzungskrimis im Radio. Sexton überträgt die jede neue Folge von »The Shadow« einleitenden Worte »Who knows what evil lurks in the heats of men? The Shadow knows!« auf die Hörspielfolgen von »The Green Hornet«.

Selbstporträt im Jahre 1958
›I. Magnin‹: Kette von Warenhäusern für den gehobenen Bedarf.

Contents

To Bedlam and Part Way Back (1960)

All My Pretty Ones (1962)

Inhalt

III

IV

V

Live or Die (1966)

Zeittafel

1928 Geburt von Anne Gray Harvey am 9. November in Newton, Massachusetts; die Eltern sind Mary Gray Staples Harvey und Ralph Churchill Harvey.

1934–1947 Besuch der staatlichen Grundschule und der High School in Wellesley; Abschluß an der Rogers Hall School, einer Mädchenschule in Lowell, Massachusetts. Die ersten Gedichte entstehen. Besuch der Garland School in Boston.

1948 Heirat mit Alfred Muller Sexton II (›Kayo‹) am 16. August.

1949–52 Anne Sexton arbeitet hauptsächlich in der Umgebung von Boston: als Modell für die Hart Agency in Boston, als Verkäuferin von Damenwäsche und als Buchhändlerin in der Hathaway-House-Buchhandlung. Kayo ist während des Koreakriegs aktiver Soldat der Naval Reserve. Kurzer gemeinsamer Aufenthalt in Cochituate, Baltimore und San Francisco. Während Kayos Abwesenheit lebt sie bei ihren Eltern oder Schwiegereltern.

1953 Am 21. Juli wird Linda Gray Sexton geboren. Im August zieht Anne Sexton in ihr erstes eigenes Heim: 40 Clearwater Road, Newton Lower Falls, Massachusetts.

1954 Am 15. Juli stirbt ihre Großtante Anna Ladd Dingley (›Nana‹) im Alter von sechsundachtzig Jahren.

1955 Am 4. August wird Joyce Ladd Sexton geboren.

1956 Im März beginnt Anne, wegen Angstzuständen Psychiater zu konsultieren. Vom 13. Juli bis zum 3. August ist sie zur Behandlung im Westwood-Lodge-Krankenhaus; ihre Kinder sind bei den beiden Großmüttern. Am 8. November unternimmt sie ihren ersten

Selbstmordversuch und unterzieht sich wieder psychiatrischer Behandlung. Dieser Krankenhausaufenthalt wird in ihrem ersten Gedichtband verarbeitet. Im Verlauf dieser Behandlung trifft sie im Dezember ›Dr. Martin‹ und wird ermutigt, Lyrik zu schreiben.

1957 Sie schreibt sich ein in John Holmes' Lyrikseminar am Boston Center for Adult Education. Sie lernt Maxine Kumin kennen. Im Oktober wird ihr erstes Gedicht zur Veröffentlichung angenommen.

1958 Sie erhält ein Stipendium, um an der Antioch Writer's Conference mit W. D. Snodgrass zu arbeiten. Im September schreibt sie sich ein in Robert Lowells Lyrikseminar an der Boston University und begegnet dort George Starbuck.

1959 Im Januar lernt sie Sylvia Plath in Robert Lowells Seminar kennen. Am 1. März hält sie ihre erste Dichterlesung im Poet's Theater in Cambridge. Am 10. März stirbt ihre Mutter an Krebs. Am 19. Mai wird ihr erster Gedichtband *To Bedlam and Part Way Back* von Houghton Mifflin zur Veröffentlichung angenommen. Am 3. Juni stirbt ihr Vater an einer Gehirnblutung. Im August erhält sie den Robert Frost Fellowship, um an der Bread Loaf Writers' Conference teilzunehmen. Im Oktober befindet sie sich wegen einer Blinddarmoperation und der Entfernung einer Zyste im Krankenhaus. Am 10. Dezember hält sie die Morris Gray Poetry Lecture an der Harvard University.

1960 Im April erscheint *To Bedlam and Part Way Back* und wird für den National Book Award nominiert. Im Juni und Juli besucht sie Kurse für moderne Literatur bei Irving Howe und Philip Rahv an der Brandeis University. Ihr Schwiegervater stirbt.

1961 Sie arbeitet an ihrem Theaterstück ›Mercy Street‹ und gibt Lyrik-Kurse an der Harvard University und am Radcliffe College. Als eine der ersten Dichterinnen wird sie vom Radcliffe Institute for Independent Study gefördert.

1962 Im Oktober wird der Gedichtband *All My Pretty Ones* veröffentlicht und für den National Book Award nominiert. Erneuter Krankenhausaufenthalt in der psychiatrischen Abteilung von Westwood Lodge.

1963 Sie erhält das erste Reisestipendium der American Academy of Arts and Letters und unternimmt eine Reise nach Europa.

1964 Die *Selected Poems* werden in England veröffentlicht. Von September bis März 1965 erhält sie ein Ford-Foundation-Stipendium für ihre Arbeit an ›Mercy Street‹, das ihr einen Aufenthalt im Charles Playhouse, Boston, ermöglicht. Im Dezember Umzug in die Black Oak Road, Weston, Mass., Nr. 14.

1965 Sie wird zum Fellow der Royal Society of Literature, London, gewählt. Reisestipendium vom Congress for Cultural Freedom.

1966 Selbstmordversuch im Juli. Im August und September unternimmt sie mit ihrem Mann eine Safari in Ostafrika. Sie beginnt ihre Arbeit an einem nie vollendeten Roman. Im September wird *Live or Die* veröffentlicht.

1967 Im Januar bekommt sie einen Lehrauftrag an der Boston University. Im Mai erhält sie den Pulitzerpreis für *Live or Die*. Sie erhält auch den Shelley Award von der Poetry Society of America. Im Juli liest sie auf dem International Poetry Festival in London und schließt eine Lesereise durch England an. Im Herbst unterrichtet sie an der Wayland High School in Massachusetts.

1968 Im Juni erhält sie die Ehrenauszeichnung Phi Beta Kappa der Harvard University. Im Juli gründet sie ihre Kammerrock-Gruppe ›Anne Sexton and Her Kind‹. Im Herbst beginnt sie, am McLean Hospital Lyrik-Workshops zu veranstalten.

1969 Im Februar werden die *Love Poems* veröffentlicht. Im April erhält sie für ihr Stück ›Mercy Street‹ ein Guggenheim Fellowship. Das Stück wird vom 8. Oktober bis zum 21. November am American Place Theatre, New York City, aufgeführt. Sie erhält vom Radcliffe College die Ehrenauszeichnung Phi Beta Kappa. Sie unterrichtet an der Boston University und übernimmt die Leitung von Lyrik-Workshops am Oberlin College.

1970 Im Juni erhält sie die Ehrendoktorwürde der Tufts University. Erneuter Selbstmordversuch.

1972 Die *Transformations* werden im September veröffentlicht.

1972 Sie wird zur ordentlichen Professorin an der Boston University ernannt. Zwischen Februar und Mai unterrichtet sie als Inhaberin des Crashaw Chair in Literature an der Colgate University. Von der Fairfield University erhält sie einen Ehrendoktor. Am 9. November wird *The Book of Folly* veröffentlicht.

1973 Sie erhält einen Ehrendoktor des Regis College. Sie wird zum Mitglied der Jury für den Pulitzerpreis benannt. Sie beendet im Januar den Gedichtband *The Awful Rowing Toward God*. Im März trennt sie sich von ihrem Mann und wird am 5. November geschieden. Am 5. Mai hat Conrad Susas Opernversion von *Transformations* an der Minneapolis Opera Company Premiere. Im August unterrichtet sie an der Bread Loaf Writer's Conference.

1974 Am 21. Februar werden *The Death Notebooks* veröffentlicht. Im März liest sie im Sanders Theatre an der Harvard University aus ihren Gedichten. Am 4. Oktober begeht sie Selbstmord.